烈馬上山

李亮 著

重慶出版集團
重慶出版社

图书在版编目（CIP）数据

烈马丘山 / 李亮著. -- 重庆 : 重庆出版社,
2024.10
ISBN 978-7-229-17586-3

Ⅰ．①烈… Ⅱ．①李… Ⅲ．①侠义小说－中国－当代
Ⅳ．①I247.5

中国国家版本馆CIP数据核字(2024)第051281号

烈马丘山
LIEMA QIUSHAN
李　亮　著

责任编辑：钟丽娟　刘　丽
责任校对：郑　葱
装帧设计：刘沂鑫

重庆出版集团
重庆出版社　出版

重庆市南岸区南滨路162号1幢　邮政编码：400061　http://www.cqph.com
重庆出版社艺术设计有限公司制版
重庆市国丰印务有限责任公司印刷
重庆出版集团图书发行有限公司发行
E-MAIL:fxchu@cqph.com　邮购电话：023-61520646
全国新华书店经销

开本：890mm×1240mm　1/32　印张：15.5　字数：500千
2024年10月第1版　2024年10月第1次印刷
ISBN 978-7-229-17586-3
定价：69.80元

如有印装质量问题，请向本集团图书发行有限公司调换：023-61520678

版权所有　侵权必究

目录

第一卷 飞马记

第一回	小卒子投军效力	黄毛马驿路扬威 / 003
第二回	地理图阮飞盗信	借调令罗马出关 / 010
第三回	鹰愁涧金蟾剪径	会宁府秦双拿鹰 / 018
第四回	锦上花温泉泡马	雪里炭擂台敲钟 / 025
第五回	车轮战铜板获胜	毙惊马青宗逞凶 / 032
第六回	定终身两情相悦	决生死一意孤行 / 038
第七回	求活命认贼作父	争国光独占鳌头 / 047
第八回	赌宝马金主下注	传密令血泪阑干 / 053
第九回	斗意气堂皇认赌	晓大义撒泼骂街 / 061
第十回	闯重围驿卒报信	起干戈金兵南侵 / 068

第二卷 泥马记

第一回　金营失算走真主　　瘦马得意渡康王　/ 077

第二回　气迷心金蟾反宋　　叶障目神剑出山　/ 085

第三回　生不测罗马失偶　　晓大义李纲谈心　/ 094

第四回　撒酒疯小兵闯祸　　卷大旗老将收押　/ 101

第五回　毁长城内外失据　　伤手足刀剑争锋　/ 110

第六回　骂宝马神通悟道　　救力士夜探魔窟　/ 119

第七回　吞灵丹金蟾开窍　　传密旨罗马蹿营　/ 129

第八回　搬救兵飞奔三镇　　遇小人力赶四门　/ 138

第九回　怀私恨康王变质　　成公敌罗马亡国　/ 152

第三卷 神马记

第一回	黄狗坡冰河洗剑	黑风阵烈士殉国	/ 165
第二回	盗侠骨飞马重现	昧良心妖魔翻生	/ 172
第三回	庆余生豪杰初会	忆旧情苦侣重逢	/ 182
第四回	谋双圣大侠走险	铸一心流寇合兵	/ 191
第五回	鸽子山厉兵秣马	回天盟众志成城	/ 199
第六回	劫双圣宋金斗法	决死战正邪交兵	/ 208
第七回	一声雷香消玉殒	两行泪地裂天崩	/ 218
第八回	无名火割袍断义	失心疯苦海沉沦	/ 225
第九回	鬼门关送君千里	阳关道去国一骑	/ 233

第一卷

飞马记

第一回
小卒子投军效力　黄毛马驿路扬威

词曰：

  塞上风高，渔阳秋早。惆怅翠华音杳。驿使空驰，征鸿归尽，不寄双龙消耗。念白衣、金殿除恩，归黄阁、未成图报。　　谁信我、致主丹衷，伤时多故，未作救民方召。调鼎为霖，登坛作将，燕然即须平扫。拥精兵十万，横行沙漠，奉迎天表。

这首《苏武令》沉痛豪迈，其中的忠心志气可鉴日月，乃是南宋大学士李纲所作，在南渡后广为流传。可惜，词作得虽好，李纲的抱负却终究不能实现。高宗建炎元年五月，李纲任宰相，七十五日即被罢职。这首词，不过是他的离骚之叹罢了。

回头来看北、南二宋，朝廷羸弱，重文轻武。汴州、杭州虽富夸天下，可边境上屡战屡败，全无强汉盛唐的大国气势。到了徽、钦二帝失陷于金人之手，官廷南渡，更遭千古未有之大耻。虽民间多有义士，军中更多良将，怎奈何金殿之上却是奸佞当道，缄口忠言。因此上，三百年的历史一笔笔数来，竟都是忠贞烈士吞血咽声，奸邪小人得志张狂，斑斑血泪，罄竹难书。

可也正应了"时穷节见"之古训，内忧外困之际，才有那数不清的英雄人物捐躯国难。杨业、寇准、李纲、宗泽、岳飞、韩世忠、梁红玉、文天祥……风云变幻，一位位英雄逆势而起，虽不能补天立国，但那精忠报国之心却彪炳千古，任人传诵。

小子不才，便在千古之后杜撰此文，以虚构之人物为皮，敷衍之情节为骨，单为列位看官，表一表我堂堂中华那不灭魂魄。

话说北宋宣和年间，河北省卢龙县小王庄有一人，只因无父无母，无名无号，单知道姓罗，又给村中大户赶车拉马，便有了个诨名叫做"罗马"。罗马十六岁时，正值宣和海上之盟，宋、金合力攻辽，正是朝廷用人之际，便弃了雇主投军报国去了。

这罗马自小便是饥一顿饱一顿地吃饭，哪能有什么好身体，十六七的人，身长不过五尺，更且面黄肌瘦。那征兵之人一看之下，大笔一挥，便将他分为铺兵，只往河北北路驿站效力。

驿站又称"递铺"，罗马效力的递铺编号"己辰"，中等规模，有十来个铺兵，二十几匹马。罗马来到时，既无银钱孝顺，又懦弱内向，自然备受老兵欺负，头一宿便被瓜分了被褥，赶出营房。其时正是四月的天气，白天虽热，晚间也冷。罗马出得营房，站了一回，便到马厩栖身。

那马厩中一拉溜拴着在铺的老马，尽头处堆着如山草料。罗马来到草堆中，掏个窟窿将自己埋了，正要睡着，忽然听见"呼哧呼哧"的异响，抬头看时，却没有来源。再睡，那声音又响，如此反复，终于听出是从马厩后边传来。

罗马便爬起身来，在马厩板壁缝隙上趴着一看，只见后边空地上，有一匹马倒着，黑乎乎的看不清毛色，只是看出腹大如鼓，一起一伏。罗马好奇，出去凑近一看，那马已是气息奄奄，听他走来，勉强睁开双眼，只是喘。罗马跪下来查看，只见这马乃是儿马，腹胀并非受孕分娩之相，却是恶疾。

罗马暗道："这马病得这般重，又被扔在此处，瞧来要活不过天明。可是就这样让它孤零零地等死，未免也太过可怜。"便以手轻轻摩挲马腹，只觉掌下硬得如绷紧的皮鼓，轻声道："马儿，你是怎么啦？吃了什么毒野菜了么？没事的，明天就好了……"又道："你叫什么名字？你很难过么？你不要害怕，有我陪着你……"絮絮叨叨地说到天亮，那马抬起头来，舔了他一舔。

有老兵起来不见了罗马，大声嚷嚷，罗马应声出去时，早被一脚踢翻，骂道："见吃不见做的小崽子，一大早躲哪做梦娶媳妇去了？"丢给他镰刀扁担，命道："今天你不用送信，只去山上打草。天黑前须打下一百斤来，少一斤，打得你叫娘！"

　　罗马不敢顶嘴，抓起镰刀出营上山。一天无话，到了晚上，又累又困，想起那匹病马，又去厩后察看，却见那马身上脸上，已落满苍蝇牛虻。可是仔细来看，居然还是未死，只是气息奄奄，任蝇虫乱爬。那肚皮都是许久不动一下了。

　　罗马心道："今晚怕是真的就要死了。"出去找老兵报告道："马厩后有一匹病马，快要不行了。"老兵说道："死了就死了吧！关你什么事？咸吃萝卜淡操心！晚上你还在外边过夜，敢进营房，就让你死得比它还快！"罗马吃骂，怏怏回到马厩后，蹲身坐了，道："今晚上，看来我又得陪你了。"挥手替病马赶开身上的蚊蝇，道："下辈子转世，不论是什么，结结实实的别闹病吧！"那马鼻翼微微颤动，蚊蝇去了又来，罗马一刻不歇地挥手，夜深时渐感寒冷，便在马腹处倚了身子。但觉马腹炽热肿胀，似乎随时都要炸开，忽觉心酸，道："你不要死！你死了，我将来和谁说话去？他们都欺负我，你却是我在这里交到的第一个朋友！"

　　不知不觉，竟然睡去。也不知过了多久，罗马感到身下冰凉，脸上痒痒，睁眼一看，居然是那病马正回过头来舔他面颊，他正趴在马腹之上。再看那马腹，居然已瘪下去了很多，在马身之下，一大摊暗绿色水液，又腥又臭，犹自未干，连罗马的衣裤都浸湿了。

　　老兵们听说这等异事，都来看热闹，啐道："还以为它死了，就能好好吃顿肉了！"原来驿卒饷粮有限，全年只有驿马毙命，才能吃顿肉，可是驿马均属国有，即使病重也不能宰杀，这才等着它自生自灭。因是罗马救活了这病马，便当场将它配给了罗马，日后搭档送信。

　　又过两日，那病马终于能站起。罗马为它洗刷了，却见这马才一岁大小，毛色黄中泛着青黑，又瘦骨伶仃的，宛如硬棱棱的古旧大钱，罗马便给它起了名字，叫做"铜板"。有赞曰：

一身瘦骨志气高，长鬃便是衮龙袍。
追风逐日谁堪比，马中魁首最风骚。

一人一马从此结伴，往来驰驿。初时铜板力弱，屡次延误了信件，罗马没少挨打；到了第二年，铜板身子长成，送信已可不过不失；到了第三年，这一人一马已是己辰递铺第一快递，往来奔驰如风。上驿与下驿相差六十里，一炷香的功夫即可来回。上边听闻此事，欲将铜板调走，可是除了罗马，那黄马竟是不许任何人上身，长官无奈，索性连罗马一起提拔了，离开这马递铺，转而去急脚递铺当差。

原来大宋的递铺分为三种："步递""马递""急脚递"。己辰递铺属于马递，快于步递，可是马匹非老即弱，多是淘汰的军马，铺兵也多是罗马这样的，老的老小的小，即使快也有限。而为了传递紧急公文而设的"急脚递"则马匹配备要好得多。罗马便领了调令，与铜板一起前往五百里外的飞龙驿。

这时天气正是春末，罗马人往高处走，心花怒放，铜板体格健壮，士气高扬。两个游缰道上，也不赶路，只赏花踏青一路向北。正行间，忽见两匹健马迎面驰来，当先一匹枣红马，马上一人红袍金甲，颈上双搭狐狸尾，是个金人，满面赤红的酒气，大声吼叫，扬鞭催马；后边一匹白马，马上一人，穿着青年铺兵的号坎，只以双膝磕动铁骨梁，一言不发地追着。

罗马引缰避在道旁，暗道："这两人坐骑都不错，敢是在比赛么？"

却见那两马如风驰电掣一般，从罗马身边驰过。罗马也不多事，待二马跑远，才再驱铜板往前走，才行了里许，忽然间身后马蹄声如暴雨一般，回头一看，那金人的枣红马已经折回头从后赶来。再往后看,那铺兵的白马却已给甩得不见了。

那金人超过罗马,回头看他一眼,面上全是鄙夷之色,叽里呱啦地吼叫。罗马莫名其妙,眼看着他绝尘而去。再过片刻,那铺兵的白马才呼哧呼哧地赶来。铜板本是闲逛,可是连续被两匹赛马超过,再难忍耐,抖鬃毛,人立长嘶。罗马知道它好胜心起,叫道:"铜板,慢点!"

铜板已然奋四蹄向前蹿去,三个起落先超过那白马。再低头一冲,已然看着那金人的背影。金人本来胜券在握,忽又听见身后追赶的蹄声,回头一看,不由又惊又怒,从鞍侧摘下马鞭,一鞭鞭乱抽马臀,将枣红马再催快了三分。

铜板抬起头来,长鬃迎风飞舞。前面已出现一处驿站营房,道旁石碑,上书两个大字:飞龙。那金人再奋力鞭马,罗马既然到了自己的目的地,哪里还与他缠斗,超过了他,一带缰绳,铜板撒开四蹄,往旁边一拐,已冲进了驿站。

那飞龙驿是两溜兵房,好大一个围场。驿中空地上正设有酒宴,一行大宋官员正向几位金人大官敬酒。听见马蹄声响,一起抬头看时,正看见铜板、罗马一骑当先,闯进驿站。有官员笑道:"原来是无关人等。"

后边那金人已旋风般赶来,口中哇呀呀地乱骂。看见罗马停下,手中马鞭已发出一声尖啸抽来。铜板轻轻一纵,闪过了这一击。罗马眼见驿中排场,滚鞍下马手奉调令,叩首道:"小、小人己辰'寄'……己辰递铺铺兵、罗马,奉令前来报到……"他生性内向,和铜板说话时尚能谈笑自如,可是和人说话,却总是紧张,什么话都说得磕磕绊绊,结舌噎气。

那比赛的金人跳下马来,满面不忿之色,大声嚷嚷,有通译在一旁低声译了。原来那赛马的金人名叫完颜赤海,恼罗马在后半程以逸待劳,偷奸取巧地破坏了比赛,故此发怒。大宋官员一个个神情尴尬,内中有一人姓王名谚字仲文,乃是礼部高官,全权负责此次金使的迎送，当下将袍袖一拂，道："来人，将这冒犯完颜大人的东西绑了！"

罗马一愣，大呼"冤枉"，那金人完颜赤海也颇感惊异，朝着通译乱叫，通译译道："不要绑这个人！完颜大人说，他的马虽然是投机取巧，但能赢了方才的'火烧云'也确实不慢。因此完颜大人要和他加赛一场！他若胜了，仍算大宋不输；他若败了，方才两国所下赌注的三百两白银，却要再翻一番！"

原来这一行金人乃是金国使宋的使者。此前宋金虽已会盟攻辽，皇帝赵佶却迟迟不肯出兵，所发人马，只在边境逡巡，直待金人大胜，才大军追击去捡辽兵的便宜——不料还是被辽人打败，又靠金人决战取胜，将堂堂耶律氏灭国。

金国使者此次进京便是责问皇帝贪功背信之事。皇帝理亏气短，又见金人战无不胜，心下早就虚了，早早地许下多多的赔偿，被金人占去的云州等地也不敢索要，这才将金使安抚下来，又派了专人毕恭毕敬地将之护送回国。王大人等接下这等苦差，诚惶诚恐，处处曲意奉承，终于令一路平安无事，岂料就在这飞龙驿，终于又生出事端来。

一行人出京，一路无事，于昨日来到驿馆时，却不知是哪个侍从嘴快，说起附近的飞龙驿乃是大宋有名的金牌递铺，快马送信可日行五百里。金人中便有完颜赤海道："我们金人生长关外，大漠驰骋，快马天下无敌。今日骏马相遇，不如赌上一赌。"王大人等道："我等奉圣谕护送诸位大人出关，实在不应有此意气之争。"金人只是不依。这完颜赤海虽然暴躁粗鄙，但其实却是出使副使，金相宗翰的得意门生，端的得罪不得。王大人无奈，只得安排了这场比赛。眼看金人赢了也就结束了，却不料又生此变故。

当下王大人将罗马带至背人之处，问道："罗马，你可知罪？"罗马垂首道："小、小人扰了大人们的比赛……大人们的兴致。"王大人叹道："兴致？若只是酒后赌马，玩笑怡情也就罢了，可是现在宋金关系微妙，是和是战，全着落在这几个使者身上，看他们回国之后面对金主时，会说出什么来。为了免生事端，上至圣上，下至我们这些为臣子的，哪个不是对他们加力讨好？偏你逞能，违规参赛，惹得完颜赤海将军不快。"

罗马汗出如浆，道："我不知道这个、这个比赛这么严重……"王大人道："那么，稍后你与那金人比试，可知该当如何？"罗马耿直，道："小人一定'悬'力……全力以赴，光明正大地赢他，让他死心……没话说！"

王大人不悦道："错了！这一场比赛你是输得赢不得！你若输了，我便不再追究你冒闯之罪；你若赢了，你这项上人头，只怕就得落地！"罗马犹豫道："可是那赌注，六百两……"还待再说，王大人却已截口道："六百两又算得什么？我天朝上国，还怕输这么两个钱么？咱们现在花多少钱，只需哄得金国使者开心就是烧了高香。你这小小铺兵不明白倒也没有关系，只需记得只能输，不能赢也就是了。"

罗马领命来到前边上马。那完颜赤海早已换了一匹黑马相候。只见那黑马，其高过丈，两耳尖尖，眼似铜铃，一看见铜板便甩尾喷鼻，尽是挑衅之意。铜板定定地朝它看了一眼，甩了甩长鬃，伸长脖子去地下啃草。

两马在驿门前并肩站了，有驿卒手摇红旗，在前面迎风一展，比赛开始。那黑马如弩箭般蹿将出去，泼开四蹄，溅起朵朵土花绝尘而去。铜板本来是分毫不差地起步，可是罗马记得王大人军令，只把缰绳儿揪得紧紧的。铜板受制，虽欲争胜却跑不起来，只能歪着头，斜身跑了出去。

骏马最是好胜，铜板尤其如此，自脚力大成之后，已有一年多未曾输给过其他马匹。这一回明明白白的赌赛，却被罗马拖累，直气得鼻喷热气口吐白沫，摇头摆尾前扑后颠，将嚼子咬得"嘎巴嘎巴"直响，跑出三五里地，白沫都变成了血沫。罗马心痛，叫道："铜板，铜板！你莫要怪我！长官有令，你我当兵的又有什么办法？"

一人一马跌跌撞撞地走，路上迎面却来了一人。只见这人，齐额扎一块蓝巾,三十来岁,五官平常,穿一身灰布衣裳,肩上搭个搭膊,双腿上倒打千层浪的绑腿,瞧来紧抻利落,是个走远路的行人。罗马担心铜板尥蹄子碰着他,叫道:"让一让!让一让!"那人抬起头来,看见铜板挣扎,低声道:"可怜,可怜。"

这时铜板正与他擦肩而过,罗马听见他说话,微微一愣。只见一道白光闪过,罗马手上两股马缰齐断。罗马力气使空,几乎一个跟头栽下地去,再直起腰来时,铜板失去束缚,已跑了个风驰电掣。那断缰垂在他两侧,罗马本就心疼犹豫,这时有了借口,索性把心一横,由着铜板去跑。这马委屈了许久,一朝得以宣泄,如何还肯停下来?直跑了个四蹄生风,跑过半程,已经追上完颜赤海,跑回驿站,完颜赤海一人一马早给甩得无影无踪。

罗马跳下马来,王大人远远地冷笑道:"我大宋好快的马!"罗马不敢接茬,回头来看铜板,只见铜板鼻翼上流下血来,乃是方才跑得太猛,迸裂了鼻内的血管,心疼得将脸贴上铜板的额头,道:"对不起啦,让你受委屈了。"旁边有卫兵领王大人之令,上前将他摁倒绑了。罗马垂头伏罪,只对旁边的驿卒道:"我的马倔,别被它踢,它还咬人……只要信它,它一定比你们厉害!"

正是:重臣求败怯畏首,畜牲争胜强出头。欲知后事如何,且听下回分解。

第二回

地理图阮飞盗信　借调令罗马出关

人活一世,自来最受束缚。孩童之时尚能天真烂漫、率性而为,到了开蒙识字,受前贤教诲,经千般世故,就慢慢变了。越是见多识广,越是小心翼翼;越是满腹经纶,越是瞻前顾后。是故,仗义每从屠狗辈,负心多是读书人。原因无他,不过是市井中人少读了些书，少受了些约束，少了几分迂腐，便多了几分天真，几分正义。

且说罗马一时气盛，违背了王大人命令，在赛马时大胜金人完颜赤海，闯下了滔天大祸，王大人如何容得？一声令下，早有人将罗马绑了。罗马心知必死，也不挣扎。给一旁驿卒托付铜板时，因不会说话，又把人都得罪了。旁边却有金人问道："这个人到底犯了什么罪，你们三番四次地要绑他？"

王大人赔笑道："这小卒子好不懂事，屡次坏了几位使者的兴致，不好好教训一下，那还了得？"几个金人面面相觑，不明白这是什么道理。正不知所措，驿门外马蹄声响，完颜赤海终于回来，在马上看见铜板，咧开大嘴哈哈大笑，跳下马走过来，一看罗马被绑住了，勃然大怒，手中马鞭乱挥，噼噼啪啪地把押着罗马的卫兵都打开了。

王大人惊道："完颜将军这是为何？"完颜赤海怒目相视，暴跳如雷。通译道："完颜将军说，这个人骑术精绝，快马无敌，是真正的大英雄，他输得开心，输得痛快！这个人是他的好朋友，谁绑这个人，谁就是在和他完颜赤海为敌。"王大人不料这金人这般乖张，自己一记马屁拍在了马蹄子上，心中郁闷，脸上哪敢露出来，忙不迭地就把罗马放了。罗马险死还生，兀自吓得手脚发软，倒也对这金人颇生好感。

便又重吃了一回酒，完颜赤海招呼给罗马加了张凳子。罗马长这么大，头一回受到这般礼遇，当真是受宠若惊，勉强吃了数盏酒，直如受刑一般。那通译受完颜赤海指派，不时问起铜板的本领、血统，罗马支支吾吾地说不出个所以然。完颜赤海看他老实，越发喜爱，忽然转头吩咐侍从，便端出一盘金元宝，对王大人道："这是咱们的赌注，我输了，六百两银子给你！"王大人摆手道："完颜大人玩笑了，赛马下注一事，游戏怡情而已，怎可当真？我还能真要完颜大人的银子么？可折煞我了。"

完颜赤海一再坚持，王大人只是不收。完颜赤海道："我们金人赌得起便输得起，你干吗这么婆妈？若是怕我折本，我却有个请求：

你将这黄马、骑手一并送了给我,让我带他归国,与我国国主、王公去赌赛,帮我多挣些赏赐、赌金也就是了。"

通译说出来,罗马大吃一惊,王大人哈哈大笑,道:"这事简单,我去与这驿站长官说一声,就将这驿卒送了你,供大人差遣也就是了。"完颜赤海大笑道:"不费事么?"王大人摆手道:"举手之劳罢了!"招手叫来飞龙驿管事,道:"这个驿卒蒙完颜大人青眼,将随侍完颜大人左右,前往金国做事。以后就不在你这送信了,你去给他办一下手续。"管事踌躇道:"这罗马才是第一日来我驿站报到,这便转走,是不是不合适?"

王大人怒道:"大金国助我们新灭了辽寇,于我国恩义有加。当今圣上对完颜大人都万般宠爱,你一个驿站驿卒值什么,敢来推三阻四,违逆友邦之意?"那管事吃他训斥,诺诺连声,垂着头去了。罗马大急,吞吞吐吐地告声罪,离席去追。

这管事姓杨名达,在驿站服役已有十几年,最是聪明伶俐,领了王大人的令,虽然心不甘情不愿,也只能来到后边办公的所在。罗马在后边赶上,叫道:"大人,大人!"杨达回过头来,拱手道:"罗兄弟,大喜啊。"

罗马局促道:"大人、大人不要……使不得……不行……"一急,越发说不清话了。

杨达冷笑道:"有什么使不得的。日后你随完颜大人在大金发达,高官厚禄,享不尽的荣华富贵,再也不用如我等驿卒铺兵一般,起早贪黑,奔波劳碌,岂不是好事么?"一边说,一边在花名簿上找着罗马的名字。

罗马见他认真,越发着急,道:"大人胡说……我是铺兵……大宋的铺兵去金国?不行,我不去!……生是大宋人,死是大宋鬼!"原来这罗马虽不曾读过什么书,可是在乡下时,多曾听过老人讲古,后来在军营当中,也听老兵说过许多英烈之事,因此对他来说,"忠君爱国"四个字虽不会写,实则却早已深深地烙在他的心里。

杨达道:"可是王大人已经下令,木已成舟,你多说无益。"

罗马"扑通"跪倒，道："大人救我！救救我！"杨达笑道："你这样不给王大人面子，屡次冒犯于他，不怕他处罚你么？"罗马道："我、我宁愿挨鞭子，不去！……也不去！"杨达哈哈大笑，将罗马拉起身来，道："咱们关上门来说话。"

将营房房门关了，把罗马上下打量，道："好一个赤胆忠心的好男儿，我飞龙驿有你这样的好汉，当真光荣。"忽然向罗马纳头便拜，罗马惊道："你干什么！"惊得连"大人"都吃掉了。

杨达道："我乃飞龙驿管事杨达，今日有一事相托！"罗马道："干吗？"杨达道："完颜赤海要借罗兄出关，我却有个不情之请，还望罗兄成全：金国与我大宋，虽然分属同盟，但大辽既灭，一山不容二虎，两国已渐起摩擦，只怕大战已是不远。我堂堂中华礼仪之邦，自不能背信弃义，率先开兵宣战，可是害人之心不可有，防人之心不可无。我听说已有志士暗中潜入金都上京会宁府，监视金廷动向。可是此去会宁府，千山万水，他们便是得着了情报，又怎么送回来？如今这完颜赤海乃是金国重臣，他既看重于你，正是天赐的良机，罗兄你便顺水推舟，和他同去金国走上一遭，时刻监视他朝中动向。金国若是与我国交好也就罢了，若是他们敢有异动，罗兄，便请你的快马，驰驿来报！"

罗马听了，热血沸腾，道："有这样的事？"突然之间觉得自己肩上的分量重了起来。想到国家有难，不由心情激荡，道："那我一定会回来，报信！我去！"

他说得颠三倒四，杨达一转念才明白过来，道："我代天下百姓，向罗兄一礼。此去金国，风土不同于中原，更需忍辱负重，罗兄一路珍重。"

两人便携手来到桌前，杨达在驿站名簿上将罗马的名字勾掉，罗马知道这一笔下去，自己就要远离故土，不由黯然。名簿一旁，杨达注道："借调出关，随行金国。某年月日。"

罗马又到前面来见完颜赤海。王大人道："你方才急急忙忙地干什么去了？"罗马已得杨达教导，道："杨大人……我看杨大人眼熟，认错了、认错了……"王大人道:"完颜大人大人不记小人过,不仅不恼你冒犯之事,更着意提拔于你。你与他同归大金,一路上要小心侍奉。"罗马道:"是。"结结巴巴地向完颜赤海、王大人都敬了酒,完颜赤海笑道:"我大金虽不及你中原富饶,可是天高地阔,骏马如云,你若爱骑马,到了可有你美的。"一桌人哈哈大笑,吃喝尽兴。当天傍晚,罗马辞了驿站,随完颜赤海、王大人一行人来到附近的驿馆休息。

且说罗马,这一天之中大喜大悲,命运变幻,怎不让他思之忐忑。晚上洗漱了,却怎么也睡不着,便披件外衣,趿拉着鞋,来到后面马厩找铜板说话。那铜板自幼落下病根,别的马都是站着睡觉,它却习惯了躺倒休息,听见罗马走来,耳朵一支棱,一骨碌站了起来。

罗马看见它,便笑了起来,道:"你这懒马,今时不同往日,你我不是在己辰驿站里,人人习惯了你四脚朝天。给这的人看见你这副尊容,可不是要以为你又生病了么?到时候拿个竹筒,给你吹大药丸子。"原来牲口吃药都是人拿竹管嘴对嘴地吹。

铜板不服,把头乱摇。罗马一把抱住,轻轻抚摸马颈,道:"今天可是委屈你了,都怪我,竟想让你输给那样的慢马。我们的铜板,怎么咽得下这口气?"铜板回过头来,大大咧咧地舔他一下,仿佛说道:"算了,反正赢了。"

罗马生性木讷,与人说话都是直撅撅的又冲又愣,偏与这马儿,几年的并肩作战,同吃同住,荣辱与共,早如亲兄弟一般熟稔,这时虽是自言自语,却是知己谈心一般自在。一边说,一边给食槽里加了草料,看铜板吃得香甜,又拿了马梳给它梳毛。

就在这时,只听"咚"的一声轻响,有人跳进马厩,罗马吃了一惊,抬头看时,那进来的人不料马厩里黑灯瞎火的还有人,也愣了。月光下只见那人,头包蓝巾,足扎裹腿,正是日间赛马时路遇的汉子,他稍稍一顿,道:"别出声,我是'布衣刀'阮飞,为国事至此，要躲避一下。"

　　这人自报家门，显出坦诚来，罗马虽不知"布衣刀"是什么人，但对这人倒殊无恶感。盖因日间正在罗马踌躇难过之时，全靠这人一刀割断铜板的缰绳，才让他无愧于铜板，虽然险些因此丧命，却生出几分亲近来。这时见阮飞情急，便将铜板食槽中的剩草一拨，全抱出来，道："嗯，进去！"阮飞纵身跃进食槽，悄无声息。罗马再将剩草往阮飞身上一撒，一拍铜板的后颈，道："吃！"铜板真听话，低头就啃。

　　书中暗表，这阮飞可不是个一般人物，从小练武，得名师传授，习得一手绝世剑法，二十岁时便已名动江湖。之后弃剑从刀，投入军中，跟随童贯征辽时，一口寒铁朴刀不知斩下多少敌人的头颅。之后只因看不惯那阉贼无能，这才解甲还乡，又将长刀弃了，练出一口袖内短刀，在江湖上闯荡出好大的名头，在咱们这部书里，乃是第一号的英雄。有诗为证：

　　　　百战征辽一身胆，横行江湖天不管。
　　　　袖里铁腕要命刀，阎王老子也怕俺。

　　这边才布置好，外边脚步声响，已有一队官兵闯了进来，手中灯球火把，将马厩照得一片光亮，罗马以手遮眼，叫道："干什么，你们？"那带头的将领一看是罗马，也吃了一惊，知道罗马现在是完颜赤海面前红人，哪敢顶撞，道："不知罗大人在此，多有冒犯了。只是方才驿馆中来了盗贼，完颜赤海将军财物失窃，咱们正在追捕小偷。"罗马吃惊道："有吗？我不知道，没见着，这里没有外人来。"

　　那将领犹豫道："不知罗大人寅夜在此，是干什么？"罗马笑道："哦，加夜草。"那将领也听说"马无夜草不肥"，看那铜板都瘦得皮包骨了，不由也有些相信，道："罗大人有心了，你这匹马神骏不凡，当真是马中龙种，若再健硕一些，定可天下无敌。"罗马道：

"不是那样……过奖了、大人过奖了……大人忙，这儿要搜查么？"那将领得他一句话，大喜道："要搜！要搜！"将手一挥，士兵分头行动四处查了一回，回来报告道："没有！"

那将领眼珠一转，心道："便只有这黄马的食槽没有搜了。"随手抓了把草料，笑嘻嘻地走过来，道："这黄马今日连赢金人两匹快马，大长咱们志气，应该多吃……"岂料还没到食槽近前，忽然铜板从食槽拔出头来，扭脸就咬。那将领吃了一惊，往后一退，手里的草料也掉了。罗马笑道："它脾气大、护食，吃料时都不让人走近，除了我。"那将领干笑一下，心道："这时槽中草料不多，那马又一直在吃，应当没有贼人藏身。"拱手道："打扰罗大人了。"带着士兵又出去搜索了。

待到外边脚步声远，食槽里阮飞一挺身坐了起来，将身上草料拍拍，赞道："好聪明的马儿！"原来方才他身上只有薄薄的一层草料，全靠铜板一根根地大口吃草，才维持许久。罗马笑道："它比我聪明，真的。"阮飞纵身下地，拱手道："多谢罗大人相助之恩。白天时阮飞多有冒犯，还望海涵。"因听到那将领对罗马客气，便知道他地位非凡，到马厩门口向外一张，只见外面灯火通明，仍在搜查，皱眉道："杀出去虽然不难，但此时我还不能现身相斗。"回头对罗马道："只怕还得在此多叨扰罗大人片刻。"

罗马把手乱摆道："什么罗大人，我不是！不过是个被弃用的铺兵。"便结结巴巴地把今天赛马前后之事都说了。阮飞听了，沉吟道："这杨达好生不凡的见识，世事果然给他料中。"伸手入怀一掏，抓出一扎书信来，又展开一张纸来，道："罗兄请看这是什么？"

罗马凑近一看，只见纸上黑乎乎的，仿佛画了些什么，仔细辨认，道："图、地图？"阮飞咬牙道："不错！正是我国的山河经略图，我方才从那完颜赤海身边偷出。这人出使我国，一来一回，已将金国到咱们汴梁城的一切冲塞要道、天险地利都记录在此了。两国不开战便罢，一开战，这便是他们长驱直入的钥匙。"

罗马大吃一惊，料不到那瞧来粗鲁耿直的完颜赤海竟有这样的心思。阮飞又将书信一扬,道:"而这些,便是完颜赤海这回回去要交给大金皇帝的信,写信的人,都是汴梁城里金殿之上的社稷重臣。他们拿着大宋的俸禄,却与金国暗通款曲,只差大声疾呼'君若攻宋,臣必内应相合'了!"罗马从小不曾读书,可是最敬仰那些知书达理识大体的读书人,一向以为能为人臣者,必然是饱读诗书、楷模一世之人。想不到这一晚却听到这样无耻的事实,不由如遭五雷轰顶,一时讷讷不得言。

阮飞道:"我在汴梁听说有这样的书信,兀自不信,缀上来查看,这才发现事态远比我想象严重。不过现在形势微妙,我手上这些东西一旦现身,宋金两国都是颜面无存,必然即刻宣战,反而不美。为今之计,我便只能潜行出去,寻一位能当大事的人物,不动声色地主持大局。如此,方能避免战火。"罗马道:"你说,我做!"阮飞道:"此事说来简单,只是希望罗兄帮我在驿馆东南处放一把火。如此,我便可趁乱走了。"

罗马一咬牙,道:"我去找火镰!放火!"阮飞将他拉住,笑道:"哪有那么麻烦?"从搭膊中取出一个叉八弹弓,一枚圆丸,道:"寻着目标,在二十步外发射,雷火弹爆裂即燃,罗兄可因此避嫌。"罗马接过,道:"好,我去。"

阮飞道:"罗兄,此去一旦火起,我必是借机遁走,不能回头看顾,罗兄切切小心自己!这弹弓便送与罗兄做个纪念,此物打造精巧,若是使得好,也是威力可观,罗兄勤加练习,当可成为客居金国的防身技艺。咱们后会有期。"

罗马点头称是,道:"后会有期。"来到外边,跟着士兵咋咋呼呼地抓贼,不知不觉踱到东南,觑见左右无人注意,扣弹丸张弓一射,"啪"的一声巨响,二十步开外的一间杂物房轰然火起。搜查的士兵被火光巨响吸引,全没人注意罗马收好了弹弓。驿馆中一时大乱,救火的搜人的乱成了一团,罗马卖力救火,忙碌一晚。到天将亮时才告一段落,来到马厩去看铜板,阮飞已然不见,铜板看见他时,笑得鬼祟。

正是：任你满朝窝囊废，我有草莽大英雄。欲知后事如何，且听下回分解。

第三回
鹰愁涧金蟾剪径　会宁府秦双拿鹰

　　人在少年时，常常耿直不知变通，以为理想是怎样，现实便应该是怎样。可是实际却是，要活下去，要完成自己的责任，便需不断地妥协牺牲。罗马本是个与世无争的铺兵，只求与铜板并肩作战，为国尽力，将来退伍还乡，置上两亩田产，娶妻生子颐养天年罢了。岂料想一日之间，竟被连人带马赠予金人。本来想宁死不从，却被飞龙驿杨达晓以大义，授以大任，这才忍辱负重，随行金人左右。到了晚间，又莫名救了盗信义士阮飞。

　　且说第二日，完颜赤海遍寻盗信的贼人不见，心知不妙，再也不敢耽搁，便立即动身归国。王大人与一众随行奔波相送，到了两国边境方把酒惜别。之后王大人还朝，完颜赤海继续北上，再与罗马说话时，已是一口流利的汉话。原来他既作使者，本就是个中国通，只不过与大宋官员交涉，有通译传话方便搪塞演戏罢了。

　　关外风物果然与中土不同。但见漠漠荒野，千里无人，远处山峦起伏，头上鹰雁高飞，天高云淡，朔风透骨。罗马有时睹物伤怀，想到此去吉凶未卜，不由愈感孤寂；有时却觉得风光豪迈，甚堪高歌天地。与他相比，铜板一身长毛飘扬在风里，倒是更见洒脱。

　　这一日午后，使节队来到一处山涧，名曰"鹰愁"。两面崖峰高耸，直插入云，中间一条小路，让人望见胆寒。那金使正使也是个谨慎的人，便命就此安营。派了哨探探路，准备明日一早通过。

　　下午无事，罗马便乘了铜板出营，在山边草坡上散心。翻过一道山丘，前面一条小河，一人正精赤着上身刷马，不是别人，正是完颜赤海。罗马正待回避，完颜赤海却已看到了他，叫道："罗兄！"

罗马无奈，催铜板过去。完颜赤海一翻身跳上马，河水淋淋漓漓地从靴子里流出来，笑道："闲来无事，再比一场？"

罗马越看他和蔼，越鄙薄他的卑鄙，闷声道："你赢不了。"

完颜赤海却就喜欢这人直通通的脾气，也不以为忤，笑道："那就来啊！"一催马，黑马踏过小河，溅起一片水花，一路冲下去了。罗马冷笑一声，一带铜板丝缰，喝道："铜板，追！"

铜板大喜，泼剌剌地追了下去。

两骑马一前一后，在碧绿的草坂上如电疾驰，铜板追那黑马越来越近，完颜赤海放声大笑，两马头衔尾跑了近百丈，那黑马疲态毕露，铜板正要超它，突然间只听山涧间"嗷"的一声大叫，草丛中已跃起一人，叫道："此路是我开……"

黑马与铜板已从他头顶上跃过去了。

那人还叫："此树是我栽……"一眼看到眼前没人了，身后却传来马蹄声，一回头，怒道："姥姥！我还没说完呢！好不容易碰上你们了，还想跑！"一转身，已从背后掣出一条八尺七寸长浑铁量天尺来，往地上一点一撑，"噌"地跳出两丈多远，借着冲劲再跳，一跃就是三丈多远。一起一落间，竟然比快马还快。

这时铜板已经超过了黑马，那人飞身赶上黑马，半空中一把抓住黑马的辔头，叫道："你给我站着！"身子往下一落，臂上使劲，那黑马正跑得四蹄腾空，被他这样一压，前腿骤然落地一顶，身子高高拱起，后腿跟上来一撑，猛地横力变纵力，人立而起，长嘶暴叫，那完颜赤海是光鞴骑马的，这一颠，顿时坐不住，"扑通"一声摔下马来。

黑马被这强人一把拉得果然站着了，那人却不停，几步又赶上了铜板，伸手去拉铜板的辔头，叫道："你给我……"突然铜板往前一蹿，他这一把便摸在了罗马的腿上。那人大怒，加力追上马头，又去拉缰，结果这一回便摸在了铜板的屁股上。那人气得发疯，拼命去追，这回铜板连马尾巴都不留给他了。

那人气得哇哇暴叫,停了脚,罗马也没见过能几次追得上铜板的"人",不由也感惊讶,勒停了铜板回头来看。只见身后这人,身高不过五尺,天生的肩宽背厚短颈方头,窄脑门浓眉毛,小眼睛大鼻子,一张阔口又长了个地包天的下巴。手里拄着一根浑铁量天尺,长得又丑又怪,可是丑得精神,怪得刚猛,端的是个好汉样貌。后人有诗为证:

勿笑矬来勿笑傻,勿笑丑来勿笑嘎。
英雄两臂千钧力,不让隋唐李元霸。

罗马叫道:"你是谁?好快的脚!"只见后边完颜赤海正从地上爬起来,跌得腰疼。

那丑人叫道:"我是谁?我是劫道的!"罗马奇道:"劫道?又不是'道',这儿!"那丑人叫道:"你管我!这宽绰!"罗马一愣,不明其意。那边完颜赤海却已经活动开筋骨,怒气冲冲地赶过来,骂道:"哪里来的野人,惊了爷的马。"自两腿鹿皮鞘中抽出一对金锏,望定丑人打来。

那丑人横量天尺一架,叫道:"来得好!""噌、噌"两声大响,两人各退了两步。

完颜赤海左手金锏二十五斤,右手金锏三十斤,向来与人放对不曾输过,这时却倒吸一口冷气,暗道:"这人好大的力气。"却听那丑人叫道:"好小子,好大的力气!"又搬量天尺来砸。两人打铁似的硬撼了十来招,完颜赤海已给震得两臂发麻,心中想道:"这人看起来半傻不呆,不会什么招数,力气倒是不小,竟似不输于我。我又何苦与他比拼力气,师父传授的那二十八式'龙王锏'不使与他,却留着干什么?"再看那丑人一量天尺砸来,轻轻往旁边一让,避过了这一击的锋芒,就要展开反攻。

岂料那丑人虽然憨直,功夫却另有一套。眼见完颜赤海往旁边一闪,让出了先机,他这边上步跟身,将砸空的量天尺稍稍一拖,两臂伸直,八尺七寸长的大铁尺收到胯侧,喝道:"转!"量天尺余势甩开,由后往前抽来,人随尺走,尺随人旋,一人一尺化作个大陀螺,一圈接着一圈,量天尺幻出层层黑影,直往完颜赤海腰上砸去。

完颜赤海吓了一跳,想不到这愣头青还有这样的笨招术,被丑人的长兵器逼住,不敢硬搪,且战且退,心中暗道:"我倒要看你这样的猛招能撑多久。"却见那丑人量天尺使到酣处,蓦地叫道:"穿!"手一松,量天尺脱手而出挂定风声,直望完颜赤海胸前射来。他这量天尺重达七十一斤,这时甩起来,力道怕没有千斤?真挨一下,完颜赤海就真的"穿"了。

完颜赤海吓了个魂飞魄散,拼死命往旁边一闪,两铜横在胸前奋力向外一封,"当"的一声,总算免遭贯胸之厄,还没回过神来,下边那丑人已经蹿到,一拳捅在他肚子上,叫道:"断!"

那丑人个子低,这一拳在完颜赤海脐侧落力,力贯小腹,完颜赤海只觉眼前一黑,欠身捧腹,几乎真的折断。那丑人也不停手,上边一拳打完,下边一脚正踹在完颜赤海膝侧,"咔"的一声,完颜赤海虽不曾跪倒,但大大地向外迈开一步,身子都伏低了。那丑人觑得亲切,两只钵盂大的拳头左右开弓,"啪啪"两响,又中完颜赤海脸上。三拳一脚打毕,完颜赤海便是大罗金仙转世也撑不住了,"当啷啷"双铜落地,直挺挺地向后摔倒了。

那丑人打得兴起,扑过来骑在完颜赤海的身上继续打。罗马手抬起来待要制止,又想到完颜赤海偷画山河图之事,不由略一犹豫。却见那丑人骑在完颜赤海的肚子上,突然身子一耸,又往下一沉,脖子已被完颜赤海右腿绞住,往后一扳,"轰"地倒了。

原来完颜赤海出身关外,最会摔跤,那丑人却只是力大,与他近身缠斗顿时吃亏,先被他肚腹一拱,失了根基,接着又被一脚缠翻,摁在地上搔。不过那丑人倒是皮糙肉厚,被打了全不怕痛,虽然胳膊短,但被打三拳总要还上一两拳。两个人便这样乒乓互殴,打了个五光十色,罗马、铜板看得目瞪口呆,只见两人打到最后,力尽筋疲，越打越慢，末了完颜赤海终于打不动，逼住那丑人笑道："你……你……你叫什么名字？"

那丑人挣扎不开，瞪眼道："我叫金蟾！"完颜赤海已起了爱才之意，道："你力气不小。"那金蟾道："你力气也不小啊。"完颜赤海笑道："这么大的力气却用来劫道，未免可惜了。你跟我走吧！"金蟾道："跟你走干什么？"完颜赤海道："我大金国正是用人之际，你跟我走，我让你做将军！"金蟾道："做将军干什么？"

完颜赤海被他反问得一愣，心念一转，心道："这人什么都不懂，可怎么办？是了——"道："做了将军，就有肉吃！"这句话真是有效，金蟾顿时激动，道："我跟你走，你不许骗我！"

完颜赤海哈哈大笑，站起身来，那金蟾也爬起来，叮咛道："还要五花的！"

罗马在一旁看着，先是觉得这两人好笑，眼见完颜赤海三言两语收了金蟾，却不由得有些心惊。这完颜赤海外表憨直粗鲁，可是讨铜板、收金蟾，当真是有海纳百川的招贤胸怀。金国若都是这样的人物，那得聚集了多少能人异士？

于是完颜赤海重新上马，伸手对金蟾道："上马，我带你回营！"那金蟾道："不用，我是飞毛腿，你们的马跑不过我的！"完颜赤海笑道："有你的！"回头对罗马道："走啦！回营！"三人两马便疾驰回营，那金蟾果然赶得上两匹良驹。

完颜赤海问起金蟾的来历，原来这人乃是山东胶州人士，自幼天赋异禀，又得异人传授，徒步奔走，天下无人能及，因此得了绰号"三条腿"。他本性好斗，听说金国会宁府有人摆擂比武，因此才会北上。不料走到这里，盘缠花光，走投无路学人家劫道。不料他人憨心直，劫道都不知选在哪里，只想到越宽的地方大概经过的人就越多，于是整个地选在了山坡上。苦等了两天都没人经过，完颜赤海再不撞来，他饿也要饿死自己了。

完颜赤海听了哈哈大笑，罗马在旁边也听得莞尔。虽然觉得这人头脑不太清楚，可是天性纯朴是没有错的，而且金营当中终于多了金蟾这个汉人,也算他乡遇故了。

  第二日,使者团便过了鹰愁涧,再走半个月,终于到了金国都城上京会宁府。会宁府这时尚非土木之城,虽然也是商贾繁华,但人们的住所还都是毡帐为主,罗马放眼所见,熙来攘往的人群后,尽是些圆滚滚、花花绿绿的帐篷,一时完全不能适应。

  早有人出城迎接,内里又有完颜赤海府中总管家将等。使团便即解散,完颜赤海率众回帐,路上专门在其中叫出一骑,对罗马介绍道:"罗马,这位秦马师也是汉人,云州秦家世传的相马、驯马技术,你可别小看了他。在府上,关于马匹有什么需要的,就找他说!"又对那驯马师道:"这位罗马是我的贵客,将会代我与会宁府上下赛马。你需好好照料他的坐骑,但有差池我唯你是问。"那驯马师躬身领命,道:"大人但请放心,秦双必保宝马无虞。"声音异常清脆。罗马定睛看时,原来竟是个女子。罗马答道:"嗯。"心里却大不以为然,暗道:"一个女子,能驯得什么好马?"

  那秦马师便与罗马并辔而行,将铜板上上下下地看了一遍,忽然道:"好马!"

  罗马耸肩一笑,不仅不领情,反而生出几分鄙薄。原来铜板脚力虽好,卖相却实在不怎样。一身瘦骨支棱,更兼毛色不纯,走路时没精打采的,长鬃又不让剪,时时遮住半边脸,以马而言,担不起个"骏"字,以人类而言,活脱是个泼皮二流子的模样。罗马与它同伴数年,早习惯了别人对它的前倨后恭,这回这秦马师在铜板未跑之前便赞它是好马,岂不是无凭无据地乱拍马屁么,"哼"了一声,道:"完颜赤海胡说……这么瘦,也像好马?"

  那秦马师听他说得这般刻薄,也愣了一愣,暗道:"莫非这人只是个庸才,这马是明珠暗投,未逢真主么?"仔细把铜板上下打量,只见它鞍鞯虽然老旧,却熨帖合适,显见用得极是讲究,这才放下心来,笑道:"罗大哥好爱说笑。你明明把它当了宝贝一般服侍,自然是知道它的好处。怎的我一夸,你便言不由衷,莫不是怕我抢么?"

　　罗马一愣，不知道这女子怎么这么不知羞耻，只是要阿谀自己。看她一眼，只见这女子身穿一件男式长袍，脚蹬一双磨得灰白的短腰牛皮靴子，肤色被晒得棕黄，头发也如男人般随便一扎，色泽暗淡。但眉目清秀，腰间扎一条红色缠腰带，虽然没有一般女子的明媚，但颇有几分英姿飒爽，无论如何也不应当这般无耻才对。

　　罗马心中莫名生出不快，更不愿多谈，便将双目远眺。其时金人开化未久，规划建筑一切都粗糙杂乱，毫无章法。可是一眼望去，只见帐篷中间夹杂着些土坯房，金顶大帐旁边便是臭气熏天的驼队，大街上金人、汉人、奇装的别族人往来穿行，莫名的便有了一种原始粗粝的生机，令这城市与中原的奢华安逸，有了分外的不同。罗马心中感叹，金蟾更是一路啧啧称奇。

　　正行走间，忽然只听一声长唳，一只青腹黑背的苍鹰一个俯冲从半空中斜滑而下。只见它，金睛阔翅，箭尾钩喙，从后边无声无息地滑行到众人头顶，将铁爪一伸，"啪"的一声，抓走了完颜赤海头上的皮帽。

　　那皮帽子是完颜赤海出关后才戴上的，乃是一张完整的火狐皮缝就，前颅顶上趴着火狐的脸，两只眼睛是两粒闪闪放光的祖母绿。那只鹰本是猎户驯养，不甚怕人，这时也不知是被宝石的光芒吸引，还是被那火狐所诱，竟然冒险偷袭，就在这么多人的头顶上，一把抓走了那顶帽子。

　　完颜赤海吃了一惊，伸手一按头顶，叫道："哎哟!"挥鞭去打，只以毫厘之差落空了。两旁的侍卫见着，都用刀枪去捅，那鹰轻轻一振翅，又逃出了这些攻击的有效范围。

　　后边的人惊叫，前边的人陆续回头。可是那只鹰飞得好巧，仿佛挑衅一般，只低低地贴着众人头顶掠过，既快得让人抓不着，又慢得让人跃跃欲试。罗马在后面看得清楚，只见随着那鹰飞过，队伍中便有两三条胳膊举起又落下。

突然间，罗马身旁的秦双一催马，已跑了出去。罗马一愣，道："追不上……"忽然反应过来，又闭了嘴，等着看这女子出丑。只见他们立身之处距那鹰虽只二十几步，那鹰飞得又不快，但中间隔了兵丁军马，便是铜板也跑不开、追不上的。

岂料那秦双轻轻一催马，她的坐骑便从前面的两马中间，轻轻巧巧地穿了过去。再往前有个马夫拦路，那马只轻轻一纵，已经过关。罗马翘首望去，只见那一人一马左一转右一钻，在人群之中虽不十分风驰电掣，可是居然再也没有多落后一步。片刻之间，那一人一马已冲到了队首之外，前面一片空旷，那马骤然加速，眨眼间竟然逼近那鹰到了十步之内。那鹰听得身后马蹄声逼近，待要振翅加速，哪里还来得及？已被追到了五步之内。

苍鹰一声唳鸣，无奈之下只有蹿高，岂料双翅才翻，那秦双已在马背上一撑，蓦然间昂立于鞍上。只见疾风骏马，那女子振臂一纵，已经跳起身来，双手攥着了那苍鹰的双爪。苍鹰大惊，用力拍打翅膀，可是毕竟拉不动一个大活人，终于被秦双轻飘飘地拉下地来。

正是：剪径胜出英雄汉，拿鹰惊倒汉英雄。欲知后事如何，且听下回分解。

第四回

锦上花温泉泡马　雪里炭擂台敲钟

自三皇五帝以来，世人重男轻女之心已久。大户人家繁文缛节之中，生儿子便称为"弄璋之喜"，生女儿则称"弄瓦之喜"，让男孩女孩才一落地，便有了贵贱之分。千年重复下来，女子不仅失去了地位，更失去了整个社会对她们能力的信任。那罗马本是一介奇男子，视豸狗为朋，以牛马为友，以胸怀而论，世所少有。可是遇着女子的时候,却还是不自觉地将人看扁了。岂料那秦双端的好本事,走马拿鹰,控马之术竟然高明到了罗马闻所未闻的地步。

只见秦双落下地来,因手里拿着鹰,被鹰带得轻飘飘的,落下时直如天上仙子,不食人间烟火,罗马看了,不由心中一荡。那鹰还低下头来想啄她,秦双却也会驯鹰,给她闪电般地曲指一弹,弹在眉心,那鹰顿时蔫了。

秦双便将完颜赤海的帽子呈回,完颜赤海哈哈大笑,道:"好了,多谢秦姑娘了!那只鹰就放了吧,也没什么大不了的!"秦双领命,将鹰架在臂上,猛地一扬,那苍鹰顿时振翅高飞,才飞起七八丈高,突然间只见完颜赤海伸手从旁边侍卫肩上摘下一张长弓,闪电般认扣搭弦,只听"噔"的一声猝响,半天里那鹰猛地一震,笔直地摔了下来,落在地上"嘭"的一声,砸起一片尘土,正是被羽箭穿颈而过。完颜赤海将弓扔给旁边,忽的又解颐一笑,道:"许久不曾打猎,更少遇这样好的靶物了。过瘾!过瘾!"别人都不知道他到底是报复,还是真的手痒,一时各个噤若寒蝉,愣了片刻,才鼓掌叫好。

罗马吓得心中打了个突,暗道:"这人远没有表面上的那么大度。我将来若是不利于他,也不能有痴心妄想,还有什么退路了。"那秦马师见了血,早已是脸色煞白,闷声翻身上马,垂着头随队而行。

罗马见她消沉,偷偷把眼来。只见她脸色发白,眼中含泪,瞧来不再像方才那般坚强,却平添了几分楚楚,不由心生侧然。待要想法儿开解于她,一时又找不到话题。走了一炷香的工夫,来到完颜赤海的营盘,完颜赤海在马上挥鞭道:"罗马、金蟾,这一片二十个帐篷都是我的!来来来,先到我的帐篷里坐坐!我让他们给你们收拾出来一个住处。"

女真人好酒好客,完颜赤海久未回家,自然更会庆祝一番,这一坐,直坐到了天黑。金蟾酒到杯干,吃得尽兴,罗马却闷闷不乐,挨席看去,看不到秦双,不觉有些怅然,也喝了不少。越喝越不开心,便趁着酒劲,也不告辞,自出了大帐。

帐外冷风一吹,罗马头脑清醒了些,往后一转,找到了马栏。完颜赤海家中骏马千匹,罗马一一看来,黑暗之中,马儿有的慢慢嚼料,看他走过,盯着他看;有的已然垂头睡着,还发出微微的鼾声。罗马闻着马溲臊气,渐渐觉得一颗心慢慢安定下来。

走来走去,忽然前面传来铜板兴高采烈的喷鼻,罗马咧嘴大笑,快步向前,却见黑暗中,铜板的身边有一条人影,正给铜板刷洗,走近一看,正是秦双。罗马本就对日间不能安慰她有些愧疚,这时又遇上她,顿时又是开心又是紧张,道:"原来是你,秦姑娘。"

秦双抬起头来,笑道:"罗先生,我看你这马一路劳顿,就给它刷一刷。你不好好地喝酒,出来喂马?"罗马道:"马瘦,加点夜草,我每天都给。"秦双道:"跑得快就好了,膘肥体壮的干什么?又不是养猪。"罗马忽然想到白天那苍鹰来袭之前的谈话,于是捡起话头来道:"秦姑娘,你凭什么说,我这马好,是好马?你又没见它跑过。"

秦双抬起头来,道:"我不用看它跑。"

罗马奇道:"不用?"秦双说起相马,眼中渐渐放出光来,道:"我不用看它跑,只看它走路就能知道。它虽不算什么膘肥体壮,但四肢颀长有力,皮毛之下,肌肉起伏如水流动,最是自然灵活,一望可知,有一分力,便能跑出一分力,最不会浪费空耗。这种马,比一味体壮力大的,要能跑得多。"

罗马咧嘴道:"太玄了吧?"也拿起马刷刷洗。秦双笑道:"更玄的还在后边:我相马真正要看的其实不是肌肉筋骨,而是它的眼睛。须知马是龙形,虽然生性温和,但其实本心最是骄傲敏感,于奔跑一技更是天生的自负。等闲的马匹从小到大,总要遇着比自己跑得更快的马,被人超过一次,便是一次打击。别的像它这么大的马,早就屡屡受挫,眼神闪烁飘忽;而它虽然看来没什么精神,但其实已是神华内敛,我日间往它眼中看去,它毫不避讳,越对视,眼睛越亮,显见得面对挑衅满是信心。能有这样的眼神,这匹马,至少这一年多，都没有跑输过给别人了！"

她果然一语中的，罗马更知道真的遇到了高人，不由赞道："真准！铜板自前年……前年十二月起，已经再没有输过，算算也已经一年多、一年半了。"秦双听得一愣，问道："它叫什么名字？铜什么来着？"罗马道："铜板。"秦马师兀自难以置信道："铜板？"罗马搔头而笑，便将铜板得名的来历说了。秦双抿嘴低笑，道："你俩这名字都好玩。铜板，哈哈，也是不俗的名字了，比驰影、飞兔好听多了。"探过身来搔着铜板耳根，道："我祖籍云州，家中世代贩马相马为生，这样的马，也很少见到。"又笑道："不知道它能跑多快呢？"罗马笑道："你想有多快，铜板就能跑多快！"铜板舒服得耳朵乱抖，也不知道听进去没有。

秦双笑道："铜板有你这样的主人，真的值得。"忽然道："可是铜板也并非无懈可击。"罗马一惊，道："怎么？"秦双道："我刚才摸过它的筋骨。铜板两条后腿大筋格外粗大有力，最有利于爆发加速。可是现在，他左腿上的筋已经压住了血管，将来必成后患。"罗马大惊，道："那、那怎么办？"秦双笑道："也没什么大不了的，城外山中有一处温泉，里边天然含药，对舒筋活络最有效果。我过两天就带你和铜板过去，多泡两次，便没事了。"

罗马关心铜板的健康，更逾自己的性命，听说铜板有伤，早就急得心急火燎。这时酒劲一催，道："走吧，这就去吧！多拖一日，铜板便多伤一日。"秦双一愣，道："今天很晚了！"罗马道："就你和我，怕什么！"秦双一愣，叫道："太晚了！"心中恼火，不料罗马竟这般轻薄，这般不尊重自己。

罗马在黑暗之中，也看不清她的表情，还在道："大不了明早再回来……"猛地只见对面秦双一回头，扔下马刷，靴声橐橐已逃走了。罗马莫名其妙，蓦地想起自己居然是在约一个女孩子进山过夜，不由得羞愧欲死，接下来给铜板的刷洗就潦草多了，被铜板咬了一口才又打起精神。好不容易刷洗完毕，又加了草料，这才逃回完颜赤海分配给他的帐篷睡下了。

次日一早，完颜赤海面圣金帝吴乞买，禀报此行的见闻，按下不表。单说那金蟾，本是个闲不住的人，急着要当官，可是初回会宁府，人家哪有工夫陪他？只让他好好休息，耐心等待，可金蟾如何是个静得下来的？在完颜赤海营中待了两日，到第三日头上，找上罗马，道："小罗子，整日在这帐篷里坐着，闷出个鸟来，咱俩上街去转吧？"

罗马正给铜板梳毛，只见那黄马四腿大叉，将脑袋放在马栏横木上，嘴里衔着一把干草，过一会嚼一下，正闭眼享受。金蟾看得啐了一声道："这马怎么一副好吃懒做的嘴脸？"罗马道："咱们刚来，出去去哪？哪都不熟。"金蟾道："便是人生地不熟才要去转，若是不转，哪辈子熟得了？"

罗马心中暗道："我奉杨大人密令，来探金国动向。金国朝中之事一时还未为可知，若是能对民间人心向背有个了解，倒也是个参考。"便道："那咱们就去见识、走走。"收了马梳，拍拍铜板的脖子，道："我出去转转，你别吃太多。"铜板掀起眼皮，敷衍了事地点了点头。

两人便来到外边。只见人来人往，五行八作，虽是塞北蛮荒之地，却也热闹，两人东张西望，看什么都新鲜。正行走间，忽见行人一阵骚乱，都往一个方向涌去。两人瞧出有热闹，金蟾拉住一人问道："出什么事了？"那人手舞足蹈，叽里咕噜说了一通，也不知说得哪国话。罗马道："你问汉人！"金蟾才又拦住一人问，那人道："如今正是金国第一力士青宗开擂的时辰，最是热闹。你若是新来上京，这热闹不可不瞧！"金蟾大喜，道："对啊！我来金国不就是听说这有人摆擂么？差点忘了。"拉着罗马便走。

罗马道："打擂没意思！有什么好瞧的？"那被拦住的路人道："这小哥就不懂了。别处打擂都是厮杀角斗，上得擂去，十有八九要打得满脸是血，没有过人的本事，还是别去掺和，这是有意思；青宗的擂台却不同，乃是大金国求才纳贤的所在。只要你能走到台上，便可在军中谋得个五两银子月饷的帅帐侍卫的空缺；若是能上得台去，叫出青宗，便可成为军中牙将，月饷二十两；若你能经得住青宗一拉一推，便可成为军中大将。多少年轻汉子都去试练，可好看了。这也是有意思！"

金蟾笑道："若是我将他推倒了呢？难道我就是大金国的元帅了么？"那人一愣，道："你这汉子疯疯癫癫，我好心告诉你这些，你却来消遣于我。"竟是认为这完全不可能。金蟾大怒，道："那擂台在哪里？你这便带我去！我倒要让你亲眼看我如何赢他！"那人也是个拧种，冷笑道："你这厮不知好歹，我看你只怕连擂台也上不去！若是有胆，就跟着我来！"两个人唇枪舌剑，一路叫板地当先去了，罗马在后边紧紧跟随。

行了盏茶的工夫，果然间东城处立有一座擂台，这擂台台高三丈三尺，以怀抱粗细的大木搭就。两侧贴有对联，都以金、汉两种文字写成，金蟾、罗马都不识字，那带路人道："上联写的是'求贤塞北'，下联写的是'纳士江南'。"金蟾瞪眼道："不是应该写'拳打南山猛虎，脚踏北海蛟龙'什么的么？"

却见那擂台上正中放了一口大钟，有一人来高，铜锈斑驳。金蟾道："那就是青宗么？"带路人冷笑道："你道神力王那么好见么？他每日都在后台休息。只有有人敲动那大钟，他才出来与他比试。"

金蟾笑道："这个容易。"那带路人道："容易？你需看清，台面上是没有钟锤的，钟锤乃是悬在擂台顶上一丈五尺高处。想要敲动大钟，必须将大钟举起，拿钟去敲钟锤。"罗马惊道："那不可能……怎么可能？"觉得根本是人力无法企及的。带路人道："怎么做不到？每日擂台开始、结束，青宗都会亮相敲钟，前三下后九下，共十二响。你们若是做不到，也别找这样的托词。"

说话间，擂台上已走上三个人，那带路人道："妙极！今天一开场便有人能闯上擂来！"却见那三人来到台上，都是呼呼带喘，显见能上来已经费了不少力气。那路人道："擂台底下是二三百斤重的石锁，能耍动才能上场。"罗马咂舌道："这么重。"

只见其中一个汉子略微喘息，率先来到那口大钟前，骑马蹲裆站好，双手抱着大钟，往起一拔，那大钟纹丝不动。台下一片哄笑，又有加油激励之声，那人直起身来，又用力喘息几下，再试一回仍是不行。摇了摇头，愤愤地用手一拍大钟，回去了。那大钟发出闷闷的一声响，台下笑得更是厉害。擂台边上有人登记了他的姓名，以备下去录用。

这人退下了，又有一个小伙子走上前来。只见这小伙子，身上披一块虎皮，袒着右臂，臂上肌肉虬结，瞧来当是个猎户。来到大钟前，先不着急抬钟，先绕着大钟走了两圈，拿肩膀一扛，那大钟微微一晃，台下的人一下子都屏住了呼吸。小伙子心里有了数，退后一步一伸手，将左肩上虎皮扯下围在腰间。再精赤着上身，来到钟前，一哈腰，双手抠住钟底，往起一掀，那大钟颤巍巍地翘了起来，台下一片叫好之声。

这小伙子将大钟掀歪，腾出左手往上探，一把抓住了钟鼻，下边的右手再一掀，大钟慢慢倒了。小伙子左膝早垫在下边，先将大钟打横架在膝上，两膀再一叫力，"嗨"一声站起，大钟已举过头顶。

台下一片喝彩。这小伙子不仅力大，更是聪明，这般分步用力，实在是机灵。可是一声彩声未落，却已变成了惋惜的叹息。原来他这样横着举钟，钟身横过来，人钟相加，竟然是不够高，够不着那钟锤。小伙子挺着钟试了好几回，终于支撑不住，"嗵"地放下了，一张脸已涨得如喷血般红。饶是如此，台下也已是掌声如雷。也有人登记了他的姓名。

罗马道："开了多、多久了？这擂台！有人能见着那个、那个什么神力王、了么？"一担心，舌头越发僵硬。带路人道："怎么没有？开擂三个月来，已经有十几人敲响过大钟，上百人因此效力军中了。看你们也是来自中原，打擂的中原人不在少数啊。"罗马听得心惊，大辽既破，天下平定，这金人这般海选勇士从军所为何来？尤为可怖的是，竟还真的给他们选出了骇人听闻的猛将，万一如杨达所说，有朝一日宋辽失和，大宋将以何人应付？

这边那带路人却把眼来瞧金蟾，道："你这矮子，光说不练，到底敢不敢上台？"金蟾道："有什么不敢的？你且瞧着吧！"分人群往台下挤。罗马叫道："金蟾、金蟾！不要惹事。"金蟾哪里听他阻止？

不料就在这时，却有一人一拉罗马金蟾，叫道："我找得你们好苦！你们却在这里玩耍！"

正是：马嘶西风惊社稷，钟鸣天下乱太平。欲知后事如何，且听下回分解。

第五回

车轮战铜板获胜　　毙惊马青宗逞凶

自古以来，男子都爱争斗。习武之人固然如此，便是文士，如班固、李白之流，也时时想投笔从戎。勇如楚霸王，当然要统兵百万，涤荡天下；寻常贩夫走卒，也会一言不合，挥拳相向。便是最懦弱最无用之人，自己断没有争斗的本领与勇气的，也会喜欢看热闹、听传说。女子常常不能理解，其实原因无他，此乃雄性之天性：非争斗，不足以显其优秀也。

且说金蟾受激，这便要上擂台去敲钟比武。忽然后面有人拉住二人，叫道："我找得你们好苦！你们却在这里玩耍！"回头一看，正是秦双。只听秦双道："完颜大人已经回府，说是今天便有赛马，你们赶快随我回去，带了铜板咱们这就得出城去了！"

罗马听得双眉一挑，道："哦！好！我也想会会、大金的马，有多快！"他虽对打擂没有兴趣，却对赛马斗志昂扬，何况早先曾对秦双不起，这回是秦双来叫他，顿时跃跃欲试，拉着金蟾道："金蟾，别打了！跟我回去！赛马！"那带路的点头赞同道："对啊，快走吧，你走运，不必出丑丢人了。"金蟾大怒，道："你说什么？"那带路的

"嗤"了一声,高傲地别过了头去,直将金蟾气得暴跳如雷,罗马笑得直打跌,道:"算了,你是大宋人,还真想做将军,大金的?"金蟾仍是气得直喘,道:"不行,我不蒸馒头也得争口气。赛马又不关我的事。你去吧,晚上回来,听我说打擂经过!"罗马再劝,金蟾只是不听。秦双无奈,只得带着罗马走了。

二人回到完颜赤海帐中,只见完颜赤海早卸了大金朝服,只穿了一身女真的甲衣,但见:

周身银甲放光毫,头上雕翎乘风摇。
肩上长弓惊日月,将军腰横七宝刀。

完颜赤海满面喜色,道:"我的老师宗翰最爱骏马,这两天听说罗兄快马无敌,乃是大宋第一,亟欲一睹英姿,因此百官竟然在下朝时决定要来赛马,更会派出自己最心爱的三匹千里马出赛。罗兄快快准备,这次我一定要将在飞龙驿输了的钱加倍赢回。"

罗马点头道:"铜板不敢说是大宋第一。但与你们的马比,一定不会输。"便去后边牵了铜板出来。这铜板在金营里养了数日,早就洗去了一路的风尘,这时走出来,昂首阔步,虽然瘦骨嶙峋,但颇有睥睨天下之意。

准备好了便即出营,一路往北,出了会宁府,北郊上便有一片草原,乃是军队的牧场。远远看去,但见旌旗招展,柴烟滚滚。走近一看,旗下半月形停了十几辆马车,马车前生有篝火,正有人架羊在烤。原来金人一向以赛马为乐,既有比赛,酒肉助兴是少不了的。

完颜赤海引罗马来见宗翰。只见这人白面微髭,竟然不是想象中的莽汉,倒与完颜赤海不同。宗翰与完颜赤海互以金语交谈,罗马也听不懂,只是见二人不断把眼向铜板望来,当是在商量赛马之事。果然不一会儿,便有一位骑手从宗翰的马车后引出一匹马,一身毛色欺霜盖雪似的白,在阳光下闪闪发亮。旁边来观战的金国官吏大声喝彩,然后也都叫出了自己的赛马和骑手。

完颜赤海低声对罗马道:"这白马名唤'追风',日行千里夜走八百,可是已是老师三匹赛马中最慢的一匹,因此,王公们才敢跟进一赌。不过你倒不必担心,依我看来,铜板赢它绰绰有余。"罗马点了点头,催铜板来到起跑线上。他原本是个随和人,但来到异国,不知怎的,便激进刚烈起来,大刺刺地和那追风并排站了。那些金人骑手大声吆喝,罗马也听不懂,忽然从一旁跑出一个驯马师,轻轻牵了铜板绕到右首。罗马大怒,才要喝止,忽然那驯马师抬头一笑,毡帽下那脸如拨云见日雨后初晴般,让人眼前一亮,原来是秦双。

罗马一时恍惚,已被牵出马群,在右首上立定。过了片刻,有传令兵在前面打出红旗,待大家都看清了,猛地将旗一招一甩,众骑手催马扬鞭,一起开赛!只听蹄声奔腾如雷,整个草原都被震得战栗,罗马身处马群外首,一时间什么都听不见,只见眼前人马涌动如潮,令人望之目眩,幸好视野左边还开阔空旷,便轻轻一带铜板的缰绳,铜板会意,往外一撤,绕开如粥鼎沸的大队,从旁边迂回而走。虽然绕了些远,但却不需担心被前面的马阻挡,因此跑得格外顺畅。

过了片刻,马群逐渐分化,越来越多的马掉队了,处在前列的便只有追风、另外两匹马,以及铜板。铜板也不需绕路了,便直线追进。到中点时,已只落后于追风。中点做标记的大树上挂着许多鲜红的丝巾,罗马伸手扯下一条,铜板回头一跃,便连追风也甩过。风驰电掣般原路回来,只见一片草地,被马蹄刨得稀烂,靠近起点处,一匹马倒卧地上,乃是在方才的抢跑中被绊倒摔伤的。

罗马暗暗心惊,被裹挟在这样十几匹马全力驰骋的包围中,真摔一跤那可不是好玩的。自己本就是个外族,方才若在马群正中起跑,必被金人骑手排斥,刮蹭必不可免,稍不留神,恐怕那后果不堪设想。自己一时置气,险些就害了铜板害了自己。

第一场便是铜板赢了。罗马感激秦双,四顾张望,一眼便瞧见那女子正坐在场边一根拴马的护栏上，瞧见他望来，微笑着向他竖起大指。

第二场宗翰派出了自己第二神骏的花斑马"流光"。一般的贵族已不敢派马参战，竞赛的马便只有六匹。这一回铜板不需要迂回绕道，一开始便抢占了头位，从始至终都不给流光丝毫的机会。不过流光也当真了得，奋力追赶之下，居然始终不出铜板一箭之地，至于其他马，早被甩得无影无踪了。

铜板连赛两场，尤其是第二场与流光争胜，本已累得大汗淋漓，可是金人全不给它喘息之机，宗翰的马车后，又已牵出了第三匹马。罗马心疼爱马，更增激愤，伏在铜板耳边叫道："铜板！铜板！加油跑完这一场！他们想用车轮战拖垮你，咱们就偏赢给他们看！"罗马心情激荡，和铜板说话格外利索起来。

忽觉四周一片死寂，全不像个有上百人的营地。罗马吃了一惊，抬头一看，只见一众骏马垂首，骑师变色，一齐慢慢往后退去。罗马定睛去看那正走出的第三匹马，却见它一身白色的皮毛，上边如同被毛笔涂鸦，歪歪扭扭有一道道乌黑的斑纹，额上又生着一个赤红的肉瘤，有拳头大小，一走出来，相貌凶恶，顾盼之间，两只金睛寒光四射，不像匹吃草的马，倒像个吃肉的猛兽多些。

罗马知道厉害，用力在铜板的颈上一拍，喝道："看你的了！"翻身上马，四周张望时，却不见完颜赤海来告诉自己这匹马叫什么，不由更是忐忑，往起跑线走去，路过秦双时，却见她微微一笑，抬起两手堵住了自己的耳朵。罗马不明所以，来到起跑线前，只见那花马的骑手单手控缰居高临下看看罗马，嘴角尽是冷笑。罗马受激，也挺直了胸膛，知道第二名的流光都不容易对付，这宗翰手上的第一快马自然更要打醒精神。

只见不远处红旗一摇，信号已经发出，罗马双膝一磕，铜板"噌"的一声，抢先起动。却见那花马的骑手左手将缰绳一拢，探右手便在花马的额上肉瘤一拍，那瘤正是花马的要害，一时吃痛顿时人立而嘶。只听这一声嘶叫，如马更似虎，如鼓更如雷，声音传开，营地上的马纷纷后退,有那不争气的,胯下稀里哗啦,已是又尿又拉。铜板赶在这马的前面,被这一声嘶叫打了个正着,饶是神骏,也顿时后腿一软,一个趔趄几乎坐倒。那花马扬蹄驰过,罗马惊魂甫定,催促铜板追赶,却觉铜板两股战战,别说跑,站都要站不住了。

原来这匹马名叫"呼雷兽",来历特异,据说其母本是骏马,却与猛虎媾和,受孕之时天雷震震,因此产下它来,身具异相,嘶叫起来更是结合了虎啸与雷鸣的声音。这种声音人听了只是吓一跳,兽类听了却是天生的魂飞魄散,屡试屡验。这回一声吼,吓瘫了铜板,顿时引得金人大笑。

罗马眼见铜板受辱,又是心疼,又是愤怒,用力磕镫,铜板只是不动,索性便跳了下来,将铜板大头抱在怀里,抚摸道:"没事了,没事了……"铜板本给吓得一对尖耳乱颤,这才慢慢安静下来。罗马抱着铜板,拉着它迈出一步、两步,越走越快,走出十几步,铜板终于恢复了正常,长嘶一声,将鬃毛乱甩。罗马翻身上马,铜板虽是畜牲,但明白自己方才吃了亏,失了威风,这时恼火起来,奋蹄直追,跑得竟比刚才胜追风超流光时更快,在后边金人的惊叹声中,绝尘去了。

那呼雷兽叫声奇特,跑得倒不是很快,虽占了铜板这么大的一个便宜,也只跑出去四五里地而已,才过十里就给铜板追上了。那骑手大吃了一惊,料不到竟有马匹在吃了呼雷兽一声吼后还能跑得动,便又是一掌拍在红瘤上,呼雷兽放声长嘶,铜板当即又半身不遂。

罗马几乎给颠下地来,大怒叫道:"你,没种!下三烂!"那骑手哪听得懂,自顾自地去了。罗马跳下马来,眼见铜板受惊,眼神慌张,心疼得只想要退出比赛。可是铜板这回却还没失去意识,兀自高一脚低一脚地往前。罗马追上去,引着它慢慢奔跑,恢复力气。正急着,忽然想到那女驯马师捂耳动作,蓦地明白过来,便在地上拔草团球,往铜板耳朵里塞去,铜板嫌痒,耳朵扑棱扑棱地躲。罗马无奈,便长长地撕下衣襟,将铜板的尖耳压倒,和脑袋包住。铜板也知道罗马是为他好,虽然不舒服,却也不挣扎了。

这一番再跑,铜板将满腔怨气撒开,茫茫草原如同天池决口,尽往铜板身后奔腾宣泄。泼剌剌马蹄声中,那呼雷兽的身影又出现在远处。铜板见着仇人,跑得更快,将那呼雷兽比得如同四蹄生根一般。两马中间的距离瞬息变短,铜板已来到呼雷兽身侧。

那呼雷兽天赋异禀,一声嘶叫,万马臣服,想不到今天遇着铜板,却能越挫越勇。不惟那骑师惊慌,便是呼雷兽自己,都是忐忑恼怒。眼见铜板与他鬃尾纠缠,未等骑师示意,当即又是一声暴叫。铜板脚下一个趔趄,几乎摔倒,可是站住了之后,立刻便恢复了力气,又奋蹄追赶。原来是耳朵被盖住,虽然能听到呼雷兽的叫喊,但那声音却已经微弱模糊,再也没有太大的威力了。

这么一来,铜板便只是因此落后了十丈,跑起来一追,轻轻松松又赶上呼雷兽。那骑师见呼雷兽嘶叫无效,简直不能置信,抬手一拍,呼雷兽又叫,铜板身子微微一晃,这回连停都不停,已超过了呼雷兽。呼雷兽额上红瘤剧痛,好胜之心大起,居然便衔住铜板的马尾,寸步不落地追了下去。它一生以嘶啸取胜,这一回才真正发挥了自己的脚力,果然也是万里挑一的快马。

两马一前一后,眨眼间已来到终点。一干观众见二马衔得紧凑,一起呐喊助威。铜板抖擞精神,又将那呼雷兽拉开五步。呼雷兽的骑师大急,伸掌一拍红瘤,呼雷兽又叫,铜板这回竟是再也不怕那虎啸雷鸣,借它发声泄力的一瞬间,已冲到了终点前。那呼雷兽的骑师从未见过这么大胆的马,这时孤注一掷,朝呼雷兽额上红瘤用尽全力一拍,"啪"的一声,那红瘤本就是敏感所在,怎经得住这么连续大力的拍打?但见红光闪处,血花飞溅,一颗拳头大的肉瘤炸开,呼雷兽已经满头是血,痛得惨叫不已。

随着这一声声惨叫,整个营地的马匹除了刚过终点的铜板,竟如同一瞬间都被抽走了魂魄,莫不长嘶乱跳,扑通通的都翻倒在地,一时间人仰马翻,已乱了个一塌糊涂。其中追风、流光两匹马到底

037

神骏一些，扯缰悲鸣不已。突然间流光奋力一甩头，"啪"的一声，竟将拴它的马缰绷断，紧接着人立长嘶，撒蹄狂奔，直奔一辆马车撞去。

众人一片惊叫，眼见那马已经疯癫，再也无法喝止，眼看着要撞上了，突然间那马车帘栊一挑，有一人纵身跃下，半空里振臂一拳，正中流光马颈。那流光狂奔而来，怕有上千斤的分量，却被他这一拳打得直接斜飞而出，一头撞在地上，马颈折断，马身竖着翻了个跟头才停下。

正是：人有罪争名夺利，马无辜骨断筋折。欲知后事如何，且听下回分解。

第六回
定终身两情相悦　　决生死一意孤行

人活世上，有千种陷阱，万般圈套，其中两个，便是"有恃无恐"与"浅尝辄止"。犹记昔日楚汉相争，那霸王项羽天生万夫不当之勇，麾下精兵百万、战将千员，自起兵反秦之日，便是无坚不摧，一帆风顺。可也正因如此，才令得他骄横无忌，人心渐失。到后来称了刘邦心意，落得一个自刎乌江的下场。那呼雷兽也是如此，只因额上肉瘤厉害，往常比赛时，只一声嘶吼便可稳操胜券，因此竟不需它跑得多快。到今日遇着铜板，三声嘶吼不能获胜，比脚力终于输了个一塌糊涂。不惟如此，它的鸣声还惊了宝马流光，流光脱缰而走，眼看要撞上一辆马车，却被马车中跃出一人，一拳打死了。

罗马大吃一惊，他是个爱马的，方才三场比赛，第一场铜板赢得轻松，第三场铜板的对手太过无赖，真正让他尊重的，也就只是这第二匹的流光而已。这时流光倒在地上，脖子扭曲，凄惨抽搐，眼见不活了，虽然不是自己的马，却也心疼，跳下马来，叫道：

"你、你！你力气大，拉住它！干吗打死它！活生生的！活生生的！"

只见那打死流光之人，身高在八尺开外，青白面皮，不苟言笑，穿一身青衣，外裹黑氅，见罗马问罪，上上下下朝他看了看，冷笑一声，又钻回马车里去了。有分教：

单拳可毙五花骢，傲气凌云是青宗。
金国第一无敌手，闻名南北与西东。

罗马这时已查明那流光没救了，又见他傲慢，越发恼火，还待理论，旁边抢出秦双，将他拉住，低语道："嗤！这人你打不过的！他便是青宗！"罗马叫道："我管他是青宗……"突然反应过来，结舌道："青、青宗？他不是在守擂么，在城里？"秦双道："想是无人够他动手，只在台上安排了他的弟子金太岁吧？"罗马咬牙道："他、他们太瞧不起天下好汉了！"秦双道："不然，这青宗本领非同小可，完颜赤海便是他寄名的五弟子。他其余四个入室弟子，人称金、银、铜、铁四太岁，各有各的本领，实在小觑不得。"

旁边也有人上来拦住罗马，罗马也知道自己不会什么武艺，想要给流光报仇难于上青天，无奈，也只好退下，眼望流光尸首道："这么祸害马，早晚遭报应！"

这一天铜板三战全胜，完颜赤海赚了个翻，重重赏了罗马、秦双。罗马淡淡地谢了，秦双见罗马仍难释怀，便道："既然赛马结束，咱们也不必急着和他们回会宁府了。铜板累狠了，我带你们去温泉吧！"罗马一愣，脸一红，道："你不生气了？那晚？现在？"秦双笑道："我生什么气？我气青宗伤马，还是气今天天热？你这人说话又慢又短，结巴不说，还省字儿跳字儿倒着说，一句话被你说得歧义丛生，我要不是多听你说了几次话，知道这是你的习惯，真把你当成轻薄小人，才不要帮你赢那呼雷兽。"罗马被她骂得面红耳赤、心花怒放，道："好、好！"

秦双笑道："又来了！到底什么好？"便向完颜赤海告了假，自骑了一匹马，与罗马、铜板同往北，寻温泉去了。

　　再往北下去，有一座山拔地而起。只因山石黝黑，被称为"黑山"。秦双带罗马、铜板进得山来，七绕八绕来到一片山谷。其时已是黄昏，塞北五月的天气，晚上夜风凛冽，山里还颇为寒冷。可是一进这山谷，却只觉得水汽腾腾，热浪扑面而来。罗马早听人说过这种泉水自地下涌出，自然沸热，最是神奇，这时见着真的：只见昏黄暮色里一个乳白色的小池塘，氤氤氲氲地弥漫蒸汽。

　　秦双道："天色不早，你快让铜板下水泡泡。"

　　罗马答应一声，伸手入水时，只觉温度刚好高到勉强能够忍受。待要让铜板下池疗伤时，黄马却吓得直往后坐。罗马知它谨慎，便卷起裤管，自己先下了水。初时只觉入水的脚踝如热针攒刺，又痛又痒，待到熬过这一段，果然便觉得毛孔都张开了，说不出的舒服。慢慢地拉着铜板入水，铜板见他没事，便也踏进池塘。才入一蹄，便被烫得又跳回去，罗马再拉缰绳，这马任自己脑袋被扯得歪掉，也只左顾右盼地当没这回事。

　　罗马又好气又好笑，拗不过它，便双手掬了泉水，往铜板的腿上泼去。铜板吓了一跳，低头看腿上没事，这才放心，待被罗马泼了几十捧水，前腿胸前都湿漉漉的了，这才确信这热水对自己无害，大着胆子往池里走了两步，又试了片刻，知道了温泉的好处，"豁啦"一跳，"扑通"一声跳到了深水里。

　　那边秦双正将自己的坐骑送进水里，铜板这一跳，"哗"地溅起漫天的水花，秦双躲闪不及，被水花当头浇下，便如一个水锤砸了一下一般，水花过处，整个人都已变成了落汤鸡。对面的罗马，更是里外湿了个透，抹了把脸骂道："坏东西！还会玩了！"却见铜板已站在深水中，浸得只露个头，虽不能言语，但瞧那嘴脸，已经是舒服得不想出去了。罗马哈哈大笑，回头对秦双道："秦……"不知道该叫"秦姑娘"还是该叫"秦双"，一时又绊住了，索性跳过称呼，道："你看这……"蓦然间脸色涨得通红，再也说不出话来。

　　原来秦双穿得单薄，给铜板方才一浇，衣衫贴体，这时已是纤毫毕现，月光下羞得满面通红，"哎呀"一声掩面便走。罗马两眼喷火，低下头来用力帮铜板洗刷，道："你这家伙，跟她开这种玩笑，她若生气了怎么办？"

铜板"噗噜噜"叹口气，根本没往心里去。

却见秦双远远地避在枣红马后边，道："罗马，你别管我，你好好跟铜板泡一泡好了。"

罗马急忙答道："是、是！"

两人便一在岸上，一在泉中，闷声看马。罗马觉得尴尬，又有所不甘，待要说话缓和一下气氛，却实在想不出个话头，一件件嘴边之事都是太明显的没话找话，不由又气又急，突然此行卧底塞北之事，蓦地跳到嘴边，略一犹豫，道："秦、秦双，你不该帮我。"

那边秦双一愣，道："你说什么？"

罗马道："你是完颜赤海的人……的驯马师！可是、其实，我是要对付他……先赢金国的马、灭他的威风……"

秦双惊道："你要对付完颜赤海？"罗马道："是！"说到这样的大事，不由越发语无伦次，磕磕绊绊地说了好久，才将他为何来金，如何受托之事说清了。秦双听了，久久没有回应，突然哽咽道："真好，我等了这么久，终于等来你这样的人了。"

罗马一时不解其意，反应一下，无法相信。只听秦双道："我家本是云州人士，后来被辽国强占，我爹一直想着助官军收复十六州，多方奔走。后来金国攻辽，我爹知道海上之盟，金人乃是大宋盟友，因此倾家荡产，暗中与完颜赤海联络，送了好多良驹给他，襄助金国。不料后来金人背信弃义，强占云州，我爹一气之下呕血身亡。那完颜赤海却觊觎我家相马之术，将我强留在帐下。我孤零零一个人，既要求生，又要报仇，偷生到今日，就是在等你这样的英雄来救我。"

她哽咽凄楚，罗马听得心如刀割，不由自主从水中走出，道："原来你、你这么苦！"

秦双道："我见你对完颜赤海傲慢无理，就已经很开心了，想不到你还要对付他,真是太高兴……"突然"啊"的一声,已被罗马从身后抱住。罗马道:"我一定、带你走!"

秦双心情激荡,道:"不要抛下我!"

罗马只觉如遭雷殛,道:"绝不!"

其实他从第一眼见到这女子就已有了好感,后来几经误会、玩笑,其实已是情苗茁壮。这时一时激动,将她抱住了,哪里还放得开?天人交战了一会儿,便伸嘴去吻秦双的脸颊。

秦双身子一震,叫道:"你干什么?"待要挣开,却被罗马牢牢抱住。两人湿衣紧贴,呼吸相闻。秦双虽是塞北长大,平素饮烈酒驯烈马不输男人,也终究是个女孩,何尝被人这样抱过?早已脚上软得像踩棉花,一颗心都要蹦出腔子来,心道:"完了完了,好端端的来什么温泉……"

罗马这时候早将国仇家恨抛下,只是低声下气地强吻,秦双没他力大,心里又其实对他殊有好感,慢慢地便由他去了。一时间干柴烈火月圆花好,温泉畔春意无边。铜板瞧着岸上两个人放着温泉不泡,只顾翻翻滚滚地扭打,不由莫名其妙。转头去望秦双骑来的胭脂马,却见那马的桃花眼也望在自己身上,顿时心中大乐,爬出温泉挨挨擦擦地献殷勤。

隐隐约约的秦双骂了一句:"马似主人形……"后边的话却被含糊了。

一夜无话,次日天明。罗马、秦双整顿衣裳,起身回了会宁府。罗马撒赖,赶了胭脂马头前带路,自己却抱了秦双上了铜板的鞍。两人两马旖旎南来,到了中午时才到城里,秦双怕羞,回了胭脂马上,正待回完颜赤海的营帐,忽然见前面有人快马赶来,马上之人急得满头是汗,不是别人,正是完颜赤海。

罗马、秦双吃了一惊,秦双叫道:"完颜大人?"完颜赤海也看到了他们,勒缰叫道:"是你们?罗马,你昨晚到哪里去了?快跟我走,金蟾出事了!"罗马一愣,道:"怎么?"完颜赤海道:"他昨日大闹擂台,今早被擒,我师父青宗要杀他!"

原来在昨日罗马离去后,金蟾仍留下想要打擂。可是他们这边说话,擂台上可不等人,这一会儿就已发生了变化。当初那登擂的三人,两个已经认输,只剩最后一个,大家都看他表演。只见这人三十来岁,生着黑黢黢的一张面皮,瞧服色是个汉人。来到大钟前,将腰带"啪啪啪"连紧几扣,两臂展开一晃,"嗨"的一声大叫,肥大的袍袖就是一胀。金蟾赞道:"行啊!这是硬气功啊!"

众人屏息凝神,那黑面汉子蹲下身来,右手抠住钟底,左手扶住钟身,单臂叫力,只见那大钟稍稍一晃,慢慢地就升起来了!

这得是多大的力气?台下观众大声叫好。那黑面汉子单手托钟,将钟往高一送,身子往下一塌,"啪",那钟高过他的头顶,正套在他脑袋上,钟沿卡在他的肩膊之上。这人再慢慢直起腰,左手滑下来也扣住钟底。双手再向上一顶,"噹",那大钟立在他的头顶上,正正撞上钟锤,发出一声大响。

随着这一声钟响,后台上帘栊一挑,有一人快步走出,伸手扶住大钟,与这黑面汉子两人轻轻将大钟放下。黑面汉子累得脸都白了,眼望接钟这人举重若轻,道:"你……你是青宗?"那人微笑道:"不是,我是家师大弟子。我师父今日有事,让我在这里盯一下,你放心,赢了我,奖励什么的和赢我师父的一样。"那黑面汉子喘息道:"是金……金太岁么?"那人道:"正是!"只见这金太岁,赫洮洮身材在九尺一二开外,穿一身皮靠皮坎,上面缀满银钉。胸口露着一巴掌宽的护心毛,头大如斗,下巴刮得铁青,一身的腱子肉。有诗为证:

  膀大腰圆力不亏,开山裂石如吹灰。
  倒拽蛮牛横拉马,有名叫做金太岁。

金太岁道:"壮士好力气啊!咱俩比画比画呗!"说话瓮声瓮气

043

的，但是汉话却说得极好，更兼礼数周全。那黑面汉子将他上下打量，长叹一声，道："我认输了！"乃是被大钟耗尽了力气，自知不敌金太岁的神完气足。金太岁笑道："这样也好，那你就到旁边去留个名字，完了到军中报到，咱们将来同帐共事，一起吃香的喝辣的。"黑面汉摇头道："我一个大宋的子民，怎可做你金国的将军。"金太岁笑道："宋金和睦，同盟破辽，本来就是兵合一处，咱们大金的军中，汉人可不在少数。"黑面汉仍是摇头道："便是两国交好，也内外有别。在下一介匹夫，有负好意，告辞了。"一面说，一面转身往擂台下走去。

这擂台摆起三个月多，有人因为没法上台气急败坏，有人因为壮志难酬郁郁不平，却从没有人面对高官厚禄婉言相拒。那金太岁眼见黑面汉说得坚决，想起开擂时宗翰大人的吩咐，心中已有计较，从后边赶上，一把攀住黑面汉的肩膀，道："我们这擂台是为大金军队选拔将官的所在，你上来打擂击钟，引我出来，却拍拍屁股走人，你拿这擂台当儿戏么？"

那黑面汉吃他五指一抓，只觉得肩头剧痛，几欲裂开一般。他是一个练武之人，这种疼痛对他还不算什么，可是金太岁的挑衅却不能忍受，当下沉肩坠肘，身子一晃已经摔开金太岁的手，回头道："我好言好……"一语未毕，话已再难出口，却是给金太岁劈面一爪，抓在了脸上。

金太岁手大，这一爪将黑面汉的头颅抓球儿似的牢牢扣住。黑面汉又惊又怒，双手扳住金太岁的手臂一拉，那手臂直如铜浇铁铸一般，纹丝不动。黑面汉又挥拳去打金太岁，手臂却不及金太岁的长，打不着；抬腿去踢，"啪啪"两脚正中。金太岁哈哈大笑，道："你这大宋国的英雄好汉，便只有这点力气么？"手一抬，竟将那黑面汉凭空扯起，高高举在半空，道："你现在可愿入我军中任职么？"

台下见擂台上打斗升级，一个个都翘首观望。有人听那金太岁言语狂妄，怒道："这厮该打！"金蟾大喜道："我去打他！"分人群往擂台下走去，到了最前排一看，只见擂台下一片空地，摆满了石锁石磙子，想来要上台都要先搬动这些。金蟾捋袖子正要上，忽然只听人群一片惊叫。抬起头来，只见半空中洒下点点鲜血，原来是那黑面汉宁死不屈，被金太岁掼上了大钟，只一下，碰了个脑浆迸裂，万朵桃花开。尸身在擂台上一滚，"啪"的一声，摔下地来。

这人与金蟾素昧平生，可是傻子好生敬仰他的为人，这时眼见他惨死，不由得悲愤交加，暴跳如雷。当下也不管什么石锁磙子了，几步来到擂台下，攀着擂台的木架，"噌噌噌"如灵猿一般，跳上了擂台。

且说那金太岁，摔死了黑面汉，还没转身，突然就听擂台下边有人"哇哇"怪叫，紧接着蹿上来一个丑矮子，把他也吓了一跳，问道："你是什么人？"金蟾道："老子是大宋三条腿，天下第一人，金蟾金太爷的便是！今天就来会会你这孙子！"这两人都姓金，金蟾自称太爷，金太岁听着别扭，眼见金蟾五尺来高，四尺半还宽，越发不把他当一回事，道："你想和我比试？先去敲响那钟再说吧！"

金蟾回头去望，只见那大钟上血肉模糊，那黑面汉的惨状历历在目，不由更是怒火攻心，大踏步来到钟前，一哈腰双手抠住钟底。台上台下都看他怎么使力，却见金蟾一挺身便站了起来，两臂再一叫力，大钟已轻轻松松举过了头顶。

台下人都看傻了，半晌才发出一阵哄堂大笑。原来金蟾实在太矮，竖着将大钟举过头顶，那钟身仍距钟锤一尺有余。金蟾抡着钟打了几次都够不着，观众们都不及被他怪力震撼，便先被他的憨态逗笑了。台上金蟾被众人一笑，越发生恼，手往下一落，将大钟抱在怀里，猛地往上一抛，大钟直挺挺飞起，撞上钟锤，发出"噹"的一声巨响。大钟落下，金蟾展臂一接，"嗒"的一声接住，又抛起来。"噹噹噹噹"，大钟连响九声，台下的观众下巴掉了一地。金太岁眼珠子都努出来了，心道："这人竟有这么大的力气？恐怕不输于师父！"

他却不知，九声送魂钟响过，金蟾已是两臂酸软，心中也是念叨："坏了坏了，只顾发威，力气却要耗尽了。"他是傻子，不通人

045

情世故，可若论打架，真是个天才。忽然灵机一动，已有了小算盘，眼见大钟落下，展臂将它接住，顺势一旋身，将大钟下坠之势转为横撞，直奔金太岁砸来。

金太岁也头一次见着这样力大无穷的人，心道："好个矮子！这般抛弄大钟，把它当铃铛么？如此神力，若是不能为我大金所用，可不能让他活着下了擂台。"正想到凶狠处，忽听恶风不善，一抬头，那大钟已然气势汹汹地向他撞来，不由吃了一惊，双手一推，去接飞钟。

若是往常，这样的飞钟金太岁便是接上三个五个也不成问题。可是今天是合该他倒霉，抛钟的却是金蟾！金蟾脚力飞快，手上把大钟抛出去，脚下一蹬，"噌"的一声，人已跟着大钟，到了金太岁的身前。只见这人，人在半空中，一反手抽出浑铁量天尺，抡圆了照定大钟就是一下子。

"当！"

铁尺碰铜钟，这一下就像半天里打了个霹雳，又响又脆，台下的观众只觉得耳朵里"嗡"的一声，一时间什么都听不见了。台下的是这样，台上的金太岁离得近，越发难挨。他这双手接钟，大钟猝不及防的一响，直震得他眼前发黑，喉头发甜，手上传来的巨力，撞得他踉跄后退。那边金蟾哪里还给他喘息的工夫，只把量天尺一扔，跳将过来，右手薅住金太岁的胸襟，左手提住金太岁的腰带，肩膀头一拱，大吼一声，已将金太岁从左首抡过右首——右首上正是方才落地的大钟！

台下众人的耳朵里还是"嗡嗡"的啸叫，也听不见别的动静，就只见金太岁头碰铜钟，一颗脑袋无声无息地溅起了好大的血花。

正是：强中更有强中手，恶人自有恶人磨！欲知后事如何，且听下回分解。

第七回

求活命认贼作父　争国光独占鳌头

男女之爱，天伦大礼，古往今来任你是什么样的英雄豪杰也难逃一个情字。可也有言道：无情未必真英雄，怜子如何不丈夫？滥情纵欲，不知检点克制，固然伤人害己；可若是寻得佳偶，琴瑟和鸣，夫妻两个相互支持，则势必做事事半功倍，未尝不留下一段佳话。

那罗马来到金国，与女马师秦双投契生情，温泉池畔私定终身，虽然说起来荒唐，两个人却是幸福甜蜜。不料回到城中，迎面碰上完颜赤海，便听说了金蟾伤人之事。

那金蟾摔死了金太岁，听得台下鼓噪，虽然脑子不够用，可也知道杀人偿命的道理。自己大庭广众之下，将金太岁的脑袋摔成了烂西瓜，恐怕是闯了大祸。当下也不敢再在台上逗留，一个蹦高跳下擂台，挤入群跑了。人群混乱，有金兵在后边追捕他，金蟾个子不高，在人群里东一钻西一钻，眨眼便逃出包围。可是他初来乍到，这么闷头一跑，顿时迷了路。

他是一个汉人，看金人的帐篷，完全分不出区别。拦路问了几个人，或者言语不通，或者语焉不详，再也绕不回完颜赤海家。不知不觉天色渐晚，街上行人稀少，金蟾更是一筹莫展，没头苍蝇似的乱跑了一天，乏劲上来，便在街边的草垛里睡了一夜。

到了天明，金蟾肚腹饥饿，再也睡不着。他从昨天午饭开始就饿着，到这时整整饿了一天，只觉得肠塌胃陷腹鸣如鼓。爬起身来，抓了把草塞到嘴里，嚼一嚼实在难以下咽，又吐了。想道："大事不好，再找不着什么吃的，金爷岂不是要被饿死？"

爬起来便走，穿营过帐，一路东张西望地乱找。其时天光放亮，很多人家已经开始晨炊，帐篷外吊着奶茶烧。帐篷外也没有篱笆，也没有墙，金蟾蹑手蹑脚地偷了一罐喝了，觉得稀稀的不顶饿，想道："哪里有肉吃？"

正想着，忽然微风过处，已送来烤肉浓香。金蟾大喜，暗道："正瞌睡，天上掉下来个枕头！"三步并作两步地循香过去，只见一顶青花帐篷外，一堆篝火无人照管，火上架着一只全羊，正烤得滋滋作响，皮色金黄，分外的香。金蟾馋虫上来，再也顾不了许多，瞧见左右无人，一个箭步跳过去，抓起肥羊，照定羊腿就咬。

这羊烤得这般出色，怎么可能没人照顾？那烤羊人只不过回帐中拿酒，出来一看，就多了个矮子在偷吃，叫他如何不怒？纵身跳过来，一把抓住烤羊的前腿，往怀里一拉，叫道："你给我拿来！"金蟾正吃得香，哪里听他的，双手抓住羊的两条后腿，叫道："我不给！"也往怀里一夺。

那烤羊人只道金蟾是个傻子而已，哪知道金蟾竟有这样的天生怪力，单手对金蟾的双手，顿时吃亏了，加上羊腿油滑，"嗤"的一声，整只羊竟然被金蟾夺走。烤羊人吃了一惊，忽然哈哈大笑，道："你这小子，倒是好力气！"居然说的是汉话。扬起右手的酒袋，道："喝酒不喝？"金蟾真是个没脸没皮的，道："要！"

那烤羊人便将酒袋抛来。金蟾吃肉喝酒，忙乎了一会，终于想起不好意思，顺手掰下一条羊腿，觍着脸递回给主人，道："你……你也来点？"那烤羊人哈哈大笑，接过羊腿，也啃起来。两人相对大嚼，传递酒袋，虽不说话，竟如经年未见的老友一般。

不多时，那一只全羊已成骨架。烤羊人将最后一根骨头顺手丢了，道："唉，被你分吃，只吃了个半饱。"金蟾毫不含糊，道："被你分吃，我只吃了个半半饱！"那烤羊人哈哈大笑，道："傻小子还挺爱拔尖儿。你叫什么名字？"

金蟾得意道："我叫金蟾……"话音未落，只见那烤羊人面色一变，喝道："你就是金蟾！"一伸手，已经拿住了金蟾的前襟，将金蟾抓起来往地上一摔，先摔了个头晕，紧接着一脚踩住金蟾的腰眼，拿绳子将他捆了个结结实实。金蟾兀自懵懂,叫道:"烤肉的,你干吗?"

那烤羊人狞笑道:"须让你死个明白,我便是金太岁之师,青宗是也。你打死我的徒弟,正遍寻你不着,你居然送上门来找死!好,我这就将你剖心挖肝,祭奠金太岁!"

原来这人便是青宗,昨天他从赛马会上回来,便听着金太岁身死的消息,顿时又气又恨。敦促金兵抓人,却遍寻仇人不获。青宗力大过人,每日的习惯是早餐一只烤羊,不料便是这只羊,帮他捉住了杀徒之人。

当下便派了下人去给他剩下的徒弟银太岁、铜太岁、铁太岁、完颜赤海报信,让他们前来观礼。完颜赤海本来听说是金蟾打死了金太岁,已经头大,这时听说金蟾更被青宗亲手活捉,不由更是心急如焚。催马赶去救人,路上又遇上了罗马、秦双。

当下三人来到青宗的营帐,只见帐前的木桩上绑着金蟾,上身衣服已给扒开,露出胸膛。见着完颜赤海三人,顿时大叫道:"小海子,小罗子!快来救我,他们要拿我做醒酒汤!"旁边银太岁几个正在磨刀备水,忽听金蟾这么说话,都是一惊。青宗把眼来望完颜赤海,森然道:"赤海,这是怎么回事?"

完颜赤海分外尴尬,施礼道:"师父、各位师兄,这人乃是我从中原回来时收服的好汉,有万夫不当之勇。"青宗冷笑道:"是啊,他真是英勇,把你大师兄都打死了,这话可怎么说?你这就亲自主刀,将他开膛破肚,祭奠你大师兄在天之灵。"完颜赤海皱眉道:"师父,师兄人死不能复生,杀了金蟾又有何用?这金蟾天生的神力飞毛腿,若是使用得当,必成我大金国栋梁之材,方今之时,我金国正需用人,还望师父留他一条活命。"

青宗勃然变色,道:"他是人才,你大师兄就不是人才了?"完颜赤海眼中含泪,道:"正因为大师兄也是万众挑一的人才,我们才不应让他白死。杀了金蟾,顶如我们一下子失去两员大将;放了金蟾,顶如大师兄以死为我们举荐了金蟾。"青宗冷笑道:"完颜赤海,你是官,做事便只知是赔是赚。我不是,我只不过是个练武之人,讲究的是有怨报怨,有仇报仇。现在是你大师兄死了,你不觉得丢人,我丢人!"完颜赤海眼珠一转,道:"师父,师兄过世,可是老天已派来了顶替他的人了!"青宗愣道:"是谁?"完颜赤海道:"正是金蟾!他也姓金,不是天生的做金太岁的料么?"

此言一出,别说青宗师徒,便是罗马、秦双也吃了一惊。罗马对青宗拳毙流光之事始终难以释怀,只觉得这人不是好人,听见完颜赤海的建议,急道:"不行!"完颜赤海待要向他示意,青宗已转头冷笑道:"哦?爱马的罗英雄,这事为什么不行?"罗马待要说"你冷酷变态,会把金蟾带坏",又觉得此言一出,金蟾必死无疑,不由张口结舌,说不出话来。

青宗给罗马一打岔,脑中已将完颜赤海的提议想了一回。他本就是个冷酷无情之人,金太岁之死,于他不过是面子难堪的事,这时仔细想来,若是由金蟾填补金太岁的空缺,则大弟子的实力有升无降,大是合算,不由得心动。再加上方才与金蟾吃肉,倒也颇觉投缘,便道:"好,那完颜赤海,你去和金蟾说,若是他愿意跪下来叫我一声师父,以后随行我左右,那我就既往不咎,还把我这一身的本领都传授给他。"

完颜赤海还没传话,那边金蟾已经听着,嚷嚷道:"让我拜你为师?凭什么啊!你要不是刚才偷袭金爷,谁把谁揍趴下还不一定呢!"青宗大怒,道:"你还不服气么?"金蟾叫板道:"哎,死了都不服!"青宗大步走来,叫道:"那我就让你心服口服!"一伸手抓住金蟾身上捆绑的牛筋,两臂一分,"咔"的一声,金蟾挣了一早上的牛筋,寸寸断裂。青宗将右手伸到金蟾面前,冷笑道:"你不是劲大么?我来领教领教。"

金蟾何曾怕过谁来,伸手握住青宗的手,往怀里一带,叫道:"你给我趴下!"却见青宗脚下一沉,双足已深陷地下,身子却是纹丝不动。金蟾大吃一惊,青宗把手往回一扯,叫道:"过来!"金蟾身子一坠,叫道:"我不……哎呀!"只觉脚下一轻,已被青宗带动,一个跟跄跌了过去,脚下靴底飘飘,竟被他方才用力一坠,踩脱了帮了。

这一较力,金蟾完败。完颜赤海叫道:"金蟾,你输了,还不拜师!"金蟾把头一摇,叫道:"我没输!"后退两步,一低头,如蛮牛一般撞来。那青宗不闪不避,被金蟾一头撞在腿上,动也不动。金蟾兀自不服,抱着青宗的腿,又蹦又跳地使劲掀。青宗由他忙活,待见他力乏,这才一弯腰,将金蟾从背后拦腰反抱着。往起一拉一举,金蟾已在青宗头上四脚朝天了。

罗马大叫道:"危险!"完颜赤海大叫道:"师父,别杀他!"

青宗脸色稍缓,把金蟾往起一抛,半空中抓住金蟾右手,往下一拽,金蟾真听话,人随手走,二百来斤的身子,在青宗腰间肋下,头上胯下,如穿花短棍般挥来挥去,罗马直看得咋舌难下。

舞了一回,青宗将金蟾放下地来,微笑道:"如何,可服了么?"金蟾已经是面如喷血,脚下无根,身子一晃,叫道:"不服不服不服!"一掌向青宗胸口推来,青宗两手一合,双掌将金蟾单掌夹住,喝道:"还不服?"两掌一搓一拧,金蟾只觉得那手如进洪炉一般,疼得大叫,用力想拔出来,那手却如焊在青宗手里了。

青宗冷笑道:"看你服是不服!"完颜赤海叫道:"金蟾,你还不拜师!"罗马叫道:"金蟾,不可……"却见金蟾大叫道:"服了服了!"双膝一软,跪倒在地,叫道:"师父啊,快放手!"

青宗哈哈大笑,瞟了罗马一眼,道:"还收拾不了你?"完颜赤海道:"恭喜师父收得得意弟子。"青宗笑道:"好!让他行师门礼。"金蟾便奉茶叩头,正式拜了师父。他是个憨人,比自己力气大的人他是真服,站起来时还在琢磨自己刚才那拔不出来的手。这时翻过来调过去地看,道:"师父,刚才那招有意思,啥时候教我?"

青宗师徒便要摆酒庆祝。罗马见金蟾果然拜了青宗为师,大感失望,和秦双告辞要走。完颜赤海劝道:"罗马,金蟾拜师,这是好事。我师父一身功夫,世所罕有,能既往不咎收金蟾为徒,实在是金蟾的造化!"罗马听得火往上撞,道:"大宋的好汉,拜金人为师,造化什么？还好造化！"

这话说得可重了，银太岁、铜太岁、铁太岁一起站起身来，完颜赤海连忙回头安抚，再和罗马说话时，脸色也有些难看，道："我师父不是金人。大宋国也未必甚么都好，不然，我师父也不必弃了中原，来我们这蛮荒之地。"侧脸对秦双道："秦双，你带罗马回去。"罗马也知道自己刚才的话过分，拨马待走，眼前一花，铜板身前已拦住了青宗。只见青宗伸手轻抚铜板的鬃毛，道："小畜牲，别以为自己跑得有多快。打断你一条腿，你还能跑多快？打断你两条腿，你还能走么？打断你三条腿，我不信你还能站起来？打断你四条腿，你就该咽气了吧？"

罗马只觉耳中"嗡"的一声，热血上涌，头发都立起来了。待要说话，完颜赤海已道："师父，你别逗他了！罗马，别多嘴，回我营帐去。"秦双眼见事态紧急，连忙探身从僵硬的罗马手中扯过铜板的缰绳，轻轻一抖，道："铜板，走！"

铜板掀起眼皮看了看青宗，甩了甩遮住眼睛的鬃毛，垂着脖子走了。

从这一日起，金蟾便随行青宗左右，与罗马难得一见。他二人同来会宁府，虽然不曾深交，但罗马敬金蟾是一条好汉，念及日后宋金一旦失和，自己势单力孤，如何及时通报？其实在心中对他颇有期许。如今这般分道扬镳，却叫罗马如何不恨？以后再有赛马，便将满腔的愤恨都发泄出来。旁边更有秦双推波助澜，将控马术倾囊相授，令罗马、铜板配合更加默契。铜板如虎添翼，跑得泼风也似的快，马挡超马，佛挡踢佛。每场下来，对手骑手都是面白如死人，马匹都是四股战战，无论人、马，自信心全部灰飞烟灭。一月之内，横扫会宁府骏马，一时之间，金都万马齐喑，宛如死城。

这铜板越跑越快，竟是比初来金国更要快得多了，实在难以常理揣测。秦双对它越发好奇，问起它的来历，罗马便将己辰驿站铜板生病之事说了。秦双听得啧啧称奇，道："原来你曾在它最困难的时候对它不离不弃。马儿最懂忠心义气，这铜板原本就是马中异种，寻常人识不得它的好处，屡遭挫折，变得孤傲好强。你既对它有知遇之恩，又和它患难与共，它自然永世不忘你的好，更十倍地回报于你。它或许本身还不至于是天下无敌的宝马良驹，但只要有你在它身边，它必然越跑越快。罗马，只要你是它的主人，铜板这一辈子都不会再跑输的。它，绝对不会让你再因为它跑得慢而挨鞭子、受板子的。"

罗马这才知道铜板每每遇强则强的缘故，直感动得热泪盈眶，抱着铜板叫道："铜板、铜板，咱俩永生永世也不分离！你好胜，我以后也决不拖你后腿，再也不会让你故意跑输了！"铜板仿佛听懂他的话，乖乖站着，只将头靠在他的怀里。秦双看得鼻子发酸，叫道："好啦好啦！这么亲热，我要吃醋了！"

罗马破涕为笑，狠狈道："我俩是好兄弟，和你是好鸳鸯。"秦双一记马鞭，叱道："不知羞！"想到罗马曾言，回到中原便要明媒正娶，不由羞得脸热。

两人每天除了赛马，便是在城外草原上并辔闲游。秦双讲些相马故事，罗马讲些中土事物。完颜赤海既知二人情热，也就不再委派秦双什么活计，反正金人不似宋人般礼教大防，也就由得二人双宿双飞，一天到晚地在外边追野马，泡温泉，打弹弓，学金话。

正是：千里马难逢伯乐，中山狼岂无亲朋。欲知后事如何，且听下回分解。

第八回

赌宝马金主下注　传密令血泪阑干

三国时，蜀汉刘备逝前颁下诏书，其中言道："勿以恶小而为之，勿以善小而不为。"正是人活一世，待人接物的金科玉律。

那金蟾只因失手被擒，斗力输给了青宗，便拜青宗为师。他以为自己只是拜能耐，学本事，可是他也不想想，这青宗授下的弟子金太岁，残暴恶毒是何等样的人？只因这一下行差步错，好端端的一个英雄，渐渐地不分是非，难辨善恶，到后来终于铸成大错，这是后话，咱们暂且不表。

单说罗马、铜板一骑同心，横扫会宁府，不出一月，会宁府竟无可以一较快慢之马。铜板名声大噪，妇孺皆知，到最后竟然上达金主吴乞买。那吴乞买也是个爱马的，帐前有大宛良驹、汗血宝马无数，听说铜板的威名，大为不信。这一日在朝上问起，道："听说完颜赤海将军帐下有大宋来的快马，一月之间赌赛无数，赢遍我会宁府骏马，可有此事？"完颜赤海微笑不语，却有宗翰等一干重臣俱陈其事，一力渲染铜板胜流光、伤呼雷兽、百战不败的事迹。那吴乞买被激起了好胜心，道："宗翰丞相只爱夸大其实。我大金骏马如云，如何自堕威风？也罢，寡人帐前火流星已久不逢敌手，便来和那匹马比赛一回吧。寡人以黄金百两做赌，火流星必可大胜。"

完颜赤海慨然答应，金帐群臣个个兴奋不已。其实黄金百两之注，以铜板今时今日的地位来说，已是小赌。可是皇帝开盘，大臣岂能坐视，便各下赌资，两马的赔率，基本是五五之数。君臣议定，于两天后比赛。

完颜赤海回家，再也掩不住兴奋，叫来罗马将此事说了，道："我主的'火流星'，乃是西域供奉的天降龙种、汗血宝马。昔日我主御驾征辽，途中遇伏，被那大辽燕云铁骑追杀，全靠火流星以一己之力，搅动辽人兵马，载着将军黏儿虎七进七出敌营，盗走辽人帅旗，刺死先锋耶律风，自己毫发无伤，大挫了敌人的锐气。火流星之名，因此誉满大漠，实为我大金国第一快马！"

罗马听他吹得神乎其神，更起了灭它威风的斗志，道："第一？大金国再也没有更快的了？"完颜赤海笑道："不错！铜板要是能赢了火流星，我大金就真的没有比他更快的马了。所以你和铜板这几天不要再乱跑，且养精蓄锐，单待两天后与火流星一决胜负！"罗马垂着眼皮,道:"你们最好趁早另找……比流星还快的、更火的马。不然铜板没事做,将来。"完颜赤海和他相处久了,早已习惯了他的前言不搭后语,听出这是罗马必胜的宣言,不由哈哈大笑。

罗马出来,和秦双说了这事。秦双也大为兴奋,道:"好啊!能和大金国最快的马一决高下,我也想看看铜板是怎么赢的!"忽又皱眉道:"这完颜赤海是怎么回事,大金国的马都要输光了,他居然还盼着铜板赢,他是真不把荣辱放在心上么?"罗马嗤道:"铜板能给他赢钱!这个人就认好处!他就不管国家了!大金都是这种人,根本不能一争高下,与我大宋。"便到马厩,鼓励铜板道:"好铜板,两天后还有一场了,赢了那一场,咱们便是彻底灭了大金的威风了!"

铜板视那天下第一之名如浮云,尾巴轻甩,当苍蝇一样地挥去了。秦双笑道:"偏对着铜板嘴皮子利索得跟什么似的。"

日间无话,且说这天夜里,罗马想到后天的决战,心中兴奋忐忑,竟难以自持。待要和秦双说话,枕边人却已睡着了。便爬起身来,去给铜板加草。

他才来到马栏,便见铜板食槽前有黑影晃动。罗马吃了一惊,须知铜板现在地位尊贵,除了罗马、秦双之外,等闲人不得乱给它加草喂料。此人行为鬼祟,罗马心中起疑,喝道:"什么人?"那人一惊,回过头来,借着月光一看,只见他是以黑巾蒙面,罗马心知不好,叫道:"你想干什么?"

那人见自己行藏暴露,转身便走。罗马不知他对铜板动了什么手脚,哪能容他说来就来、说走就走?刚好旁边叉草的钢叉,顺手拾起来,用力一掷,钢叉挂定风声掷出,朝那蒙面人扎去。那人听得身后风声,反手一抓,将钢叉拿住,眼中凶光一闪,钢叉脱手,"啪"的一声,扎在罗马脚前两步之处。罗马惊出一身冷汗,那人转身再要走,却听"呜呜"声大作,几头牧犬已然赶到,张牙舞爪地扑来。

055

那蒙面人知道今日事无善了，一咬牙，肩后拔刀出鞘，刀光一闪，两犬毙命。可是牧犬太过勇猛，竟然悍不畏死，两犬伏尸，其余的却看也不看，仍是扑上身来。那蒙面人拚命躲闪，却终于给另一只大狗在腿上咬了一口，忍痛再将这只狗杀了，时间便耽搁了。只听铜锣声响，完颜赤海营帐中灯火大亮，卫兵如潮涌至，瞬间已将这蒙面人包围。灯球火把亮子油松中，完颜赤海手提双铜赶到，喝道："怎么回事？"罗马已来到铜板食槽前，伸手在里边一捞，抓起一把巴豆，怒道："这个人想让铜板拉肚子！下巴豆！"

完颜赤海脸色大变，喝道："好奸贼，是谁派你来的？"那蒙面人横刀无语，突然间一纵身，已杀进包围。完颜赤海叫道："抓住他！别让他跑了！"一干卫兵便各挺刀枪都往这蒙面人身上招呼。完颜赤海在旁督战，只见这汉子刀光如雪练，招数甚是精奇，以一敌众，刀来破刀，枪来破枪，片刻之间虽然冲不出去，却已杀伤了十数人。

完颜赤海看了片刻，心中已有计较，喝道："长枪队，攻他右脚！"原来那汉子右脚刚被牧犬咬伤，动转之间大见窒碍。长枪队领命，一个个斜举长枪，毒蛇吐信般都往蒙面人右脚咬来，那汉子顿时局促，闪转腾挪，再也没有还手之力。未几，脚下一绊，让得稍慢了些，"扑"的一声，已给一枪刺中，才一激灵，后边的长枪几乎同时赶到，只听一声惨叫，一条腿竟给五六条大枪贯穿。

完颜赤海叫道："好！抓活的！"包围圈得令，杀招一滞，那汉子得隙，挥刀将腿上长矛砍断，往后一退，长刀队的刀光已经追上了他，只听"嗤嗤"连声，那汉子退出五六步，踉跄站住时，身前身后已挨了二十余刀。虽然卫兵已然得令活捉，下的都不是死手，可是二十多刀拖过，那汉子也已是周身浴血，再也走脱不得。

完颜赤海大笑道："如何？你还想逃么？立刻弃刀投降，我可饶你不死！"只见那人单手拄刀，跪倒在地，慢慢抬起头来，一双眼四处搜索，突然间在人群中找着罗马，眼中又迸发光芒，左手抬起，指点罗马，右手忽地一反，"嗒嗒"两刀，已剁在自己的脸上，旋即沉手一刺,已然是利刃没腹。罗马大吃一惊,却见那蒙面人面巾垂落,脸上血肉模糊,指着他叫道:"汉奸……"一旁完颜赤海大怒,纵身过来,手起铜落,"啪"的一声,已将这人天灵打碎,死尸扑通栽倒。

罗马已被那人狰狞怨毒的两个字惊得如遭巨锤轰击。完颜赤海见他失魂落魄,道:"罗马,你不必听他胡说,金宋两国交好,你虽代我赛马,哪轮得着他扣的这宗罪名。何况你与铜板赛马无敌,大灭我金国的威风,真要是两国势同水火的话,你早就是大宋的英雄了。"罗马听他劝解,心情稍缓,完颜赤海道:"你不必多想,必是这人受人指使,要来毒害铜板,好在后日的比赛中买火流星获胜。被你发现,心生怨毒,这才临死之际反咬一口。"

将罗马送回帐中,秦双刚好迎出来,见着完颜赤海,脸上一红。完颜赤海道:"弟妹,你带罗马回去,他有点想不开,你安慰安慰他。"秦双羞得更加厉害,蚊子似的答应一声,拉罗马回去,问起缘由,罗马便将方才之事说了,道:"我觉得不坏……那个人不坏……他这么恨我,我、我必是做错了什么……"秦双也觉得奇怪,道:"恐怕后天的赛马,并非那么简单。"

可是不简单归不简单,其中到底有什么蹊跷,两人却百思不得其解,一夜辗转反侧,直到天快亮了,这才睡着。

次日天明,忽听外面人声喧哗。罗马出帐一看,竟是金蟾随银太岁等来访完颜赤海,完颜赤海见着师兄弟,自是大喜,金语叽里咕噜地说个不停,金蟾却来到罗马这边,道:"小罗子,好几天没见啦!"罗马苦笑道:"高攀不起!你拜了名师,当了官?"金蟾挠头道:"嘿!你真小气!怪不得小海子让俺来跟你说说俺师父的事。有酒没,咱们边喝边聊。"

罗马不好做得过分,又确实担心他入了歧途,终于让他进帐。金蟾与秦双见过了,盘腿一坐,端起酒鲸吞数碗,这才擦了擦嘴道:"哎呀,说起俺师父,那也是苦命人哪!"

原来那青宗原本也是大宋子民，只因天生神力，又曾得名师指点，修习外家功夫，因此少年时行走江湖，便罕逢敌手，得了绰号叫做"神力达摩"。后来他投军作战，宋辽交锋时屡立奇功，再后来却因一点微不足道的小事，被主将挟私报复，要将他斩首。那青宗如何肯束手待毙？这才反出军营，隐姓埋名在太湖里开湖立柜，做起了水上买卖。岂料武林中人气量更小，被他分了财源之后，竟有人密报军中，引得他被大军围剿，终于在中原再无可立锥之地，这才出关投诚金国。金国国主因见他力大无穷，便将他奉为神力王，常伴驾左右，虽然不掌兵权，但地位尊崇。

金蟾道："不是俺说，大宋真就这点不好，唉，会做的不如会说的！弄得一帮耍嘴皮子的人说了算。哪像金国，有力气人家就服你，你罗马的马跑得快，人家就当你是大英雄。"罗马听他说得头头是道，不像他以往的口才，皱眉道："这是你想的？你自己？"金蟾嘿嘿挠头，道："这是俺师父说的。"

在他们于帐中谈话的时候，完颜赤海的营盘外慢慢走来一人。只见这人头扎一块蓝巾，三十出头的样子，五官平常，穿一身灰布衣裳，肩上搭个搭膊，腿上打绑腿，瞧来是远路赶来。来到完颜赤海营前，神色从容，朝卫兵微一点头，已然毫不犹豫地走过。两边卫兵本来已接到命令，今天务必提高警惕，可是这人来得太突然，又太自然，一愣之后待要拦截，却给他理所当然的神色唬住，错失机会，再也不好说话，眼睁睁地看着他进去了。后面卫兵见前面不问，以为是什么重要人物，也就不敢盘诘。

这人头也不回地走进营盘，脚下不停，眼睛一扫，已将其中布置尽收眼底，心中有数。当下再无犹豫不决，径直来到罗马帐外，微微一顿，听清里面金蟾、罗马说话，这便掀门帘进帐，道："大宋国有什么问题，大宋子民解决；还用不着一个叛国忘祖之人指手画脚。"罗马抬头一看，惊得手中奶茶都洒了，道："阮、阮大哥？"

原来来者正是当日驿站盗信的"布衣刀"阮飞。阮飞点头道：

"罗马,果然是你!"金蟾待要说话,阮飞道:"不要吵。"左手一探,拿住金蟾后颈大穴,右手一伸,又捏住秦双脉门,顿时让二人既说不出话,又站不起身。阮飞眼望罗马,道:"罗马,明天你和吴乞买的赛马你必须输!"

此言一出,罗马、秦双大吃一惊。罗马几乎怀疑自己听错了,道:"阮大哥,你说什么?"阮飞道:"明天的比赛,你必须输!你若不输,则为千古罪人,万死莫赎。"罗马张口结舌道:"这……这是为什么?"阮飞咬牙道:"你只道那不过是一场赛马,却不知这场赌博的赌注是什么!明里是吴乞买那一百两黄金,实际上他们赌的是我大宋的万里江山!"

罗马只觉一个雷响在耳畔,道:"怎么回事?到底!"

阮飞见他果然被蒙在鼓里,并非故意为恶,这才长吸了口气,道:"当日你我二人于飞龙驿分手,我将那秘信、地图都送回汴梁城李纲大人之手。李大人见事态严重,便命我连夜出关,赶来会宁府联络此间义士,防备金人发难。不料我昨日晚间赶到此地与大宋暗哨会合时,刚好听说,宋金是战是和之议,已到了千钧一发的地步。据密报,金主吴乞买摇摆不定,宗翰为首的主战派便提出以赛马为注,代为定夺。若是你这大宋的马赢了,则说明大宋地大物博,太值得侵略,这金国的虎狼之师,便要指日发兵了!"

罗马只觉得如堕冰窟,万万想不到这场赛马背后竟有如此阴谋,怪不得完颜赤海一力要自己争胜。想到自己险些促成宋金之战,不由冷汗淋漓,道:"多亏你来!不然我误了大事了,就差一点!"阮飞见他识大体,便放开了金蟾、秦双,道:"唉,其实昨夜已有我国义士潜入营中了,可惜到今早都没回去,怕是已遭了不测了吧?"

罗马恻然道:"不错……"话还没说完,突然间只见金蟾长身而起,背后拔出量天尺,叫道:"你是什么东西,竟暗算爷爷!"量天尺已奔阮飞头顶砸下。阮飞本见他穿的也是汉人服饰,只道也能识大体顾大局,这才放开他,不料金蟾只是个不吃亏的,经过青宗一个月的调教,更加蛮横无理。急忙往后一闪,只觉眼前金风掠过,

"砰"的一声,量天尺砸在地上,陷土半尺有余,阮飞不禁赞道:"好力气!"才知道自己方才一招制住这矮胖子实属侥幸。

那金蟾一招得势,更不让人,在帐篷之中把量天尺乱舞,打得帐篷支架噼啪断裂。阮飞见这人癫狂,恐伤及罗马,袖里刀一挥,将帐篷毡墙划破,放秦双、罗马出去,反手一刀,接了金蟾一尺,被直接从那破洞中拍出,只见那帐篷萎顿而下,将金蟾罩在里边,扭来扭去地动。

阮飞倒飞出帐,背脊在地上一挨,已挺身站起,只觉持刀的右臂酸麻,暗道:"这矮子可是个人物!"待要走时,有人叫道:"汉狗,等你多时了!"一条银鞭如怪蟒翻身般向他绞来,阮飞一让,身后恶风呼啸,低头闪过偷眼一看,乃是一尊独脚铜人娃娃槊。正是银太岁、铜太岁,旁边两人观敌料阵,一个手提镔铁棍,一个双持金锏,正是铁太岁和完颜赤海。原来昨夜那蒙面人闯营后,完颜赤海已知计划暴露,为防有人再来动摇罗马,这才叫来了几位师兄弟,暗中准备,果然就等到了阮飞。

阮飞身陷重围,凛然不惧,心中渐起杀机。完颜赤海叫道:"好小子,光天化日就敢太岁头上动土!究竟受何人指使?"顿了顿,忍不住加问道:"你怎么进来的?"阮飞才待要回答,却听马蹄声响,一道黄光穿过银太岁、铜太岁,瞬间欺近阮飞。马上罗马伸手叫道:"上来!"阮飞一搭手,飞身上马。铜板速度丝毫不减,迎着铁太岁举起的镔铁棍冲去,越过铁太岁三丈,"啪"的一声,铁太岁一棍击在地上。

三个太岁都未曾目睹过铜板追风逐电的速度,这时乍见,简直难以置信。银太岁喝道:"追!"完颜赤海却道:"不必!"便往罗马逃走相反的方向奔去,绕过两个营帐,果然,只见一匹胭脂马倒在地上呼呼喘息,一个女子被压住了腿,动弹不得,正是秦双。

完颜赤海冷笑道:"秦马师,走得好急呀!幸好我以巴豆挽留,不然岂不是再无相会之日了?"原来昨夜那蒙面人闹过之后,完颜赤海实在不能安心,既不敢加害罗马、铜板,便命人给秦双的胭脂马下了泻药,料定万一有什么闪失,罗马必不能扔下秦双逃走,而秦双又是必定乘驾自己的胭脂马。果然今天二人逃出营帐后,到后边马栏上马,罗马要救阮飞,便让秦双从另一方向趁乱逃走,想的是在外面约定相见,却终归落入了完颜赤海的算计。

便由铜太岁抬马,完颜赤海将秦双亲手绑了,笑道:"倒要看看你那情郎,是回来救你,还是任你自生自灭。"

正是:义士何惜一腔血,男儿可重三生缘?欲知后事如何,且听下回分解。

第九回

斗意气堂皇认赌　　晓大义撒泼骂街

俗语说:朋友如手足,女人如衣服。大概说的是知己难求,友谊一旦建立,便当尽力维护;而女子不过是逢场作戏,得手之后便没有价值,丢了也损失不了什么。可说这话的,须得是古时男尊女卑之时。今日世界男女平等,若是还有人以此为金科玉律,则必定是无行浪子、龌龊小人,毕生不曾真心待人之辈。真被这样的人引为知己、手足,还望列位看官早戳双目,自断十指,省了将来被卖了还帮人家数钱。

且说罗马、阮飞,双乘铜板逃出会宁府,来到黑山温泉与秦双的约会之地,却久久不见秦双的人影。待到下午,罗马终于按捺不住,道:"秦双出事了!我得看看!我得回去!"阮飞既知秦双是他爱侣,自然不能阻拦,道:"不必进城,我们便在城郊的暗哨堂口等信即可。"两人便来到大宋暗哨的集会之地,原来便是个大车店。店中有人识得罗马,知道大宋的安危便寄托在这一人一马身上,不由对罗马、铜板怒目相视。

阮飞派人去完颜赤海的营帐探察。不久那人回来报道:"完颜赤海帐前立了一根旗杆，高挑一面大旗，旗上有字，道：'秦双在，罗马来。'旗下绑了一名女子，已受过拷打，但性命无碍。周遭尽是金兵人马，想要营救，恐怕不行。"罗马听得心如刀割，起身欲走，却被阮飞拉住，道："兄弟，你干什么？"

罗马道："我、我和她，一起死！"旁边有人喝道："且住！若是平常，你们是死是活谁稀罕管，可是你现在担负我大宋气数，这条性命，可不是你一个人的了！"阮飞也劝道："你先别急，救人的事，终归着落在我的身上。我阮飞豁出性命，必救秦姑娘出来也就是了。"起身出店，进城去探虚实。

罗马哪里听得进去，抱头垂泪，哭道："偏偏是我，为……偏偏都怪我！"想不到堂堂大宋，万千人的死活竟着落在他们这一人一马身上，简直是做梦也想不到这样的结果。旁边人听着不是味，道："咄！能为国尽忠那是你的福分！还啰唆什么！"

未几，阮飞回来，已是汗透重衣，显是经过了一场恶战，秦双却未救回。罗马追问详情，阮飞皱眉道："完颜赤海说，最迟到明日赛马时，你不出现，他便要……"罗马急道："怎样？"阮飞道："他便让秦姑娘……秦姑娘死得苦不堪言。"

罗马大叫一声，一跤坐倒。可是他这人有一桩好处，便是一旦认准什么事，便决不轻言放弃。这时既知阮飞不能指望，秦双危在旦夕，虽然心绪烦乱，却已开始筹谋自救。良久，忽然道："阮大侠，你为什么不杀我？杀了铜板也行！今早探营、探营时为什么没杀了我们？"阮飞脸色一变，道："罗兄弟，你别说这种话……"罗马截道："真的！为什么只是让我跑输？还有偷营的，为什么不给铜板下毒药？我们还得跑，只要输了就行？"

阮飞略一犹豫，道："不错，我们商议，若是让你们压根不能跑，则金人未必死心。只有你们跑了，输了，我大宋才有万年太平。"

罗马仰起头来，苦笑良久方道："我那时就在让铜板输……你第一次见到我……见到我们时。"这件事阮飞印象深刻，当时飞龙驿外，罗马受逼，偏不让铜板跑快，铜板一路挣扎，磨得口角流血。若不是自己割断了缰绳，恐怕到最后铜板不被气死也要重伤，至今想来，那景象仍令人心生不忍。

罗马道："后来我、我已对铜板发誓。"他猛地一挺胸，"今生今世，我决不再让铜板故意跑输了！"他突然说得斩钉截铁，连话都说得流畅了。言毕，一骨碌站起身来就往外走。阮飞急道："你想干什么？"

罗马疾道："救秦双！"阮飞道："怎么救？"罗马道："两命换一命。完颜赤海想要的是铜板和我，我们回去，他会放了秦双！"阮飞大惊，转念一想，大喜道："你要回去故意输？"又犹豫道："他不会信的。"罗马摇头道："我要回去，努力赢！"

此言一出，举座皆惊。"啪"的一声，有义士一掌将屋中茶几拍碎，骂道："你敢！你敢走出这屋子一步，老子打断你的双腿！"罗马怒目而视，道："我不怕死！"

那人叫道："那我现在就打死你！"罗马毫不畏惧，叫道："你打、你打！打死我，也没有赛马了！"那人顿时犹豫。阮飞忽然一拍桌子，叫道："都别拦着，让他走！"

一干义士为难道："阮大侠……"罗马已推开他们，骂道："又让马儿跑，又让马儿不吃草！"出门去，头也不回地牵铜板走了。

有人道："阮大侠，你就这样让他去了，岂不是陷我大宋于水深火热……"阮飞沉吟道："我——或者说——罗马凭什么能陷大宋于水深火热！"那人一愣，不明白这样显而易见的事，阮飞干吗要问，气得涨红了脸。阮飞喘息一口，道："不是他说，我还真糊涂了。罗马不过是一个小小的铺兵，铜板不过是一匹驿马，为什么他们能够决定国运？他们甚至不是在送什么军机快件，而只是要和金国的第一快马比赛而已！"

众义士面面相觑，阮飞道："一场赛马，决定一国存亡，我们是在开玩笑么？难道只要金国出兵，大宋就一定亡国？那些大臣呢？将军呢？军队呢？即便罗马赢了，金国出兵侵略，难道他们便不能保卫边疆,捍卫国土?把这样的重任丢给罗马这么一个小兵,那些当官的,不觉得脸红么?"他微笑道:"其实归根结底,咱们在这想办法,都是越俎代庖,最该为国家操心的,本该是皇上、大臣啊!"

他的话好尖刻,听得所有人心头大震。阮飞续道:"当初王大人让罗马输,为的是向金人讨好;今天我阮飞让他输,为的是向金人示弱。讨好也罢,示弱也罢,我堂堂大宋,居然只能看人脸色行事,说出来你们羞不羞!一个国家若只能求别国'不要打我',却不敢对别国说'敢犯我者,虽远必诛',那这'万年太平',也就不要做梦了!"

有人小声道:"那金人真的出兵怎么办?"阮飞整理头巾的手一抖,道:"我们为了大宋的安全,不惜让罗马牺牲秦双。可是,设身处地想一想,我阮飞不惜为国而死,可是我也希望朝廷能够保护我珍爱的人。咱们这些人若是连营救秦双的念头都没有,谁又有资格去让罗马爱国呢?"留下大车店中人们面面相觑。有人道:"这样想起来,他最后那句话,倒也有点道理。"

却说罗马一鼓作气冲出大车店,既然没有退路,也就越发坦然。那完颜赤海只因坚信他会自投罗网,甚至连城里的搜捕都没有部署,竟由得他信马由缰,慢慢在心中将计划说辞想好。往来路人穿梭,罗马心中寂寞。来到完颜赤海营帐不远处,翻身下马,轻轻一拍铜板的脖子,道:"铜板,一会你送秦双出城,然后……然后你回来!有些事情,为国为民,咱们终须做个了断!"铜板"嗒嗒"刨蹄,状甚不安。

罗马便徒步走到完颜赤海营前,但见残阳如血,一杆大旗下,秦双被缚旗杆之上,垂头蓬发,不由心痛。看守的士兵早有人发现了他,"哗"的一声,弓上弦刀出鞘,将他团团围住。罗马环顾四周,不由又有些胆怯,道:"在哪里?完颜赤海!"秦双抬起头来,见他自投罗网,叫道:"罗马,罗马!你这傻子!"罗马心中一痛,叫道:"没事了!很快就、就没事了!"

早有士卒通报,完颜赤海大笑出帐,叫道:"罗马,我就知道你得回来!"罗马握拳道:"我回来了,铜板没回来!"完颜赤海一愣,不料他这样镇定,道:"那么铜板在哪里?"罗马微伸手一指,咬牙道:"我不叫它,你们追不上!"完颜赤海心知罗马是有备而来,索性不急了,道:"那你想怎么办?"

罗马冷静一下,道:"我留下,你放秦双走,让铜板带她出城。然后铜板自会回来,明天一早耽误不了和火流星的比赛。"这句话乃是他反复演练多次的,说得极为流畅。完颜赤海沉吟道:"扣着你,我不信我抓不着铜板。"罗马双手叉腰,道:"你还真就抓不着。"他对铜板自信满满,完颜赤海面上一阵红一阵白,心中又确实对明早之前围捕铜板一事殊无把握,不由气馁,道:"好,我可以放秦双,可是如果你明天不好好跑怎么办?"罗马把眼一瞪,道:"我为什么不好好跑?我管你有什么阴谋,既然你们想输,那我和铜板就给你们一个机会输!"

完颜赤海道:"好!你若是反悔,我有你好瞧的!"便命人放了秦双。秦双走过来,珠泪盈眶,道:"罗马,你可让我如何独活?"罗马握住她的手,道:"咱俩日子还长!我赢了,去找你!"

秦双见他居然真要比赛,不由疑惑,可是见他成竹在胸的样子,又不由有些安心,便独自出营,找着铜板。那铜板本来是绝不许别人上身的,近来因见秦双与罗马亲昵,才许她乘降,这时驮着秦双,先在完颜赤海营前一绕,与罗马告别。秦双忽然大声道:"罗马,你真要比赛的话,那火流星天赋异禀,十里之内,铜板未必能胜。可是它骄傲浮躁,你只需鼓励铜板咬住不放,十里之外,火流星自然自乱阵脚!"罗马笑道:"知道了!"一挥手,铜板才绝尘而去。

罗马眼见那一人一马远去,心中一阵酸楚,回过头来,强笑道:"我累了,要吃要喝要睡觉。"完颜赤海哈哈大笑,道:"吃喝有的是!"拥罗马入帐,另一手在背后一比,银太岁悄无声息地隐入暮色之中。

完颜赤海心思深沉,既然以秦双要挟罗马,自然也就防备罗马真来走马换将,提前便与银太岁约好暗号,这时果然就用上了。这银太岁除了手中一条银蟒鞭使得出神入化之外,还有一个本领,便是追踪马匹,平生最会探察牲畜的蹄痕。日间若不是完颜赤海担心将罗马逼至狗急跳墙,他早就将那一人一马挖出来了。这时他避开罗马,绕到秦双的去向上,寻着铜板蹄痕,这便追了下去,身边铜太岁、铁太岁留下坐镇,却带了能跑擅跳的金蟾做帮手。

两人都不骑马,一路追下来,出了会宁府,那马蹄印笔直地指向黑山。银太岁冷笑道:"跑得倒远!"金蟾困了,道:"还追么?"银太岁道:"追!怎么不追,只要咱们在明早之前将那女人带回城里,就不怕罗马再耍什么花招,放水佯败。"金蟾挠挠头,多少有些不忍,道:"这是何必呢?"银太岁懒得理他,两人便展开身法追了下去,行到半路,前面马蹄声"嗒嗒",果然是那黄毛马空鞍跑回城,找罗马去了。

再走一个时辰,两人才进黑山。银太岁分辨石间痕迹,将金蟾带到温泉边。只见水边一堆篝火,秦双正抱膝出神,银太岁大喜,暗道:"这你还能飞了么?"对身边人道:"你且在这里掠阵,防她逃走。"那人道:"好!"金蟾道:"行。"银太岁一愣,才抬头,就只听"扑"的一声轻响,心口一凉,眼前一人收臂从他胸前拔出短刀,飘身退开。月光下只见这人头扎蓝巾,正是日间救走罗马的人。

银太岁大惊,一抖银鞭,待要追击时,突然间胸口鲜血狂喷,周身的力气都随之而去了。银鞭"噼啪"一声落地,他双手按着胸口血泉,缓缓跪倒在地,脑中一时一片空白,只在想:"这人是什么时候来的?这人是怎么站在自己身边的?这人……这人到底是谁……"倒地身亡。

这人正是"布衣刀"阮飞!因使得一手出神入化的短刀,又有"豹刀"之称。他被罗马痛斥,心中反复思量,确实不该牺牲秦双、罗马以救大宋。愧疚之余,派人出去打探,原来罗马已经以身换命,救走了秦双。完颜赤海帐中精兵良将不少,他不敢妄动,便出来寻找秦双。因他已与罗马来过温泉,知道此处是二人约定之地,这才连夜赶来。一到,便发现了银太岁与金蟾,他与这二人都动过手,知道不好应付,因此才先下手为强,敛住杀气,径直刺杀了银太岁。

突然从草丛中扑出死人,秦双吓得大叫一声,拾起一根木柴防身。那边金蟾一看师兄喷血毙命,凶手又是那日间曾暗算自己的人,不由得气得眼都红了。虎吼一声,从背后抽出量天尺,跳过来便打阮飞,阮飞识得厉害,不敢硬接,往旁边一闪,金蟾叫道:"转!"上步跟身,搬尺斜扫。量天尺余势甩开,一人一尺化作个大陀螺,量天尺幻出层层黑影,朝阮飞斜肩铲臂砸去。

阮飞闪展腾挪,叫道:"我看你能撑多久。"蓦地里金蟾叫道:"穿!"手一松,量天尺脱手而出挂定风声,直望阮飞胸前射来。阮飞大叫一声,向后一个倒翻,量天尺从他胸腹之上,以毫厘之差射空,金蟾蹿身出拳,瞄准阮飞落脚之处,喝道:"断!"

"呼"的一声,一拳打空,金蟾脚下水花四溅,原来是阮飞方才已被逼至温泉边上,再一个翻身,刚好是掉进了水里。金蟾想不到这样的变化,才一愣,阮飞已在水中出手,单手起落,"嗤嗤"两刀,刺进金蟾双脚脚面。金蟾惨叫一声,脚下无根,一屁股坐倒在地。

阮飞从水中一跃而出,手中七寸刀寒光闪动,面色阴沉。秦双知他心狠,叫道:"阮大侠,莫杀他!"终究还是念着同为汉人的旧义,阮飞听了,手一沉,刀光已没入金蟾胸膛。金蟾喉中"咯咯"而叫,待要抓住他,阮飞一缩手,刀子已经拔了出来。

秦双气道:"他是个傻子,你干吗非杀他不可!"阮飞道:"我没杀他,这一刀我已避开了心肺要害,只是给他个教训,让他十日之内,休想动弹罢了。"金蟾颓然而倒,中了这一刀后,呼吸急促,连气都喘不上来了。

转瞬之间,两强尽除。阮飞回头道:"秦姑娘,罗马孤身置于险地,我们怎么来救他?"秦双方才也已盘算良久,有了个计划,只不过势单力薄无法实现，这才踌躇。这时既有阮飞相助，又燃起希望，道："首先，要偷一匹马！"

正是：螳螂捕蝉雀在后，郎情妾意蜜里油。欲知后事如何，且听下回分解。

第十回
闯重围驿卒报信　起干戈金兵南侵

先贤曾云：为国为民，侠之大者。可身负侠名之人，也有七情六欲，喜怒哀乐。捐躯国难，固然是仁人志士义不容辞，可在捐躯之时，他们的心情又是如何？是万念俱灰只求无愧于心，还是热血澎湃坚信死得其所，其中，又大有不同。是故，一国国民固然应当爱国，而这个国家、这个朝廷，也应当加倍地努力，让国民知道，他们爱国爱得值得。

且说罗马，在完颜赤海营中等到铜板回来，刷洗喂料，各自休息，到天明起来，已是双双神采奕奕。完颜赤海见他们斗志昂扬，稍稍宽心。一边出发去比赛，一边又派人暗中去寻找银太岁与金蟾。

且把闲话休提，单说到了赛场，那阵势自然比以往都大，罗马也不往心里去，只往最尊隆处落眼，看清了金主吴乞买的位置。完颜赤海来通知他预备，道："我已放了秦双，你当遵守诺言，跑赢比赛！若是故意求败或者中途逃走，我虽可能追不上铜板，杀不了你，可堂堂大宋第一快马，不免沦为我金人笑柄。"罗马道："从今天起，大金国再没有可以夸快之马！"

催铜板来到起跑线，只见那火流星已昂然就位，一身烈火似的皮毛，却在两肋上，各有三道白纹，有个名堂叫做"星纹焰翅"，挺胸站在起跑线上，两眼前望，铜板走过来时竟是看也不看一眼。罗马心中冷笑，想到秦双的指点，轻轻一拍铜板脖子，铜板接令，撇开长腿,"夸"的一声,螃蟹似的往火流星身边横跨了一大步。火流星不喜,顺着铜板来势,往旁边也是迈出一步。铜板又凑一步,火流星几乎便在铜板出蹄的同时,又躲出一步,两匹马平行移动,竟似训练已久。铜板觉得好玩,"咳咳"大笑,火流星回过头来,眼里吃了铜板的意思都有。

这回自然只有铜板、火流星比赛。不一刻,比赛正式开始。前面信号发出,两马便如离弦之箭般比肩蹿出,众人只见二马身后泥土翻飞,眨眼间就已超出视线之外,不由大声喝彩。罗马人在鞍上,只觉劲风扑面,不由暗暗心惊,这火流星果然是好快的脚力,虽以铜板之能,竟也落后了它半身的距离。当下不敢大意,伏身低喝道:"铜板!咬住它!"铜板比他更傲,被火流星超过已是恼火,怎么会让距离再拉大?当下奋起神威,紧追不舍。前面火流星见甩不下铜板,更是发蹄狂奔。

两匹马马头衔马尾地奔到七八里的地方,情势突然一变,原来火流星久为金国第一,傲慢更甚以往,竟比秦双估计的更要急躁,眼见铜板如影子一般甩脱不得,这就乱了方寸。同样是傲,铜板是傲在一定要赢,火流星却傲在绝不容许别的马出现在它的身边,前面七八里它为了要甩开铜板,实际上早就用尽了全力,若是真将铜板甩开了,那它还能借着得意,鼓起余勇冲回终点;可是既然没甩开,心早就慌了,一口气一泄,突然间便加倍地累起来,被铜板"唰"地超过,更是没有了再跑的欲望,虽被骑手鞭策,但那速度,竟比寻常健马还不如了。

铜板便遥遥领先,豁啦啦地跑近终点。罗马看得清楚,只见一干金人无论赌博胜负,既知金马全军覆没,尽是如丧考妣。只有寥寥数人,如完颜赤海、宗翰等,才面露喜色。罗马知道他们欢喜赢了攻宋之赌,心中愤恨,想道:"我身为大宋子民,终不能坐视这场劫难不管!拼得个身首异处,也要吓他一吓!阻他一阻!"一咬牙,提缰叫道:"铜板,拼了!"铜板得令,霍然冲过终线,猛地一拐弯,纵身跃过金主侍卫,沿红毡直取吴乞买的马车,前面侍卫来不及拦截,吴乞买车前卫士已乱作一团,叠人墙叫道:"有刺客!"

罗马心知再想前进,恐怕铜板就得受伤,眼见离那吴乞买不过二十余步,料来自己的声音也可传到,便勒马喝道:"吴乞买听着!"只听刀剑出鞘之声不绝于耳,一人一马瞬间已给金人兵将包围,罗马想到自己与铜板就要被剁成一堆肉酱,再也见不着秦双了,心中悲愤,铜板则滴溜溜打转,咆哮不已。

却见那御驾当中金主站起,大声发令,声音威严。罗马已听得懂金语,只听他说的是:"众将让开,听听他要说什么!"但见金人的包围圈猛地向外一阔,给他留的空间大了些。回头往吴乞买处看时,只听那金主说道:"你说,我听。"汉语虽然生硬,但听来凛然生威。

罗马定了定神,叫道:"金主听着:我大宋国骏马满山,匹匹都比我这黄马跑得更快!我大宋国义士遍地,个个都比我这不成器的小子勇猛!你们胆敢南下侵略,我保管你有去无回,永无还朝之日!"

这几句话他练了好久,这时一气说出来,听得吴乞买大怒,道:"你敢威吓寡人!"罗马冷汗淋漓,一眼瞟见外围的完颜赤海正笑着望来,索性叫道:"我知道,你和完颜赤海他们下赌,只要你输了,就要发兵侵宋。没关系,我照样赢你!大宋不怕!想打就打,你敢发兵,我大宋将士就敢给你收尸!"

此言一出,金人大乱,连包围铜板的将士们都开始窃窃私语。罗马见恫吓有效,心中稍微安慰,去看吴乞买,却见吴乞买满面迷惑,道:"谁说这场赛马寡人赌了出兵打仗?寡人只赌了黄金,一百两而已。两个国家兴盛还是灭亡,怎么可能用这样方式决定?儿戏!你就是因为这事才来吓唬寡人么?"

周围金人轰地大笑。罗马如堕云里雾里,一时摸不着头脑。看着金主神色,确实不像有什么秘密,可是看此前完颜赤海不择手段地要让自己赢,说他没有什么图谋那根本不可能。他把眼望向完颜赤海,却见完颜赤海眨了眨眼,仍是在笑。

只听吴乞买笑道:"你是一条好汉,为了国家,胆子很大。寡人饶你不死,比赛获胜的花红没有你的,你带着你的快马,滚回宋国去吧!"包围的金人哈哈大笑,让出一条通道来,罗马面红耳赤,拨马欲走,忽然只听有一人以金语叫道:"陛下,攻宋之事,不能再迟疑了!"一句话只如晴天霹雳一般,震得罗马两耳轰鸣,一干金人鸦雀无声。罗马回头看时,只见金相宗翰正上前启奏,道:"我大金国目下国力强盛,士气高昂,正是南打大宋,西取吐蕃,一统天下的大好时机。方今之时,我金国百万儿郎厉兵秣马已久,陛下实在不该再作考量,白白误了战机。"

吴乞买不料他竟当众提起此事,心中不快,以金语道:"兹事体大,日后再议,现在不必说了!"宗翰忽然转身,一指罗马,问道:"陛下以为,此人如何?"

吴乞买不知他葫芦里卖的什么药,道:"此人虽然无礼,但听说国家有难,便敢奋不顾身,是忠肝义胆的好汉!"宗翰又问道:"陛下以为此人胯下坐骑如何?"吴乞买道:"追风神骏,我大金万千骏马亦不能及。"宗翰问道:"他们冒犯陛下,陛下为什么不杀他?"吴乞买道:"本是无心之过,谁没有爱才之心!"宗翰道:"陛下开明智慧,是我大金之福。可是陛下可知,这人是怎么来到我国的么?"便叫出完颜赤海,让他把如何要来罗马、铜板之事细细说了,尤其说到王大人如何两次三番欲置罗马于死地的情形,更是说得绘声绘色。

罗马越听越是心惊,眼见吴乞买听得面色阴晴不定,心中越发忐忑,隐约觉得,阮飞的情报,似乎有哪里不准,而自己似乎陷入到了一个全然无法想象的阴谋当中。不一刻完颜赤海说完,吴乞买沉吟道:"虽然早就听说大宋朝廷上至皇帝下至群臣,个个是贪生怕死之辈,可是想不到,竟然懦弱糊涂至此。若他们只是这样对待英雄,那中原虽大,又有谁能挡得住我金人铁骑?"宗翰道:"不错,宋国君臣绵顺如羊,即使给他们统率狮子,也不是我大金狼群的对手。"

突然之间,困扰吴乞买几个月的难题竟就此解开,他抚掌叫道:

"既然如此，我们还等什么呢？传令三军，三日之后，起兵伐宋！"

众金人轰然应诺，刀枪相撞，铿然长啸。罗马身在其中，但觉刀如山，枪如林，群情如海。直吓得两股战战，终于明白，原来从当日完颜赤海索要自己的那一刻起，他便已经成为宗翰师徒说服金主攻宋的一枚棋子。突然间，他想到杨达的叮嘱："金人但有异动，便请罗兄的快马驰驿来报！"罗马奋力拉缰，在如潮呐喊声中叫道："铜板，快走！"铜板更不怠慢，掉头欲走，可是金人这时哪容得他逃避，个个跃马来追。罗马陷在包围当中，左冲右突，可是既没有武功，便只能稍触即走，就是冲不出去。忽听有人叫道："大家让一让，且让我来收拾这匹野马！"

众人看时，只见说话之人青衣黑袍，正是神力王青宗。这青宗当日拳毙惊马，曾被罗马顶撞，他为人最是小气，只因宗翰曾经关照过他，不得对罗马、铜板动手，这才一直按捺，可是心里却一直记恨。到这时既然已经真相大白，这一人一马的利用价值用尽，顿时不再掩饰，跳出来道："陛下伐宋，青宗无以为贺，便杀了这大宋的快马驿卒，请为大军祭旗！"众金人拍手叫好。

他声音洪亮，响彻云霄。罗马听见，回过头来，只见青宗已将两旁人分开，自己守着包围圈丈许宽的一个口子，以手指点罗马叫道："罗马，你不是看我不服么？你不是说我有报应么？来来来，这里便只有我一人把守，有本事的，你来给那匹死马报仇，从我这里突围！"

罗马已抱定了必死之心，听他挑战，将牙关紧咬，圈过铜板，轻抚黄马头顶，道："铜板，搏不搏？"铜板"咻咻"低喘，前蹄刨地。罗马叫道："好！搏了！"两腿一夹，铜板如箭离弦，化作一道金光直射青宗，所过之处，金人只觉得劲风割面，这一人一马，竟如长虹贯日一般，笔直地冲向青宗。

青宗已将右臂衣袖褪下，露出一条青筋暴起的手臂，随着劲力贯注，整条胳膊慢慢膨胀变紫，其势骇人。铜板射来时，马未到，气先到，青宗一头长发都向后飘起。青宗喝道："来得好！""轰"的一声,一拳击出!

突然之间,铜板"唏溜溜"暴叫,竟在间不容发之际两条前腿一抬,人立而起!青宗那一拳本是瞄准它头颈打去,这时便在它两蹄之下走空,"嘭"的一声,发出破风闷响。铜板前冲之势太猛,单凭两腿其实站立不稳,两前蹄一抬即落,黑光闪处,两个铁蹄如海碗大小,直往青宗两肩踏来。

青宗料不到这黄毛马竟能在那种速度中急停站立,倾尽全力的一拳落空,顿时知道不好,可是也来不及逃了,眼见铜板踏来,只好奋起余力,左手一托,托住铜板右蹄,右手一托,托住铜板左蹄,两臂叫力,往上一举,叫道:"去!"下面两足深陷地下,上面已将铜板推开。

只见铜板借力而起,半空中摇头拧腰一跳,一转身如蛟龙摆尾,马头变作马尾,马尾变作马头,一个方方正正的屁股正对着青宗。这时两前蹄刚好落地,两条后腿蜷在胯下,"啪"地往外一蹬——正是罗马此前心悸于青宗神力,专门设计的铜板一门"首尾两端"踢人法!

青宗双手相叠,在小腹上接住了铜板的左蹄……与此同时,"啪"的一声,铜板右蹄端端正正尥在青宗脸上!

青宗偌大的身子便如被火炮崩中,直挺挺地飞了出去,落在地上时,在地上刨出一丈多长的一道沟来。

这一下大出金人意料,罗马、铜板回身就跑。后边完颜赤海、铜太岁、铁太岁见师父吃亏,如何肯依?一个个玩命追赶。完颜赤海喝道:"罗马,你敢与我作对,你插翅难飞了!"一追里许,突然间半空里一声响箭,草丛中奔出一彪人马,为首一人头扎蓝巾,面目模糊,正是大侠阮飞。阮飞叫道:"罗马休惊,我大宋卧底于金的义士今日齐来助你!"一干大宋的好手,迎着金兵便杀。阮飞以一敌三,先缠住了完颜赤海三兄弟。后面金人骑兵蜂拥而至,将一众好汉包围。

眨眼间众好汉已陷入包围。阮飞向远处一望,只见金人追兵已尽，叫道："来得好！"又叫："秦姑娘，此时不发河东之吼，更待何时？"一言方毕，大宋人马中闪出一骑，胯下虎斑马，马上端坐一个女子，不施粉黛，自带风姿，正是马师秦双。只见秦双两根素指往虎斑马耳后骨窝里一捏，那虎斑马忽地咆哮长嘶，一声怪啸里，金人坐骑一起翻倒抽搐。罗马看时，惊道："呼雷兽！"秦双笑道："正是！"

原来她算得要救罗马，必须防备金人骑马追击，因此才托阮飞去宗翰营里盗来呼雷兽。那呼雷兽自从额上红瘤破裂之后，本已不能鸣叫，被宗翰只当成是凡马，潦草豢养，被阮飞轻松盗得。可是秦双熟知马匹筋络，知道红瘤虽破，呼雷兽可没有哑，只是失了能刺激它鸣叫的罩门罢了。待到怪马到手，细细检查了许久，终于给她找着另一处筋络要害，可令呼雷兽随时发威。

金人骑乘大乱，阮飞等强攻几招，一声唿哨，拨马便逃。他们的马早就以黄蜡封耳，不惧呼雷兽，铜板更是习以为常，一时间十几匹骏马扬鞭奋蹄，一路冲回中原去了。这边完颜赤海待要整顿马匹再追，突然旁边铁太岁道："你的脖子怎么了？"完颜赤海只觉皮肤发痒，伸手一摸，指头上一片殷红，道："咦？"才一愣，突然间血管爆裂，一蓬血雾狂喷，竟不知什么时候，已被阮飞切断了咽喉。完颜赤海向后踉跄一步，伸手按住伤口，一跤坐倒，诸般念头涌上心头，骂道："南蛮……"

金人未战之时，已是损兵折将。然则宗翰矢志为徒报仇，吴乞买仍认定大宋可欺，终于是决心南侵，三日后果然大军启程。狼烟滚滚，旌旗蔽日，这才引出一段：

护京畿李纲拜相，救康王泥马渡江。罗马铜板奔波求救，阮飞秦双左右为难。金蟾开窍，逃兵开道，铁面人登高一啸。漫卷铁血大旗，千载之下，不负男儿骄傲。

泥马记

第二卷

第一回

金营失算走真主　　瘦马得意渡康王

词曰：

冬日青山潇洒静，春来山暖花浓。少年衰老与花同。世间名利客，富贵与贫穷。　　荣华不是长生药，清闲不是死门风。劝君识取主人翁。单方只一味，尽在不言中。

上面这一首《临江仙》，用字简单，却放旷深远，实在已臻填词的微妙境界，其作者，却是南宋抗金名将韩世忠。想那韩爷爷，少年时只是延安无赖，家贫嗜酒、粗俗龌龊，后来从军方有所收敛。直至靖康年间，乾坤崩坏，天下大乱，韩世忠乃越战越勇，黄天荡大破金兀术，留下千古佳话。到了晚年，更读书习字，诗词皆见奇趣，成为武人异数。

俗话说："乱世出英雄"。韩世忠有如此成就，却也与两宋交替时候的刀兵战乱不可分割。想那和平年代，秩序井然，人人做的都是奉公守法谋个温饱，哪有什么机会去惊天动地？只有到了乱世，那些有心有力的天才，才能够迅速成长、一展所能，成为千秋万岁轰轰烈烈的传说。

可是，有人真金不怕火炼，也就有人受不了乱世洪炉的淬炼。有的人，在和平年代也许也是知廉耻有抱负的可用之材，可是在严酷考验下，他们却只能暴露出自己的懦弱自私，最后不仅不能成为英雄，反而连做人的资格都丧失殆尽，成为遗臭万年的大狗熊。是故，也有一句话说道："乱世出妖孽，盛世出贤人"。

话说北宋宣和七年，金军南下侵宋。道君皇帝惶恐，十二月传位太子赵桓,即是后世所谓"钦宗"。靖康元年,金军兵临汴梁,多亏有太常少卿李纲主战,苦守京畿不破。金人知难而退,遣使讲和。皇帝赵桓遂称金太宗为伯父,割地赔款,并遣康王赵构为人质,赴金营议和示好。

单说这一日,小雪初晴,在黄河以北,金军营外,一片空场上立起了十几个木靶。木靶百步之外,一群金人将领正簇拥着两个汉人大声说笑。只见其中一个汉人,大约二十来岁年纪,细高挑的大个,身披五色麒麟祥云披风,腰缠双珩玉带。往脸上看,生得是面如冠玉,剑眉凤目。有分教:

奉旨捐躯赴国难,委身敌营志不甘。
今日浅滩遭虾戏,明朝乘风上九天。

这人正是康王赵构。旁边一个汉人,屈膝含腰,满面苦色,顾盼之间满是慌张讨好,却是随他一起出使的宰相张邦昌。这君臣二人来到金营已经不少日子了,金人粗野蛮横,最喜恃强凌弱,对他们君臣少不了的刁难吓唬。那张邦昌早被吓破了胆子,可是康王却一向逆来顺受,潇洒豁达,大有泰山崩于前而不改于色之势。

他这般的表现,倒是大出金人意料。金军右帅宗望、左帅宗翰都是机谋深沉之人,此番见康王气宇不凡,不由都起了疑心,这才安排了今日的考验。

只见那宗翰笑道:"康王,久闻宋国的开国皇帝乃是行伍出身,以一条杆棒,两只拳头得的天下,最是弓马娴熟,不知康王可否为当众献艺,让我们大金国的勇士见识见识。"他是个汉人通,汉语说得极为流利。

那康王不动声色,答道:"小王在营中为质,不敢造次。"

此言一出,一干金人"轰"地大笑。嘲笑声中,张邦昌赔笑不已,道:"对、对……不敢造次、不敢造次!"

宗翰笑道:"康王说笑了。我金宋两国虽有误会,但大宋的皇帝既然已是我金人的子侄，那我们便是一家人了，康王来我营中，尽可以放心玩耍，何必那么拘谨。何况射箭骑马，都是男儿游戏，我大金国三岁的娃娃也会，康王献艺，哪有什么造次不造次？这般推三阻四，除非是你手不能开弓，脚不能认镫。倒让我意外，想不到大宋国自太宗之后，王子龙孙已是这般无用。"

一边说，一边自己认扣搭弦，"嗖"的一声射出一箭，木靶那边有人扛着靶子飞步跑来，以汉语大叫道："小胡子，好箭法，一箭正中！"

那人虽是徒步奔走，可是来得好快，一眨眼就已经来到众人面前。康王吃了一惊，注目看时，只见那人身材不高，两肩极宽，短颈方头小眼阔口，一身肌肉撑得衣服紧绷绷的，好像有使不完的劲就要爆出来一般。康王心知金人是故意示威，也不由暗自嗟叹，心道："好一个飞毛腿，可惜却是金狗所用！我大宋若有这等人才，岂会受这些金狗的欺侮？"却不知金蟾正是如假包换的宋人。

却听宗翰哈哈大笑，道："金蟾，你的脚快，可看好了，别让康王把箭射丢了。"将雕弓、箭壶都递与康王，道："康王请了。"

那丑人大声答应。康王兀自推阻，道："不敢献丑……"

却听旁边一个金将以生硬汉语叫道："这般无用？赵匡胤的种！"

康王听了，便觉心头一炸。他为人最识大体，此番既奉旨来作人质，实则早就将生死置之度外。心中想的是大不了一死，只要能维持大宋国运，金人的刁难折辱就一笑置之也就罢了，故此才处处忍气吞声不敢有丝毫的违逆。可是这时金人辱及他的先祖皇帝，多少天来深埋的怒火泼剌剌地烧将起来，把眼向宗翰望去，只见这宗翰满脸尽是嘲弄之色。再往周围看去，只见一众金人嘻嘻哈哈，不屑轻忽之意溢于言表，不由得再也无法忍受。当下将眉一皱，伸手接弓，道："如此，小王倒不能推辞了！"

一伸手，在箭壶中抽出三枝雕翎箭往弦上一搭，喝声："献丑！"但见：

推弓如移山填海，引弦似懒龙抬头，三箭并辔，好比渊渟岳峙，一声霹雳，亚赛虎啸龙吟。

弓开如满月，箭去似流星，三道乌光闪处，那金蟾叫道："好快！"飞步逐箭而去，不一刻扛了木靶回报，道："小白脸好大的力气！三箭都是靶心，箭头都射穿靶子了。"

金人一时鸦雀无声。只听张邦昌一迭声地道："这是碰巧……巧了！"康王不说话，把弓一转，递向宗翰。宗翰脸色阴沉，道："康王好箭法。"

康王面无惧色，道："不敢当。"

张邦昌吓得几乎站不住，叫道："宗翰大人息怒！宗翰大人息怒！"

正在此时，却听马蹄声响，有人急报道："宋军昨夜突袭我军，宗望大人震怒，要康王与张邦昌帐中回话。"

金人一片大哗，骂声拔刀声顿起。张邦昌吓得脚一软，终于坐倒在地上。康王也是一惊，心道："终于是到了这一日了！"原来他来此之前，却是与皇帝赵桓约好了的，一旦有机会，尽可以放手攻打金人，万万不可顾忌于他。这时环目一扫，暗叹道："可恨却没有杀了这些金狗。"把心一横，心道："除死无大事，我却不能让他们看扁了我们姓赵的！"

宗翰阴恻恻地道："康王，请吧？"

康王把袖一拂，道："请！"当先往帅帐走去。

那边张邦昌已被吓得瘫了，被一个金将拎小鸡子似的提走了。

康王一进帅帐，迎面就是一只酒杯飞来。康王猝不及防，正给酒杯打在胸口，残酒溅了一身。抬头看时，只见宗望正离座而起，一边大步向自己走来，一边腰刀出鞘，一刀向自己砍来。

生死交关之瞬，康王血性激发，双目眨也不眨，盯住刀锋只一瞪。那宗望突然住手，刀锋悬在康王肩上，喝道："你们汉人，无耻！说了停战，又偷袭！"

张邦昌涕泪交迸，叫道："不知道！……我们不知道……"方知竟是宋军又偷袭金人，这才惹恼了对方。自己君臣已是凶多吉少，不由又恨又怕，却还是挡在康王身前，抖得体如筛糠。其人虽然懦弱，忠心倒颇可一表。

康王不动声色，道："哦，是么？但不知是哪位将军这么大胆？"

宗望道："姚平仲！"

康王大笑道："姚将军对西夏作战多年，果然粗鲁了些。宋金两国议和已久，小王来此已有月余，按照常理，二位元帅早就应该罢兵还国。可是你们却只是在黄河边上驻扎，想必是姚将军远途赶来，不知金军尚在，只以为是什么不怀好意的山贼流寇，这才来打了那么一下子罢！"

这话驳得不卑不亢，有理有据。宗望也不由无言以对，愣了愣，突然收刀入鞘，哈哈大笑道："你不是康王！"

康王一愣，道："什么？"

宗翰在一旁冷笑道："你不是康王，你不姓赵！赵家的子孙，若是都有你这样的本领胸怀，我们金人哪有机会打胜？你一定是什么将军家的种，被那些贪生怕死的皇族推出来冒名替死的！"

康王一时哭笑不得，张邦昌也傻了。只听宗望道："你回去！肃王来！"

宗翰道："念在你还算是一条好汉的分上，我们不杀你！你们回去传话：赵桓给我们假康王在先，派人偷袭我军在后，于情于理，都是欺人太甚。要平息我们的愤怒，第一，派肃王来作人质；第二，马上交割和约中的土地；第三，将手上沾满我大金将士鲜血的李纲罢免。三条有一条办不到，我们就马上起兵，这一次非得把你们的汴梁夷为平地。"

突然之间，必死的绝路上出现了一线生机。康王只觉得心头大震，几乎脱口而出，道："不错，我是假的，我回去给你们传话！"可是略一冷静，终究还是战胜了懦弱之心，道："不，我不是什么将门之后。我就是康王，太祖的血脉。我来此为质，已是我大宋守约重诺，你们不可无理取闹。"

宗翰冷笑道："你不要再和我装样子了，懒得与你啰唆！你们两个马上回去收拾你们的东西，离开我的大营。到了明天早晨，太阳升起的时候，你们若还在，就别怪我杀了你们，把你们的头送回给宋国的皇帝。"

康王还待辩解，后边张邦昌已拉着他的衣袖向外拖走。康王待要挣扎，可是心中略一犹豫，到底是被拽走了。金将大笑不已，康王的心，却跳得几乎要破体而出了。

二人回到自己的营帐中，看守的士兵已经得令撤走。张邦昌扑进帐中拽了两件衣服去包裹细软，口中叫道："王爷！快收拾！你有什么要带的？"

康王站着不动，道："我不能走！"

张邦昌大惊，道："怎么了？我的好王爷，你可别吓我，好不容易得着这样的机会，过一会儿金人后悔了可怎么办？"

康王道："我奉旨前来作人质，若是回去，岂非不忠？"

张邦昌道："现在不是咱们要回去啊！是金人不要我们了啊！我们留在这里，金人生起气来，当场发兵，我们岂不是越发不忠？"

康王道："这样逃走，默认我不是康王。忘祖弃姓，我岂非不孝？"

张邦昌道："方今国难当头，康王你文韬武略，俱是王族上选。只为一时之气，抛却有用之身，置太祖留下的社稷江山于不顾，岂不是更不孝？"

康王道："我回去，肃王就要羊入虎口。他是我的五哥，我们本是兄弟，这般将他置于险地，岂非不仁？"

张邦昌道："我们回去，这些条件皇上未必答应。将来肃王得知，你为了他而留下殉国，他又于心何忍？你置他于不义，又怎算得上'仁'？"他既能出使，自然是那口才辨给之人，此前对着金人吓得不敢说话，这时对着康王可就恢复了雄辩滔滔的本领。

康王道:"我……"张邦昌却已连康王的细软都收拾好了,将两个包裹都背在肩上,一把拉住康王,道:"此时我们逃回汴梁,有百利而无一害!康王,不要再犹豫了!"

康王一咬牙,心中终也有求生之念,终于也放下了骄傲,随着张邦昌,跑出了营帐。

这君臣二人自金营逃走,急急如惊弓之鸟,惶惶似漏网之鱼。打马扬鞭,向南而去,一路上不敢稍停,连逃数日。这一天眼见天色已晚,这才在路边一座破庙歇息。康王已饿得腹鸣如鼓,张邦昌不敢怠慢,叮嘱康王藏好,自去寻食去了。

康王独自在庙中坐着,越想越是羞愧后悔。他今年刚好十九岁,本是锐不可当的年纪。当日金人索要人质之时,他念及自己兄弟之中,数自己聪明机变,又武艺娴熟,一旦发生变故,最有自保之力,因此才主动请命出使。岂料到了敌营,面对这些如狼似虎、残暴凶狠的金人,他的少年血气根本不值一哂。强撑到了今日,到底是狼狈不堪地逃回了中原。张邦昌的劝说虽然有理,他自己也想相信,可是扪心自问,却还是知道,自己是怯了、逃了。

他正出神,突然一个激灵,隐约听到夜风中传来人喊马嘶之声。康王警惕,探身庙外一看,只见火把如龙,已到庙前百步之近,有人以金语叫道:"抓住康王有赏!"原来是宗望、宗翰事后又悔,派遣的追兵追了几天,已然赶上来了。康王又惊又怕,知道这一回若是被抓回去,万无生还之理,不由把牙一咬,暗中解下自己坐骑,突然间飞身上马,夺路逃走。

那些金兵本来还没注意到那破庙,这时康王这么一逃,反而提醒了他们。有眼尖的追着康王的背影一瞧,叫道:"他就是康王!休走了康王!"康王吓得魂飞魄散,拼命催马。耳听身后飞箭破空急响,连忙在马上转身,以马鞭拨打雕翎。幸好宗翰下令是要抓活的,金兵不甚敢放箭。

饶是如此,康王才逃出四五里,胯下白马已是长嘶一声扑倒在地。康王回过头看时，只见那马两条后腿已中了七八箭，眼见是站不起来了，不由叫得一声苦。身后追兵越近，连刀锋反射月光都看得一清二楚了，康王再也不敢怠慢，便往路边山坡下一滚，在灌木树丛中撕撕拉拉地逃远了。

这一番逃命好不辛苦，堂堂康王被树枝枯草刮了个满脸血痕，遍体褴褛。那些追下来的金兵仿佛随时会出现在他眼前，康王也不知逃了多久，突然眼前豁然一亮，水声哗然。只见月光下，一条大河粼粼横亘，原来已到了黄河边上。

黄河流到此处，水势并不湍急，可是河面却宽，一眼望去，乌沉沉足有二三里地。康王本已跑得汗流浃背，可一看到黄河，只觉一颗心都凉了。原来他并不会水，此处又没有舟船，这可叫他如何是好？

一时间，康王急如热锅上的蚂蚁，团团乱转。便在此时，却听鸾铃声响，有一个小个子牵着匹瘦马沿河走来。康王如抓到救命稻草，叫道："壮士！有船么？"

那小个子被他问得一愣，回头瞧瞧，自己怎么也不像是藏了条船的人，没好气道："有病么？"

康王急得直跺脚，全没注意这人语气噎人，道："我要过河！你把我弄过去，我重重有赏！"

那人直冲冲地道："我也过河，过不去，没办法，明天早晨有船，我打听过。"

这人说话一截一截的，甚是别扭。康王急得没法，突然灵机一动，扑上来抢马，口中叫道："马会游水！你让你的马驮我过去！我给你钱！"

那小个子闻言大怒，还没说话，康王已被那瘦马轻轻一个蹶子尥出五六步远，栽倒在河滩上爬不起来。小个子气道："水多凉你知道？几月份现在才？冻出毛病来你疼不疼？"

最后一句话尤其缠夹不清，康王伏在地上，小腹既痛，眼看不远处树林尽头又已闯出追兵，不由万念俱灰，以头抢地，叫道："想不到我康王赵构,今日死在这里!"

此言一出,那小个子却吃了一惊,叫道:"康王你是?"

康王长叹道:"正是小王!"

那小个子一把拉住康王的手臂,叫道:"上马!"一拉,康王伤处还痛,大叫一声。小个子叫声:"忍着!"将康王送上马背,那瘦马踢踢踏踏地乱晃,还想把他甩下来。

小个子在地下看时,只见三面都有金人包围过来。冒险冲出去虽然还有机会,可是万一康王有个闪失,自己和这黄马岂不是百死莫赎?当下一咬牙,牵马便往水里走。那马来到水边,前蹄抬起往水里蘸了蘸,觉得较冷,摇头甩鬃直往后躲。那小个子抱住马颈喝道:"铜板!这人不能死!我和你一起游过去!"一手挽着辔头,引着那马趟入水里。等到那些追兵赶到时,那二人一马,已游得成为夜色中载浮载沉的黑点,出了弓箭射程之外了。

正是:绝境逢生庆活命,苍天有眼降奇兵。欲知后事如何,且听下回分解。

第二回

气迷心金蟾反宋　　叶障目神剑出山

世人教化下一代,往往自礼义廉耻而始,罕有哪个家长在孩子刚懂事时就教他不择手段见利忘义。所以少年人每日所诵,皆圣贤忠烈的言行,因此最是天真烂漫,也最多慷慨激昂的热血。可是等到长大了,经历了诸般挫折磨难,这才知道好汉难当,枪打出头鸟。故此,这个世界上勇敢的鸟其实是有两种的:第一种是不知道有枪要打它的雏鸟、呆鸟;第二种才是明知有枪、可能会死,也要义无反顾自由飞翔的英雄鸟。

且说康王逃出金营,在黄河边上得一人一马帮他过河,正是大宋飞龙驿的铺兵罗马,并他的马朋友铜板。去年秋天,他们在金国闯祸,引发金兵南侵之后,一行人逃回飞龙驿报信。国难当头,罗马也顾不得儿女情长,便继续在驿中服役,发挥快马优势,奔波于西北道上,传信示警。而他的爱侣秦双则随同大侠阮飞赴京避祸,投靠了名臣李纲。

岂料他们报信虽早,奈何朝廷却好像一点反应也没有。罗马在驿站中奔走,消息最是灵通,一个个"金军南下""郭药师降敌""皇帝禅位""黄河失守""汴梁受困""康王为质金营"的情报传来传去,直叫他愤懑欲死。好歹汴梁总算不曾失守,想来秦双应该无恙,他这才勉强安心还能留在驿道上。

其时往来通递的驿站被破坏得甚是厉害,四十里一交接的条件早已没了,往往是一个要件便由一个人一匹马兼程往返地送到。这一回罗马刚好送信往北地,回程时也来此过河,官渡却已给战火毁了,只好等明晨的私船。他这次来是联络北地的义军,送去了朝廷慰问的信件,又带回了好几封义军的回信。想到此次回去将可进京,等待上面批复的间歇或许还可以去见秦双,不由欢喜得睡不着。来黄河边上遥望,正焦虑间,却阴差阳错地救了康王。

这时康王骑在马鞍之上,铜板奋力游动,长脖子一探一探的,罗马则凫在一旁,单手抓着铜板的鞍子。那康王双手紧抓马缰,腰以下却浸在冰冷的河水中,只觉痛处凉飕飕的甚是舒服,当下颤声道:"好汉,将来我奏明皇兄,一定重重赏你!"罗马白他一眼,拼命划动手脚,根本张不开嘴。

二人一马在河中游了半炷香的工夫,方到了对岸,从水中出来,给寒风一吹,俱都簌簌发抖。幸好旁边有座龙王庙,连忙进去避风,料想此地终究已是大宋的地界,金人当不敢造次,于是也生起火来。

烤了一回,铜板率先止住了寒意,又得意扬扬地在庙中乱走。康王注目细看,只见这马一身皮毛作焦黄之色,这时从黄河里出来,一身的泥汤被烤干了,混在毛里,变成了一片片的泥叶子。不由笑道:"这马……好奇怪的颜色,泥巴做的一样。"

罗马烤火道:"它是铜板。"想到铜板曾经踢过康王,不由忐忑。犹豫一下,道:"别怪它,康王。是个畜牲。"初时不知康王身份,说话起码还利索点,现在知道康王身份显要,一条舌头又不灵便起来。一句好端端的赔罪,听着好像骂人。

康王小腹尚痛,人却豁达,笑道:"它是我的救命恩人啊,我怎会计较此等小事。"正色道:"你送我回京,救驾之功,将来本王一定报答!"

罗马笑一笑,道:"不用。你是英雄。"原来他在驿道上早就知道康王赴金之事,对他甚是敬仰,这才拼死相救。这时说了几句话,罗马心中郁结已久的问题终于脱口而出,道:"为什么会输?我们人多,得着消息也早!"

康王一愣,想了一下才知道他是在说宋金之战。回想起当日朝中君臣惊惶无计的丑态,不由语塞,黯然道:"个中缘由,嗯,殊难一一道来。"

罗马此前自己奇怪,百思不得其解,不料今日连康王这样既敢捐躯国难、又身份显赫见识渊博的王族也不能回答,不由越发沮丧。

便在此时,忽听庙门外有人喝道:"小白脸,小胡子找你呢!还不跟我们回去!""嘡"的一声,破庙木门门框碎裂,两扇门板"轰"地拍下,罗马急忙拉着铜板一闪,烟尘四溅,康王被呛得咳嗽连连。

只见庙门外高矮胖瘦站了四个人,罗马借火光望去,惊道:"金蟾?"原来来人正是傻子金蟾,并他的两个师兄铜太岁、铁太岁,还有一个人举止僵硬木讷,头戴铁罩,"嗤嗤嗤"地不住笑,瓮声瓮气的,听起来像个傻子。

康王见识过金蟾的脚力,又怕又怒,叫道:"你……你来抓我?"想不到宗翰宁可派出这等高手,冒险渡河来追,也不放过自己。

金蟾果然是奉令前来,可是一进庙却全然忘了康王的事,一对小眼睛只是在看罗马,大笑道:"小罗子,你在这儿!"纵身过来,肩头量天尺直砸罗马头顶。罗马知道他的厉害,见他动手,把手一抬,手中弹弓早已准备好了,"啪"的一声弹子正中。金蟾额上爆起一片白雾,长声惨叫中,喷嚏咳嗽踉跄后退,手中量天尺乱打,反而将铜太岁、铁太岁阻住了。

罗马得此间隙,哪里还客气?一翻身上到铜板背上,探手将康王拉上鞍桥,两膝一撞,铜板得令,直奔庙墙撞去。

那墙上无门,铜太岁、铁太岁看得清楚,不由都是一愣,眼见铜板就要在墙上撞个头裂颈断,却猛地前蹄一蹬,已纵身跃起。那墙上虽然没门,却在半人多高处有一扇炕桌大小的雕窗,罗马把康王的身子一压,只听"咔"的一声,铜板已撞碎雕窗,载着两个人蜷蹄跃了出去。

铜太岁、铁太岁料不到铜板驮了两个人还能这么灵巧,连忙绕过金蟾去追,庙中那戴铁头套的人嘻嘻而笑,慢慢向金蟾走来。金蟾还在发疯,量天尺舞得呼呼山响。突然手上一沉,量天尺已被那人当头抓住。那铁头人笑道:"嘻,乖!摸摸毛,吓不着。"

金蟾眼泪哗哗的,怒道:"他用石灰!"原来当日大侠阮飞曾赠送罗马一把弹弓,到今日罗马终于练成,却把霹雳火光弹改了,变成了石灰这种遮人耳目的武器。

罗马、铜板护卫康王逃走,铜太岁、铁太岁初时还在后面追,但他们都是步行,渐渐地就被甩得没影了。二人一马风驰电掣,逃到天光见亮,前面已可望见汴梁城的影子了。路边却有个小店,正蒸包子,煮大锅粥。康王顺风闻到香气,顿时饿得受不了了,道:"罗兄弟,你有没有吃的?"

罗马一摸,自己带的炒面早已在黄河里泡了汤。刚好看铜板也快撑不住了,索性一咬牙,道:"歇一歇!"便放康王下马。康王欢欣鼓舞,冲到店里叫饭,罗马却牵着铜板溜达着散汗。

原来铜板虽然快绝天下,却只是习惯罗马一人在背上,人马和谐。像昨晚加了个康王,立时觉得别扭沉重,有力也使不上,真要计较它的脚程,实则比一匹普通骏马也快不了多少。这样跑了一晚,早把它累得大汗淋漓,身上沾的黄河泥沙被化开,滴滴答答地落下来，罗马心疼得什么似的，安慰它道："铜板，咱们这回救的人，就是此前跟你说过的康王啊！他为了咱大宋的子民，甘愿到金国去做人质，不怕死，是了不起的好人啊！你做了了不起的事！"那店伙见铜板流汤，笑道："这马，遇水即溶的么？"罗马不悦道："不是。"

遛了一回，铜板才喘匀了气。罗马吩咐店家拿黄豆喂它，自己才进店去。却见康王一个人雄踞一桌，大包子蘸醋，吃得正酣。罗马告个罪在他身边坐下，一抬眼，却看见了这小店角落里的一个客人。

只见那客人大约二十二三的年纪，发梳高髻，天庭饱满。两道剑眉斜插入鬓，一对虎目黑白分明。穿着一袭白衣，一尘不染。虽然生得俊俏，却没有一点脂粉气，反倒在眼角眉梢，堆着百步的威风，千般的骄傲。正是：

　　白玉雕成美儿郎，一剑翩翩出太行。
　　小店初啼惊天下，少年得志最张狂。

这白衣少年也在吃包子。只见他面前一个碟子，碟子中一个包子。这少年提起筷子，筷子头在包子尖上轻轻一点，好像有"啪"的一声传来，那包子的褶皱豁然打开，一张包子皮完完整整地摊开了。那少年便将馅丸扔了，只夹起包子皮吃了。

罗马看得目瞪口呆。心道："京城里的包子是这么个吃法么？"便也夹了一个包子来戳，"扑"的一声，戳漏了，流出汤来。旁边康王嘴里忙碌，含含糊糊地道："你干吗还不吃……好吃……比御厨做得都好吃！"

罗马咬了一口，原来便是最普通的猪肉苋菜。知道是康王饿得狠了，也就不说明了，也埋头来吃。刚吃了两个，忽然门外蹄声如雨，几乘马狂奔而至，有人大声说道："马在这！姓罗的跑不了了！"

罗马一惊。一抬头，只见眼前豁然一亮，小店木门已被人从外边拔走，两条大汉晃开膀子扒墙，"哗啦啦"一阵响，已将一面墙夷为平地，正是铜太岁、铁太岁。烟尘中金蟾与那铁头人也现身，堵在出口狞笑道："小罗子，没了铜板，你还有啥招？"居然阴魂不散，也不知从哪找了马追来。

屋内泥沙簌簌落下，罗马站起身来，腰中别着弹弓，却实在知道自己毫无胜算。他本身没有武艺，一次次履险如夷，全靠与铜板的配合，逃得快。这时被困在店内，失了搭档，不由后悔起来，暗恨道："刚才为什么不端着包子到外边去吃？"

康王强自镇定，将桌一拍，喝道："咄！你们几个金狗好大的胆子，这里是汴梁城外，天子脚下，你们敢把本王怎样？"

罗马也道："金蟾！追康王干什么卖力？你是宋人你忘了！"

却见金蟾气得呼呼直喘，委屈得眼圈都红了，哽着说不出话来。那铜太岁笑道："开始我们是追康王，可是从黄河边追到这儿可只是为了你罗大英雄呀！"

罗马一愣，道："我？"

康王更奇道："他？"

铜太岁一手挽住身边那铁头人，咬牙道："当日秋场一赛，你指使铜板踢伤我的师父，如今他生不如死，你别说，你已经忘了！"

罗马一愣，道："他……他是神力王？"原来当日神力王拳打铜板，却被铜板前后开弓，全力一蹄子尥在额上，它是千里马，那力量何等惊人？换了别人当场就得脑浆迸裂，可是神力王是真有本事，在那千钧一发之际还能拼命向后一跳，多多少少卸了铜板的力气，因此侥幸未死。可便是如此，却也给踢得颅骨塌陷，面目尽毁，整个人都给傻掉了，不得不戴着铁头套苟活。这时见大家都望向他，"嗤嗤"笑道："看我干什么……我没偷吃。"罗马想到他当日不可一世之貌，再看他现在的境遇，不由也生出几分不忍。

铁太岁恨道："阮飞呢？我们师徒今日就要找你们报仇！"

罗马道："阮大哥又怎样、怎么了？"

铁太岁恨道："他一刀刺死银师兄，乱战杀死赤海师弟——"拉过金蟾，一把扯开矮子的衣襟，道："还给了金蟾当胸一刀，要不是金蟾命大，那一刀就要了他的命了！"

金蟾哽咽道："宋国不好，你们都打我杀我！金国好，师父和师兄们都疼我。阮飞最坏，你也坏！"

罗马只觉心头一震，当初他与金蟾一起到的金国，有一段时间吃住都在一起，虽然没话说，但从心底里，他已把金蟾当成了一起相依为命的兄弟。这人傻乎乎的，又没心没肺，后来认贼作父，罗马难过不已，可是毕竟还念着旧情，不让阮飞伤他，盼着哪一天，能把金蟾带回正途。可是后来，秋场一战，仓皇南下，哪里还顾得上这傻子呢？

这时听了金蟾的表白，罗马终于明白这傻子已经彻底被混淆了是非，心中又悔又恨。他从没听阮飞提起过伤人杀人的事，这回得知金蟾也几乎死在了阮飞手里，不由难过，道："金蟾，过去了……"

还来不及说完，忽然身后有人说道："哦？你们都和阮飞动过手？他想杀你们？"

众人注目看时，正是那在角落里吃饭的白衣少年。

铜太岁道："你是谁？少管闲事！"

那少年施施然走来，腰畔悬挂一口古剑，道："我此次进京，专为找阮飞比试武艺，能在这里遇见你们，真是太好了。"

铜太岁等听说他是阮飞的仇家，这才略微放心。那铁头的神力王却突然叫起来，道："走！走！回家，不玩了！"那少年来到金蟾面前，仔细看了看他胸前的伤疤，叹息道："能在胸前要害进刀出刀，却能避开心肺，不要你的性命，这分手法，比一刀杀了你要难得多了。也难怪受到师父推崇了。"又摇头道："可是就一定比我强么？"忽然拔剑，长剑碧森森平指金蟾等人，道："我出招了，接着。"神力王大叫一声，调头就跑。

"唰"的一剑，那少年先攻铜太岁。铜太岁吃了一惊，手中铜人娃娃槊一摆，硬磕长剑。那少年剑尖一抖，斜挂金蟾、铁太岁，道："你们也别闲着。"金蟾只觉那剑尖一点寒星突然就到了眼前，快得无以复加，连忙侧头闪过，横尺反击。另一边铁太岁也动上了手。

只见这少年以一敌三，竟是招招抢攻，一剑快似一剑，一剑险似一剑，竟将金蟾三人逼得步步后退，眨眼便退出了那危房。罗马看这店子少了面墙，着实摇摇欲坠，连忙拉了康王也跟出来。

这时，场中却见了胜负。只见滚滚剑光中，那少年问金蟾道："他刺你的这一刀，有没有这么深？"白光一闪，长剑已经齐柄没入铜太岁的胸口。

铜太岁低头看剑，抬头看人，满脸的难以置信，口中"咯咯"低叫。那少年又问道："他杀那什么赤海师弟的一刀，有没有这么快？"

众人只觉眼前一花，白衣少年已收剑入鞘。铁太岁只觉得自己脖子上麻麻的，痒痒的。伸手一摸，"噗"的一声，一蓬血雾喷了出来。

"喤啷啷"两声，铜太岁、铁太岁分两边栽倒，手中铜人娃娃槊、铁棍都撒手了。金蟾吓得呆了，愣了半晌，挺量天尺待欲拼命，突然后脖领子一紧，猛地被摔到了后边。爬起来一看，原来却是神力王回来，一把救了他。那白衣少年微笑道："哦？你不想让他送死？"

神力王咧嘴大哭，道："打不过……金蟾，跑！快跑！"

白衣少年冷笑一声，一剑欲结果这傻子，可是神力王人虽傻了，功夫却还在。觑见那古剑的来势，抡起双拳就砸。他拳势极快，便是那少年也吃了一惊，不料这傻子还有这样的本事。心中杀机一动，"嗤"的一声，剑尖已刺进神力王胸口。

剑尖入肉，只要再深入三分，就是重伤，再深入五分，便可致命。可是突然之间，那少年发现，神力王落拳之处乃是剑背扁平之处。真要一拳打实，这把剑必断无疑。这剑是师门之宝，那少年不觉"咦"了一声，不及再发力深处，仓促拔剑又去挑神力王的左肩，却见神力王的两个拳头也变了方向，仍是去打他的剑背。

一攻一防间，两人的身法都是极快，罗马等人便只见二人斗了个眼花缭乱,其中却有一点一点的血飞溅出来。正是那少年虽来不及重伤神力王,但几乎每一剑都不走空,都能在神力王的身上,留下一点记号。

斗到分际,金蟾已将铜太岁扛在肩上,回头叫道:"师父!"神力王这时已中了几十剑,突然大叫一声,脱身跳走,抢过铁太岁便跑。金蟾在后边紧跟,罗马大声叫道:"金蟾!金蟾!"

远处金蟾叫道:"四师兄死了!我和你没完!"罗马怅然若失,知道这回分别,下一回两个人就真的是水火难容了。

场中一片鲜血斑斑点点,却听那白衣少年倒吸一口冷气,还剑入鞘,道:"这怪人好本事!若他不是傻的,我还真难赢他!"

罗马恍惚道:"他是神力王,金国的。厉害着呢!"想到这师徒四人来得急,走得快,自己居然毫发无伤,不由起了两世为人之意。

那少年恍然大悟,道:"我听说过他。怪不得,盛名之下无虚士。"

康王道:"英雄也是好本事!不知怎样称呼?"

那少年微笑道:"我叫楚凤鸣,有个绰号叫做'屠龙剑客'。以后你们会听得多了,这会就先记下吧。"

罗马不放心,问道:"为什么救我们,你不是要比剑么,和阮大哥?"

楚凤鸣大笑道:"比剑是比剑,是非是是非。阮飞要杀的人,我相信必有可杀之处。"他眨眨眼睛,微笑道:"再怎么说,他也是我师兄啊!"

罗马目瞪口呆,不料阮飞还有这样了不起的师弟。可是又觉得这楚凤鸣对阮飞一直直呼其名,毫无礼数,不由更加奇怪:"那还比?"

楚凤鸣收敛了笑容,盯着罗马道:"你和阮飞很熟?"

罗马道:"我……我……"也不知自己和阮飞每一次都是匆匆一会,到底算不算熟。

那楚凤鸣道:"你若是比我先看到他,就帮我带个话。"他把腰中长剑一拍,道:"就说:太行三尺青锋剑,来会七寸袖里刀了!"

正是:汴梁城中风云会,鱼龙百变男儿泪。欲知后事如何,且听下回分解。

第三回
生不测罗马失偶　　晓大义李纲谈心

人若执着某事,往往便想要分个对错是非,可是同一件事,往往在不同的人那里可以得到不同的判断。一个人的心胸、学识、阅历、利益,都能影响他看问题的角度。一个人在拼命追求"客观"的时候,却可能恰恰已经主观到了不闻不问的地步。是故,想要成为一个智者,第一位的,不是学识、不是阅历,而是反思精神,时时能够在走得顺畅的道路上停下来,仔细想想,自己是不是已经走上了一条歧途。

且说金蟾只因负气,便彻底弃国投金,全没有想过阮飞为何要刺他一刀,罗马为何与他为敌,终于是执迷不悟。可是善恶有报,一路追杀康王、罗马到汴梁城外,却被阮飞的师弟杀了个大败亏输,折了铁太岁,伤了铜太岁。罗马思之,不胜唏嘘。

那楚凤鸣也待走,康王叫道:"壮士留步!方今国难之际,正是朝廷用人之时,你的剑法出神入化,何不随我面圣,得个一官半职耀祖光宗报效国家?"

楚凤鸣哈哈大笑道:"我一个屠龙剑客,如何能去见真龙天子?食君俸禄做牛做马的事我可干不来。"竟便拍剑高歌先往汴梁去了,康王大感惋惜。那边罗马验明铜板还没来得及被伤害,这才放心。

罗马便护送康王进了汴梁。这回走得不急,康王问起金蟾的事,罗马便将去年赴金斗马的事都说了。康王听得啧啧称奇。故事说完,城门也到了。那汴梁城刚脱金人围困之厄,正是百废待兴之时,城门处熙来攘往,其中又有官兵搜查嫌疑人等,最是混乱。康王终于找着了自家的大队人马,这才算彻底安全了。当即亮明了身份,有守城将军前来接驾,罗马便即告辞。康王依依不舍,罗马道:"送公文,回复就得走。"

康王皱眉道:"那可不行。你是让大金国颜面扫地的快马,只是在外边奔走送信太过屈才了。须知我大宋铺兵千万,少了你,未必就耽误什么事。可是罗马、铜板只有一对,若不能人尽其才,岂不是让人笑话。"便让人拿了纸笔过来,刷刷点点写了一条手令,交给罗马道:"你拿这封手令去,送信之后,就让他们另着驿兵回复。完了你就到我康王府报到,总有你飞马无敌的用武之地。"

罗马得令,虽然觉得不安,却也暗自欢喜。康王所说不无道理,他若留在京中,既可施展所长,又可与秦双朝夕相对,岂不是一举两得?不由高高兴兴领了命,欢欣鼓舞送了信,轻轻松松卸了职。

他本来打算是抽空去看秦双。这回竟然能够长留京中,更恨不得插上翅膀就飞过去。出来问清了李纲的府邸,春风得意,头一回居然嫌铜板跑得慢了。

来到李纲府上,让人通禀求见。罗马在前面等候时,见府门上还贴得有红"囍"字不曾剥落,一时好奇,问门房道:"老哥,有喜了?"那门房被他问得几欲撞墙,骂道:"你这后生怎么说话?是我们府上有喜事啊,李大人的护卫阮大侠被当今圣上赐婚,便是在我们府上办的喜酒。"

罗马喜出望外,叫道:"阮大哥赐婚圣上?啥时候?"

他随便一说,主宾颠倒。门房冷汗道:"你这人迟早祸从口出,脑袋掉了都不知道怎么死的……没几天,还是金人退走之后,陛下论功行赏时赐的婚。李大人忙,又拖了几天,五天前才给阮大侠办的事。"

罗马拍腿大悔:"才几天,可惜!谁家有福,嫁了他?"

门房笑道:"阮夫人虽不是什么大家闺秀,可却是随着阮大侠从金国杀回来的巾帼英雄。娘家是姓秦的,相马术堪称一绝……"

他的话还没说完，蓦然发现罗马的脸色都变了，方才还是笑嘻嘻的高兴，这时候两眉倒竖，眼睛里头几乎喷出火来。一张脸瞬间全无血色，一刹那又涨得喷血似的红。门房吓了一跳，道："你怎么……"

却见罗马把肩膀一横，撞开门房，拉着铜板就闯进了府。有扫地的下人见势不对，上来待要阻拦，铜板把鬃毛一抖，仰天长嘶，前蹄往地上一落，"嗒"的一声，将地上铺的青石踏裂——顿时没人敢拦。

罗马血灌瞳仁，大叫道："阮飞！秦双！"想不到自己每时每刻牵挂的人，竟这般负心；也想不到自己那般信任崇拜的阮飞竟会如此无耻。一时间只觉万丈高楼一脚踩空，又气又恨，又痛又悔，眼前金星乱冒，几乎要昏过去了。话也说不出了，只是大叫："阮飞！秦双！"相府家人看他疯癫，拦又拦不得，放又放不得，便围了一圈，随着他东西乱闯。

突然间，有人挤过人群，来到罗马面前，一把压住他的肩膀，低喝道："罗马！你冷静点！"来人三十来岁年纪，五官平常，可是神色凛然，正是阮飞到了。

罗马看见他，越发暴躁，号道："我冷静？"左边肩膀被压住，右边一拳就挥了过来。"啪"的一声，正中阮飞面门。阮飞不躲不闪，仍是低声道："你不信我，你也不信秦双？你别吵，咱们屋里说话。"

罗马想不到自己方才一拳能中，眼见阮飞的嘴角淌下血来，这才冷静一点，恨道："说话！什么屁话能说！"却听阮飞大叫一声，叫道："松口！罗马快叫它松口！"原来是铜板见二人翻脸，便在旁边义无反顾地张口咬住了阮飞的肩膀。它的大牙每颗有一寸多长，虽然不是吃肉的，可也够劲。一口下来，顿时连阮飞这样的硬汉也熬不住。

罗马拍一拍铜板的头顶，铜板才不情不愿地松了口。阮飞倒抽冷气道："这铜板，比人都精。"拉着罗马便往内堂走。

罗马揉揉铜板的鬃毛,于是铜板便得意扬扬地在院中散步。见有人盯着它,便存心示威,跑去花圃找些花枝作势欲啃,吓得下人"哇哇"直叫;收回嘴来,下人长出一口气;作势欲啃,"哇哇"直叫——铜板心满意足,咻咻大笑。

罗马进得屋来,屋中秦双得报,早已在等候。罗马见着这魂牵梦萦的人儿,心中大痛,又看她盘发开脸,一副小媳妇模样,不由愈怒,瞪着她呼呼直喘。旁边还有一人,见罗马进来,起身相迎,道:"这位便是罗马么?果然气宇非凡。"

罗马瘦小枯干,除了在铜板背上有时气势逼人外,自己站着就是个痨病鬼。这时突然被人夸为气宇非凡,当然知道全是假话。不由对说话之人反感,注目看时,只见这人四十上下的年岁,白面清癯,一部长髯黑多白少。有分教:

架海金梁擎天柱,苦心经营却辜负。
朝廷昏聩志难伸,金身委在泥涂处。

阮飞应道:"回相爷,他就是罗马。罗马,这位便是当今朝中独撑大局,苦守京畿不破的李纲李大人。你不可无礼。"

罗马听了,也是一惊。想不到自己方才以为是阿谀小人的,竟然便是赤胆忠心传天下的李大人。一时间手足无措,施礼吧,自己一口气咽不下来;不施礼吧,又实在愧对这样的名臣。

李纲见他尴尬,早知他心理,摆手笑道:"无妨,不要多礼了。罗马,你坐下,我有话跟你说。"

罗马这回不好固执,气哼哼地依言坐下。李纲道:"罗马,阮飞与秦姑娘成亲之事,你不要怪他们,所有过错,全由老夫一人承担。"

罗马刚坐下,"腾"地又站起来了,瞪眼道:"什么?"

李纲叹道:"唉,此事说来话长。"

原来当日阮飞与秦双回京，便在李纲府上托身效力。李纲将金人南侵之事火速上报，皇帝赵佶却兀自不信，到后来金人兵困太原城，朝中便只想着讲和、逃跑。不久赵佶传位赵桓，金人渡过黄河，李纲上书"天下城池，安得有如都城者？"力主保卫东京。

不久金人困城，连日鏖战。赵桓受逼不过，登城亲征，宋军士气大振。其中阮飞一人一刀，冲进金营，连断金人帅旗三次，杀将九人。秦双驾呼雷兽乱敌，一声马嘶废金人骑兵七队。两人战功赫赫，尽入赵桓之眼。

到后来金人退兵，朝中论功行赏。李纲上书时，说到罗马报信的头功，是"飞龙驿铺兵罗马三千里加急报信"；说到秦双乱阵的奇功，却是"相马世家，与爱侣虽情钟于番邦而不得厮守于华夏"；说到阮飞杀将的大功，乃是"曾惊金宗舆马，今日却救圣驾"。不久，皇上论功行赏，秦双、阮飞各有所得，更被离奇赐婚，说是"郎才女貌，既已两情相悦，不可因国难而废家喜"。罗马却被只字未提。

李纲大惊，第一不明白秦双、阮飞怎么就两情相悦了，第二不明白罗马哪去了。待要启奏，却被赵桓笑斥道："李爱卿操劳国事，便连字也不会写了么？骡马骡马，顾名思义，它得有'马'字边的才行。嗯，我大宋堂堂飞马递铺，三千里加急的快件居然还要骡子送信，太说不过去，真真有失国统！拨款三万两，给各驿站换马吧。"

原来那皇上是因一个"错字"而把罗马整个抹去，又听说秦双、阮飞一起从塞北回来，因此竟想当然地认定是他俩有意了，这才离奇赐婚。李纲目瞪口呆，待到回过神来，已错过了分辨的机会。皇上金口玉言，再也无法更改了。

罗马今日听来也是目瞪口呆，想不到一切变故竟是由自己的名字而起。张口结舌了半天，道："改！怎么不改？"

李纲沮丧道："此事实在太匪夷所思，以致我当时无法应变。若是当时皇上刚赐婚时，我就说了，那此事还是个笑话，也许君臣是待一笑就过去了。可我反应过来，皇上已颁下绸缎百匹，猪羊各四十口,御酒十坛来办喜事了。他兴致勃勃,金殿之上喜气洋洋,我若将此事拆穿,恐怕要弄巧成拙。"

罗马气得发疯,脱口道:"笑话!"

李纲正色道:"秦姑娘这场赐婚,听着像个笑话,实则却关系到我大宋的运数,让人不得不谨慎行事。"

罗马怒道:"胡说!"

李纲道:"李纲决无半句虚言,罗义士且听我细细道来:彼时圣上金口已开,君无戏言,这时候我再提起,便有了方才刻意隐瞒、欺君戏主之嫌。当时大敌既去,朝中新旧交替,党阀派系纷繁。我因守京功大,最遭众人嫉妒。本已谨言慎行,若为此事贸然辩驳,恐怕会授人以柄。非是李纲贪图名利,实在是国难未靖,不敢将这千斤重担轻卸。此其一也。"

罗马一愣。

李纲又道:"况且当时新君继位,正该是立威正名之时。我若是直言此事,圣上自然会收回成命,可是这般出尔反尔,哪里有一言九鼎的国君威仪?出师不利,万一圣上失了锐气,岂非给了小人钻营的机会?到那时朝纲崩坏,君不君臣不臣,你我岂不是成了千古罪人?此其二也。"

罗马哑口无言。

李纲道:"金人如狼似虎,虽暂时退去,而亡我之心不死。朝中大臣在战前,多数都已吓破了胆。好不容易守城获胜,他们这才有了点信心。这信心来之不易,又甚是脆弱,若给他们当头一棒,那信心便立时灰飞烟灭,可若是培养上半年、十个月,就可能真的变成日后宋金两国决战的利器。秦双与阮飞被赐婚,正是朝廷冲喜去晦的良机!朝臣都来贺喜,因此可以团结起来,互壮声势。此其三也。"

罗马汗如雨下。

李纲道:"有以上三者,我突然意识到,这不是圣上跟我们开玩笑,而是天赐良机,为了朝廷、为了社稷、为了我大宋千千万万的黎民，我必须抓住的良机。所以我才应下此事，回来说服了秦姑娘与阮飞，和我演这场戏。"

他说话时，语气沉痛，忧思溢于言表，让人不由自主地相信他。罗马哽咽道："我怎么办？"

李纲愧道："不错，这件事对得起天下任何一个人，却独独对你不起。罗马，为了天下人，你且忍上一忍，长则一年，少则十月，只待朝中清靖，此间大事已了，我自然会上书陛下，拼却头上乌纱不要，也还你和秦姑娘一个名分。"

一旁阮飞深揖到地，道："罗兄弟，我知道此事对你是泼天大耻。可如今国难当头，我求你暂把个人荣辱放过。我阮飞对天发誓，我与秦姑娘奉旨成亲这些日子，一向不曾擅越雷池半步，弟妹仍是清白之身。只待将来解除婚约，我自然将她完璧送还。到那时你若不解恨，打我也好，杀我也好，我阮飞绝无二话。"

罗马给二人的话逼住，虽不甘心，却无力辩驳，只道："你……你……"

秦双走过来，轻轻拉住罗马的手，道："罗马……"

罗马哽咽道："双……秦双……"

秦双垂下眼来，道："李大人真的是为国为民……你……你信我，你等我，好不好？"说得情动，本来白净的脸上，突然飞红染霞。

罗马听她软语相求，不由心中一荡。可是旋又见她红妆艳丽，虽然神色愁苦，可是比当日在大金苦寒之地不知白皙了多少，美丽了多少，顿时又心中大痛。抽手后退，咬牙道："好！我等！无论多久，我等！"转身便走。

阮飞叫道："你到哪里去？"

罗马背影一僵，面朝门外站住，喝道："我能等！不能看！"飞步出门。只听外面铜板一声长嘶，狂奔去了。屋中三人面面相觑，李纲道："好马不配二鞍，好女不嫁二夫。国难民苦，他一个男人，要忍这样的气，也真是难为他了。"

阮飞道："大人，小人驽钝，可是这桩婚事真的有必要么？罗马毕生凄苦，此前又曾为朝廷辜负，几乎死在关外，秦双是他此生珍爱，我们为了种种还没发生的祸事，而又将他的幸福牺牲，这样做，真的值得么？"

李纲把脸一沉，道："阮贤弟，事到如今，你怎么还能怀疑？当日婚宴之上，满朝文武前来贺喜，大家意兴风发，酒酣耳热之际，矢志抗金的场面，你也不是没见到。"

阮飞一噎，默然不语。

李纲叹道："世事纷繁，哪能尽如人意。为了朝廷社稷，难免得有些牺牲。便如我想要抗金救国，还不是得先与朝中蔡京、童贯之流的蠹虫蠢人虚与委蛇。要怪，就只怪罗马自己吧。本来此事天衣无缝，与他无关，谁让他在外边好好的，却突然回京。现在我只求他这一闹，不曾走漏了风声。"

言毕，拂袖离开。秦双再也忍不住，哽咽半声，掩面去了。阮飞颓然坐下，觉得自己也分外地委屈，正一筹莫展之际，忽然有人推门笑道："兄弟，如此颓唐，有什么烦心之事么？来来来，陪老哥哥我出去喝上两杯。"

正是：千古多少兴亡事，莫名其妙大笑话。欲知后事如何，且听下回分解。

第四回

撒酒疯小兵闯祸　卷大旗老将收押

古今中外，政治都是侵略和妥协的游戏。便是贤臣栋梁，想要在朝中立足，实现自己治国平天下的目标，也不能过分刚直，不懂变通。昔者王安石变法，锐意改革，呕心沥血，可是其人偏执高傲，在朝中树敌良多，好端端的"一国之变法"，变成了"一人之变法"，以致政令不通、用人不善，到后来迅速失败，不仅未能实现富国强兵的理想，反而使得国库亏损，大宋朝元气大伤。故此，凡为官之人，须记得一句话：谋事在我，成事在你。有办事能力，更需有交际能力。

且说李纲将秦双、阮飞的婚事，变成了一场官场笼络，却将那一心痴爱秦双的铺兵辜负了。罗马一怒之下狂奔出了李纲府，心中愤懑，无以复加。他毕生孤苦，不擅说话，可是与秦双投缘，两人虽是在塞北私定终身，事成仓促。可是无论罗马还是秦双，实则都已将自己的一辈子，托付给了对方。

如今久别之后，秦双却嫁给别人，即使是假的吧，却也让罗马痛断肝肠。若是秦双变心，他还可以当面斥骂；若是阮飞负义，他还可以拼死报仇。可是现在，阮飞、秦双结婚，却是关系到大宋气数的不得已之举，可让他无从发泄这一口恶气了。跑了一气，终究不甘，便也学人去借酒浇愁，来到一家酒铺买醉。不料时辰快要宵禁了，才喝了三五杯，就被赶出门去。

罗马不依，强买了一大坛。掌柜的骂道："喝醉了，让官军抓了你去坐大牢！"

罗马正失恋，生怕没有法子糟蹋自己，哪怕官军威胁。抱着酒坛出来，牵着铜板找了个小巷子继续又喝。他想要站着，可是双腿却软得没有一点力气，终于靠着墙，一点一点地溜倒坐下了。

春寒夜冷，他怀中的酒更冷。铜板见他古怪，垂下头来定定地看着他。月光下罗马与它澄澈的棕色眸子相对，突然间委屈涌上心头，将酒坛丢在一边，把铜板抱住，哽咽道："铜板，为什么秦双不反对这一场假婚？她不知道我会难过么？我是一个没本事的人，她是真的不喜欢我了么？"原来是自己想来想去，钻进牛角尖里去了。

铜板哪里听得懂这么复杂的事情，把头摇了摇，挣开罗马的手臂，轻轻一舔罗马脸上的泪水。它的舌头毛糙糙的，可是却暖暖的。罗马拍开酒坛上的泥封，仰面喝了一口，几乎喷了出去，原来那老板早看出他不擅饮酒，诚心让他知难而退，给他的居然是最辣的烧刀子。

罗马强把这一口酒咽下去，只觉得整个胃都烧了起来，打了个寒战，浑身的汗毛都乍起来了。慌不迭地把酒坛放下，心中的凄苦，却被这霸道的酒力冲散了。一时间脑子里恍惚忘了秦双，只有一个念头，道："好辣！好辣！难喝！"把酒放在一边，再也不想动它了。

他从来不喝酒，这回前后喝了二三两，就已经有点晕晕乎乎了。歪靠在墙角，又想起秦双的音容笑貌，不禁又悲从中来，便把七分酒意化作了十一分。口中絮絮叨叨，一时喃喃自语，一时咆哮号叫，隐约见铜板的长脖子横在自己身前，便伸出一只手抚摸着瘦马长鬃。铜板也不动，老实陪着他。

就在这时，小巷中突然透进光亮，脚步声响，一队官兵快步赶来。有人喝道："宵禁已过，什么人在此喧闹？"罗马被火把晃着眼睛，知道非常时期，自己违禁露宿，恐怕有些麻烦。却也不怕，一骨碌站起身来，手扶铜板，笑道："铜板，糟了。"

轻轻一推，铜板横着趔趄出去，"嘭"地撞在对面墙上。罗马吃了一惊，低头一看，只见那马摇头晃脑，正在舔嘴唇，旁边的酒坛子却已经空了。原来方才铜板低着头，便是在偷喝烧刀子，这时它抬起头来，眼皮耷拉，也已是醉眼乜斜。

罗马哈哈大笑，这时他的酒其实已醒了些。刚好是酒力催动之下，既不头晕，又胆大包天的情况。见铜板这样，一把抓着它的鞍鞴，将它扶正，叫道："铜板，你也醉了么？"突然间翻身而上，将缰绳一抖，喝道："好兄弟，咱们来个醉踏连营！"

铜板得令，猛地发力。那些查宵禁的吃了一惊，大呼道："停马，停马……"这一人一马醉醺醺的，哪里肯听，直撞过来，兵将不敢阻拦，往两边一闪，罗马、铜板突围而出。整个汴梁都已经关门闭户，每一条街道都因空旷而宽阔得吓人。青色月光下，这醉人醉马飞扬跋扈，须臾间将后边追缉的官兵甩开老远。

官兵被铜板神速惊呆，追了几步就已住脚。有人道："见鬼了么？"便有人回答："哪有马跑这么快的？"

103

忽听蹄声"嗒嗒",前面夜雾之中,又走来那一骑瘦马。罗马高高在上,打个酒嗝,伸手指点道:"喂,不服气?追呀!且看我将你们甩到九街开外!"

官兵虽然无能,可是也是有脾气的。面面相觑之余,发声喊,一起追来。罗马静待他们离得近了,这才把缰绳一带,铜板原地一跳,抹头就跑。这回官兵咬牙追赶。有骑马的更是把鞭子抽得"咔咔"响。怎奈实力太过悬殊,便是拼了老命,也只不过是延长了被铜板一丈丈甩远的痛苦而已。

眨眼的工夫,罗马又不见了。官兵气喘吁吁地整队,骑兵一个个都面无人色。正想说几句场面话,突然铜板又兜回来了,趾高气扬地在众人面前飘过。因为醉酒,斜着就过去了。

一众官兵羞愤难当,大吼着又来努力。罗马、铜板成心戏耍他们,这回不以速度取胜,却只是东一头西一头地乱钻。官兵们看得见,抓不着,越发着恼,沸反盈天地追着不放。七拐八绕之下,突然前边锣声一响,灯球火把,杀出一支队伍,将铜板拦住。有人叫道:"什么人寅夜在此喧哗?"原来是与另一队巡城的队伍当头碰上。

前有堵截,后有追兵。罗马圈马一望,只见两侧屋舍俨然,竟然已成合围之势,将他这一人一马困在街心。官兵们眼见铜板已无路可走,顿时得意,一步步逼来,一个个箭上弦刀出鞘,就防备罗马狗急跳墙,借铜板的速度,强行突围。

果然罗马用力磕镫,铜板猛地将头一低,斜刺里直往包围圈的东北角冲去。

官兵受他羞辱许久,早对他恨之入骨。生擒他都觉得委屈,这时见他还敢拒捕,顿时正中下怀,一个个放箭挥刀,成心就要将这一人一马就地正法。

箭枝既多,又各有偏斜,铜板若只是闪避,则速度有限,不论向左向右,都不免落入射程,乱箭穿身。可是如今它却是撒蹄狂奔,那动作幅度、速度就大得多了,"唰"的一声,尾巴扫过最外围的一枝利箭,铜板已经冲到包围圈的最东北角。在那正有一个全副武装的将领把守，而在这个人的东边，是一户人家的厢房后墙。

马蹄声仿佛只响了一响，罗马、铜板已经由右而左，斜刺里冲到了那将官的马前。那将官不料罗马这么不怕死，不由一呆。若是铜板是直冲他而来，那不管铜板是上纵也好，旁绕也好，他当然都是一刀过去，砍它个身首异处。可是这回铜板是直冲着那砖墙去的，那将领一时也犯了犹豫。

就在他不知所措的一刹那，铜板已经撞上了南墙——只是他这撞不是用头撞的，而是关键时刻，前蹄一跳，整匹马，都斜着跳上了陡直的墙壁！

"嗒嗒！"

铜板两个前蹄上墙，后蹄一跟，与前蹄交错踏实，一匹瘦马就借着惯性跑上了墙。黄毛挥洒，它展腰奋蹄，借着撞墙的余势，"嗒嗒"又跑出一步。

骏马奔腾，一步就是两丈！

铜板已在那将领头顶斜向上方跑过。两步跃出，惯性渐止，可是铜板的身形已经高过了那厢房房顶，再看它前蹄一搭一撑，"噌"的一声，这一人一马，已经上房！

两边的官兵都已经傻了。只见那瘦马昂然站在人家房顶上，月如冰盘，长鬃抖擞，鞍上一人，威风直如天神降世。

地上那为首的将领再也无法忍耐，猛地在自己的怀中一掏，拿出一杆信炮，向天上一晃，"啪"的一声，一枚火球冲天而起。罗马哈哈大笑，道："叫人？人多我们就怕么？"催动铜板，转身就跑，须臾消失在屋脊之后。那马儿终究不是猫，在房顶上跑得趔趔趄趄的，瓦片乱飞，砸得房下官兵乱窜，也不知那一排房子，被它踏穿了多少窟窿。

整个汴梁仿佛都被那一记信炮惊醒，各处巡逻的官兵从四面八方向这里赶来，木栅、路障一一摆放，路口上的气死风灯被一盏盏点亮。罗马、铜板从房上下来，又在明暗交替的街道上狂奔，一队队堵截都被他们甩成了追兵，可是他们也渐渐地被逼到了南城。

在那信炮亮起的时候，在汴梁城南门城墙之上，有一位守城的将领被火球惊动，注目望向城里。月光下只见这人一身亮银甲胄，头上无盔，雪白的头发挽成一个短髻。往脸上看，面色红润，眼角鱼尾层叠，一部花白须髯飘洒胸前，根根透亮，乃是一位老将军。

这老将军见城中发生了变故，不敢大意，拢目光向下细看。虽然天黑路远，但是后边追兵又是火把又是铜锣，却已清清楚楚地指出了罗马、铜板的方位。这老将军再仔细分辨，终于抓住了铜板疾驰的影子。

这老将军一见之下，已吃了一惊，暗道："好快的一匹马！怎么会这么快！如此大闹汴梁，敢是金国的细作么？"蓦然间心中打了个突，道："可别是飞龙驿那小子伤心胡搞。汴梁城如今宵禁正严，他们真被当成是奸细抓住，不死也要脱层皮！"原来他正是下午时，曾找阮飞喝酒的人，对罗马之事颇有耳闻。

这老将越想越不会错，不由紧张起来。回头对副将交代一声，已纵身跳下城墙。他是步下的将领，轻身功夫甚好，蹿房越脊，迎着罗马、铜板赶了过去。

且说铜板脚程虽快，可是罗马到底是不认识路的，被官兵追逐，慢慢地便只能往小巷子里转。三转两转，转入一条长巷。奔行数百步，突然发现是条死巷，才叫一声糟，忽然黑暗里有人怒吼道："小罗子，又是你！"

罗马大吃一惊，低头一看，只见死巷尽头躲着三个人，一个人站着，正是金蟾，两个人躺着，瞧来都是奄奄一息，正是铜太岁和神力王。

原来早晨的时候，这师徒四人伏击罗马、康王，反被楚凤鸣杀了铁太岁，伤了铜太岁、神力王。脱身之后，两个伤员动弹不得，剩下一个金蟾做主，偏是个一根筋，要抓康王，要杀阮飞、罗马，就绝不后退。埋了铁太岁之后，居然还真给他找到一辆草车，三人便藏身进城了。

这傻子只道阮飞、罗马、康王都在城里，那么城里便只有这么三个人，等着自己来杀来抓。岂料进城之后，赫然发现一个汴梁简直是人山人海，更兼盘查严密，他带着两个重伤员，又能上哪里去找那三个人？说不得只有东躲西藏，到了宵禁，才在这死巷避风之处安顿下来。岂料才喘一口气，罗马就闯进来了。

　　罗马大吃一惊，怕他暴起伤人，二话不说，一提缰，铜板人立而起，两个前蹄扶墙，滴溜溜原地转了半圈，又往来路跑回。眼看就要到巷口了，突然间头顶上如乌云盖顶般跳下一人，喝道："好大胆的小子，你给我站住！"手中兵器一展，"呼啦啦"一声大响，仿佛平地竖起一堵墙。铜板吓了一跳，跟跟跄跄地站住了。

　　后边是金蟾那个杀星，前面又来了拦截。罗马急得失去理智，把弹弓掏出来，叫道："你给我让开！""啪啪啪"连射三弹，向着那着甲之人射去。却见那人只将手中兵刃一招，顿时将他的石灰弹收了去。罗马吃了一惊，勉强定睛去看，原来那人手里拿的却是一面短杆大旗，旗面长有九尺，宽有七尺，黑锦金线，上绣一只插翅飞虎，一个大字"杨"。

　　罗马叫道："这是什么！"

　　那着甲的将领把旗一抖，石灰弹都飞到墙角。那大旗旗面在旗杆上稍稍一搭，露出他满是白发的一张脸来，有诗为赞，曰：

　　　　鹤发童颜老将军，热血征战好功勋。
　　　　守得大旗永不倒，铁马金戈涌如云。

　　那老将冷笑道："飞虎旗在此，也有人敢让我退！"欺身而上，手中大旗一抖，罗马只见那旗卷出层层涡漩，直往自己头上罩下，不由目驰神移，连忙提缰一闪。不料铜板酒醉力大，用力一跳，罗马迟钝了，顿时跟不上，"哎呀"一声，甩下鞍来。那老将变招极快，横旗一托，"唰"的一声，将罗马卷煎饼似的牢牢裹住了。

　　铜板吃了一惊，只见那老将把结茧似的罗马往巷子深处一竖，摇指铜板道："嘘！"回头迎了出去。铜板莫名其妙，来到罗马身前，伸嘴去啃那旗子。可是那旗子包得既紧，那面料又韧，它居然啃之不动。

那老将反身出了小巷，刚好迎上追来的官兵。老将道："那小子不在此处，大家往东边再追！"

带队的将领犹豫道："杨将军，你怎么在此？"

原来这老将姓杨名勇，其父本是天波杨府出身，少年时是六郎麾下掌旗大将。后来杨家凋落，杨勇随其父仍留在军中。因杨勇一直是执掌军旗、冲锋在前的，所以竟练成了一手化杨家枪为舞旗法的绝技。掌中一面飞虎旗，舞动起来水火不侵、刀枪不入，在军中端的威名赫赫。

杨勇答道："我巡城时见贼人猖獗，下来助你们一臂之力。这巷子里面便是郭天师的道观。你们这么大张旗鼓地冲进去，可是不想活了么？"

那将领环目一看，顿时吓出一身冷汗，原来他们追得兴起，全忘了处身的所在，不知不觉已到了禁地——道士郭京的修炼之处。那郭京原本是京中一座不起眼道观的观主，可是在金人退兵之后却莫名出名，号称通阴阳晓八卦，前知五百年后知五百载，有移山填海不死不灭之能，早就是皇上殿上贵宾，驾前第一红人。前两日郭京说到要借异兽修炼"大智慧神通"术，皇上居然将自己最喜欢的"三辩鹦哥"，赐了给他拿去炼丹。

鹦哥虽小，皇上能如此割爱，那郭京受宠之大却从此震惊朝野。这道士神神秘秘，出了名的不愿受人打扰。如此寅夜，若吵了他，只怕真还不好交代。当下向杨勇拱手道："多谢老将军提醒！"把手一挥，压低了声音喝道："这边来！"引兵走上歧途去了。

这边杨勇待官兵走远，才回到巷中。铜板还在啃旗，见杨勇回来，甚是不安，刨蹄甩尾地示威。杨勇不管它虚张声势，来到罗马身边，将旗子解开一角，露出罗马的头来，问道："你是谁？口中有半句虚言，我立刻把你交给官军。"

罗马被裹在旗中，透不过气，早已憋得脸如关公，这时大口喘气，道："我……我叫罗马……"

杨勇心中暗喜，暗道："总算没救错人！"兀自不放心，又问道："你这马叫什么名字？"

罗马道："铜板。"

杨勇心中愈发笃定，可是仍然不能确信，想来想去，最后问道："你可知阮飞的夫人是谁？"

一言既出就已经知道了答案，只见罗马蓦然精神，身子不能动，一头就撞了过来。杨勇连忙将他扶住，道："知道了知道了，那这回就错不了了。"将罗马身上的大旗解开，在手中一抖，旗面已紧紧裹在旗杆之上，变成七尺长的一条大棍，背在身后。

罗马失去束缚，却也没了力气，靠墙一站，以手掩面而泣。杨勇是个知道内情的，安慰道："小兄弟，你放心吧。阮飞是何等样人？能做出勾引朋友妻女之事么？此事李大人说了意义重大，也就肯定是真的意义重大。阮飞和你夫人只是演戏，你亏不了什么的。"

罗马经过一晚发泄，这时已经冷静许多，只泣道："我、我憋得慌……"

杨勇拍拍他的肩膀，道："我知道，男子汉大丈夫，最怕戴绿帽子，假的也不行。可是这事已经发生了，你总不能把它拆穿，害李大人、阮飞、秦双欺君杀头吧？还是你想破罐破摔，就这么酗酒闹事，最后死在刑部大牢里，让秦双、阮飞他们愧疚一生？还不如看开一点，踏踏实实过日子，等着这事早点完了，高高兴兴将秦双接回去。"

罗马吸气道："嗯。"铜板看他们说得投契，也不明所以，便歪着头看着。

杨勇道："在汴梁城有住宿之处么？阮飞他们那，看来你是没那个度量去了。要不然到我那里将就将就？我是阮飞的结义大哥，你和他不是外人，也就跟我不必客气。"又介绍了一遍自己。

罗马谢道："我有。"

杨勇哈哈大笑："你果然不爱说话。可是不管怎么着，今晚你是没地去了，到我那先住一晚，别的明天再说。"

罗马想了想，点了点头，突然想到金蟾，叫道："哎呀！"奇怪他方才没赶上来，趁自己不能行动，将自己一量天尺杀掉。往小巷里去找，到了尽头，却不见人影。杨勇见他神色慌张，问道："你找什么？"

罗马不敢说在找金国神力王并他的两个徒弟，又不会撒谎，只好装作没听见，不回答。抬头一看，只见一边墙上有鞋印，瞧样子正是金蟾所留。原来方才金蟾眼见罗马逃走，知道自己跑不过铜板，生怕他带了追兵回来。于是当机立断，分两次把神力王、铜太岁搬上了墙，师徒三人躲到了人家家中避祸。

罗马心中有了底，突然注意到那红墙碧瓦，不似普通人家庄院，不由问道："这家是谁？"

杨勇知道他有事相瞒，可也不愿追究，便道："这不是民宅，是郭天师的道观。"

罗马听了，只道出家人慈悲为怀，略微放心，眼望高墙，暗道："金蟾，只望你得遇好心人，将铜太岁、神力王性命救了，早早回金国去吧！"全因他这一时疏忽，这才引出一段滔天大祸！

正是：破罐破摔更遭祸，幸有善人救笨人。欲知后事如何，且听下回分解。

第五回

毁长城内外失据　　伤手足刀剑争锋

男女相爱，往往不能终成正果。或是有人情薄，或是造化弄人，总之如胶似漆者多数都是要劳燕分飞的。多少痴男怨女，便深陷其中，不能自拔。但其实，人生在世，哪能什么事都听你的。两个人都是有头脑的正常人,当然都有各自的判断,能想到一处的,实在不是爱情,而是运气。因此"得之我幸,失之我命"这样的态度才是聪明。

且说罗马只因情海生波,便夜闹汴梁,将个东京府搅了个鸡飞狗跳。幸得老将杨勇相助,这才不至于落下个不可收拾的结局。第二日,罗马辞别了杨勇,来到康王府报到。岂料康王公务繁忙,等了许久,就只派了个管家,安排了罗马食宿,又交代下人不可亏待于他,便没了下文。罗马只道他事杂任重,自然不敢打扰。

又过了两日,罗马却在马厩里遇着了康王。他本是来给铜板加夜草的,不料厩中有人,一抬头看见康王,自己把自己吓了一跳。康王听他出声,回过头来,目光闪烁,道:"罗马。"

声音冷淡,全没有当日一同还京时的亲热。罗马一愣,回想起两人地位终究悬殊,连忙施礼道:"康王。"偷眼去看康王时,只见康王面皮微肿,两个眼圈黑黑的,竟似是多日没有睡好的样子。

康王注目看他,不发一词,冷场许久,突然问道:"这匹瘦马叫什么?铜板?"

罗马点头道:"不错。"

康王沉吟道:"铜板。"冷笑一声,道:"铜板。"负着手慢慢离开了。罗马目送他离去,大感莫名其妙,拿着草过来问铜板道:"你刚才咬他了?"

铜板一点都不反思自己的过失,只兴高采烈地去叼罗马手中的一把草。

这之后,康王又告不见。罗马来投时,本以为康王豪迈好义,又与自己投缘,报了士为知己者死的念头。不料一夜之间,康王态度竟变得这般恶劣,与罗马常见的官僚无甚两样。罗马一颗热心被冷水浇熄,不由讪讪然。若不是念及康王当日所说的"人尽其才"的机会,早就告辞远走了。

罗马本身敏感骄傲,便索性也不再去找了。于是便只是每天夜里回府睡觉,其他时间都是出门去闲看。那杨勇练达热心,知道他

111

与阮飞的罅隙，加意照顾于他，无事时便领着他游玩。这汴京虽然才经战火，但未伤及筋骨，短短月余便已恢复繁华。罗马一个乡下小子，何曾见过这般的雕廊画栋买卖商家？过了几日，天气转暖，杨勇又给罗马带来一封信、一套单衣，给铜板带来一柄马梳，都是秦双托他转交的。罗马看信睹物，知道秦双心里还有自己，顿时喜乐无限，冲淡了心中酸苦，接下来每天忙着听书看戏，日子倒也过得快。

忽忽间已到六月，突然这一日，罗马回到康王府时，只见府中一片愁云惨雾。有下人找到他道："罗爷，王爷找你，有话要说。"罗马精神一振，来到康王内堂，却见康王独坐在椅中，许久不见，更见神色憔悴。

罗马知他为国事奔走操劳，略觉怜惜，上前一步道："康王……"

康王把手一摆，道："你不用多说。我已接到皇兄圣旨，明日出发前往金国。此一去，我必死无疑，跟你道个别也就是了。"

罗马大吃一惊，道："又去？"此前京中已得着消息，金人终于撤出中原。举国上下刚刚松了口气，不料金人又起了这样的变化。

康王苦笑道："肃王出使，不到一月就已传来噩耗，不幸身故。金人仍然要求由亲王为质，皇兄信任我，还让我去。哈哈，该是我的，到底还是我的，能多活了这么两三个月，我也该谢天谢地了吧。"

康王是从金国逃出，宗翰、宗望恨之入骨。他再回去，何异于羊入虎口？罗马虽然口拙，心中也能明白其中的利害，热血上涌，道："我也去。"

康王一愣，眼中现出感激之色，旋即转为冷漠，道："不用。你留在京里吧，有你在，我死得更早。"

罗马不解其意，道："我去！"

康王摇头道："你好不容易从金国逃出来，何必为了什么虚名、面子，再去送死呢？"

罗马又气又急，道："我和铜板……"

蓦然间，康王怒气勃发，一挥袖将桌上茶盏打翻，喝道："你不许去！你……你们离我远点！我反正逃不过一死，若不是你们……若不是你多管闲事，我给金人杀了也就杀了……肃王何必枉死！"

茶水泼在罗马靴上，碎瓷片溅了一地，罗马这才明白，康王为何冷淡自己。他生性耿直，不料康王这般不讲理，委屈气愤之余，头脑发热，也不说话，施了一礼，回头便走。

当初黄河相见，康王和蔼勇敢，礼贤下士，罗马心中实则对他另眼相看，以为他与一般仗势欺人的达官显贵不同，这才舍身追随，岂料来到汴梁，这人却完全变了。罗马对他失望已极，当即收拾停当，连夜与铜板搬出了王府，找了个客栈先住了。

他一夜难眠，折腾到天光渐亮才睡着。到了中午，突然被敲门声惊醒，开门一看，居然是杨勇。罗马还睡得迷迷糊糊的，道："杨大哥。"

杨勇道："你怎么离开康王府了，让我好找！快随我来，李大人被贬出京，你去得再迟，连秦姑娘也见不着了！"

罗马大吃一惊，激灵灵一个冷战，完全清醒了。惊道："什么？"

杨勇道："前几日金人又派了使者来，重提两个条件：罢免李大人，让康王出使为质。圣上昨日都答应了！圣旨催得紧，李大人、康王今天就都得离京，阮飞让我找你，你快去他府上说话！"

罗马只觉得五雷轰顶，万料不到李纲机关算尽、苟且迎合，以求高官卫国，却还是这般轻易地就被贬黜。胡乱穿好衣服，牵铜板出门，突然想道："若是李大人谋划成空，那秦双和阮飞的假婚不是就可以作废了？"虽知不该，却也忍不住开心起来。铜板跑得四蹄生风，半盏茶的工夫就已到了李纲府上。

只见府中上下一片忙碌，家庭婆子整箱打包一片喧哗。罗马、铜板挤进门去，迎面碰见阮飞。阮飞正指挥众人收拾，看见他来，脸上稍稍一僵，又微笑道："我就知道杨大哥找得着你。"

他们已有两个多月不见，罗马也觉尴尬，道："你们……你们怎么办?"

阮飞将他拉住,道:"我正要和你说这件事。"拉他来到后院无人之处,道:"罗马……"话却终究说不出来,脸色灰败,喃喃道:"我……我……""啪"的一拳,将一旁墙上红砖打得粉碎,叹道:"我该怎么说?我该怎么说!"

罗马隐约觉得大事不好,也不敢问,只定定地看着他。

阮飞挺起胸来,深吸一口气,快速说道:"罗马,李大人遭贬,此去关山路远,他是金人眼中钉肉中刺,万一有个闪失,我大宋朝便是万劫不复的前途。所以,我断不可弃他而去。对不对?"

罗马不敢多想,道:"对。"

阮飞道:"可是如果我和他走,秦双怎么办?她若留下,我与她假婚之事,立刻洞穿。朝中落井下石之人,本就不在少数,李大人再被扣上一个欺君之罪,就真的活不了了。"

罗马如堕冰窖,道:"你……你……"

阮飞道:"再者,李大人预料金人必将卷土重来,他日两国终有一场决战。他被贬出京,刚好可以在地方上招兵买马。金人所恃者,不过是快马强弓,李大人很想让秦双随我们同去,到地方上出任马术教师,打造我大宋的无敌骑兵。"

罗马面如死灰,道:"她……她……"

阮飞轻轻点头,道:"时事如此,她已经做了选择了。"

罗马急道:"一起走!我也走!"

阮飞叹道:"不行。李大人预料,京城危如累卵,危机只在旦夕。他在外面,真有什么大事,恐怕回援不及,京城中必须留得信得过的信兵。罗马,除了你,还能是谁呢?他已跟朝中梅大人等知会过了,有什么大事,他们会找你送信。"

罗马只觉得眼前一阵阵发黑,叫道:"秦双……我要和秦双说话……"

心中大叫道:"不行!不行!秦双,你不能再离开我了!什么国家大事都及不上你重要!我不能没有你!"突然间恨意大生,想:

"为什么又是我们？过去为了讨好金人，我被送往塞北，九死一生；今日为了对抗金人，我又与秦双不能厮守，天各一方。大宋有文臣武将，百万儿郎，可是怎么每一次都是让我们去送死、去牺牲？而且死得窝囊，牺牲得憋屈！"

阮飞不知这须臾间，罗马心中已想了这么多事，垂头道："秦双屡次自作主张，自知有愧于你，不忍与你相见，已随李大人先行出京了。但她留书给你，要我转交。"自怀中掏出一封信，递了过来。罗马抽出信瓤，只见白纸红字，斑斑驳驳乃是血书，另有青丝一束。

罗马泣道："我……不识字……"

阮飞展信读道："罗郎如晤：塞北一别，迄今半年有余。家国乱世，却令此身漂如浮萍，不能随君纵马、扬鞭欢笑，深为一恨。唯愿太平早定，而糟糠之身不见弃于罗郎，从此终老山林，得遂一乐。贱妾秦双泣字。"

罗马已哭得泪雨滂沱。阮飞道："秦双对你情真意切，此事天地可鉴。写下此书时，更是泣极晕倒。只是乱世悲欢，造化弄人，才让你们受此磨难。你放心，我阮飞对天发誓，一定护得她的周全，不容她有丝毫闪失，将来你们必是有情人终成眷属。"罗马一把将信抓过，含恨哭道："将来，将来，我怕我活不到将来……就已经死了！"

此言大不吉利，阮飞也觉心酸，拉住他道："罗马，你善良纯朴，好人好报，定可长命百岁。"

便在这时，却听有一人站在院墙上高笑道："不错，罗马，你一定可以长命百岁，不像我的师兄，明年的今日，就是他的忌日。"

罗马只觉阮飞扶着他的手突然间冷硬如寒铁，抬头看时，只见院墙上站立一人，高髻长眉，白衣古剑，正是汴梁城外见过的少年剑客楚凤鸣。罗马这才想起来他让传话之事，急忙道："阮大哥，这人……"

阮飞沉声道："我知道。"又扬声道："楚师弟，你何苦苦苦相逼？"

只见楚凤鸣迎风而立，笑道："师兄，你将你我的决斗一拖再拖。我只道你是勤加准备，由得你拖延。可是你现在竟然不声不响就要走，这可怎么成？传了出去，人家岂不是以为你这使刀的怕了我这使剑的？"原来罗马虽然延误了报信，可是楚凤鸣却没有耽误，早就找上门来了。只是阮飞一再推托，到现在都还没有比。

阮飞肃容道："楚师弟，你我又没有什么深仇大恨，干什么决斗？有用之身，做此无益之举，你学武，就是为了这种意气之争么？"

楚凤鸣哈哈大笑，道："师兄，人家都说你是从军了，可我怎么看你像是从商了？什么事都问个亏不亏赚不赚，你累不累！我想和你打，管那么多干吗？"

阮飞道："师兄弟一场，何必撕破脸皮？"

楚凤鸣冷笑道："这回又说起脸面了？咱们的脸早就撕破了！从你'游龙剑'阮飞弃剑学刀，气死师父的那一刻起，就破得没法再破了。"

原来今日的阮飞虽以刀法闻名天下，但当初山中学艺，却是使剑的，更因剑意纵横矫若游龙而得号。后来从军才改练了刀法，不料竟在短短两三年的时间里，练得刀法大成，自成格局，又将长刀改短，在江湖上有了更大的名气，让人忘了他的出身。但他师门出了这么个不肖弟子，却是自上而下，都深以为耻。

阮飞沉声道："两军对战，讲究的是杀伐果决，狠勇快奇，正合刀意。而长剑是兵刃中的君子，适合你们，不适合我了。"

楚凤鸣仰天而笑，道："说来说去，你是嫌我太行山的剑法不能实战，配不上你阮大侠了？来来来，我倒要看看，阮大侠的刀法有多么厉害！"他这人心高气傲，天生的咄咄逼人，这时一生气，一声龙吟，已拔剑出鞘，喝道："请阮大侠赐教！"

只见他一剑在手，整个人都变得肃穆起来。长剑反射阳光，熠熠生辉，让人在一刹那有些恍惚，不知那光芒是剑上的，还是他身上的。

阮飞摇头道："师弟，我不能和你动手。你我同门一场，便是我有什么不对，咱们也可以说理，不至于就刀剑相向。你是师门不世出的人才，我认输，好不好！"

楚凤鸣叫道："不好！什么叫你认输？谁稀罕你认输？拔你的刀，和我好好比一场，你赢了，我跟你学刀，你输了，跟我回山，在师父灵前断刀悔过！"

阮飞咬牙道："我没时间！"

楚凤鸣在墙头跺脚，喝道："好一个白眼狼！"将长眉一挑，只见剑光急如闪电，他已人剑合一，直射向阮飞。

这一剑他居高临下，含着恨意发出，充满了玉石俱焚的杀气和决绝之势。人才离墙，整个院子便仿佛已被剑光完全笼罩。铜板摇头长嘶，"咻咻"后退；罗马只觉得透骨生寒，那楚凤鸣的古剑虽然不是攻向他的，却在一瞬间，让他产生了自己已然中剑倒地的错觉。

阮飞抬起眼来，须眉为剑气拂动，眼中满是哀伤。只见刀光一闪，他的袖里刀已然出手！

"嗤"的一声，短刀已扎在他身前半步的地面上。

阮飞出刀，竟然便是弃刀！

"嗡——"古剑长鸣，楚凤鸣在阮飞身前三步勉强收剑。长剑震动，幻出一片青影。楚凤鸣不料阮飞如此没有骨气，仓促收剑，自己为剑势反挫，震得面如喷血。他又气又恨，低喝道："你干吗……"突然只觉腕上一凉，眼前刀光一闪，持剑的右手突然一点力气都没有了。楚凤鸣大惊，拼尽余力把剑一抛，交于左手。可是那边阮飞已上前一步，半空中一把接住袖里刀，顺势划下，刀锋在楚凤鸣左腕上再划过，楚凤鸣的双手再也没有一点力气，"噔啷啷"宝剑坠地。

原来方才便在他全力收剑的时候，阮飞脚尖一挑，已将地上的袖里刀踢起，自下而上飞起，先伤楚凤鸣右腕，再接住刀，自上而下，划伤楚凤鸣左腕，两刀都是划过脉门，虽然不曾割断他的筋络，却也封住了他的力气。刀锋划伤了两腕的血管，只见须臾之间，楚凤鸣两条白袖，已被鲜血浸透。

楚凤鸣剑法虽精，江湖历练却少。与人交手，从来都是快剑完胜，何曾被人伤过。这时两腕喷血，于他来说，惊慌更甚于疼痛。举着两手踉跄后退，眼看着血如泉涌，竟然忘了封穴止血。阮飞见他失魂落魄，叹息一声，走上前来点了他止血的穴道。

楚凤鸣这才回过神来，想起了愤怒，恨道："阮飞！你……你……"

阮飞神色中的哀伤一闪即逝，道："你剑法高明，真要打，那就是两败俱伤的局面；我若弃刀，随你回山，能保住你，可是你的性子，定是不依不饶，我就完了。你太天真，一时难堪大用，保你不如保我，我只好出此下策。"

楚凤鸣咬着牙，道："好……你好……"只觉气怒攻心，方才又失血，不由眼前一阵阵发黑，咬牙站在那里，气得簌簌发抖。

阮飞长叹一声，对罗马道："朝廷逼得紧，李大人和秦双现在已经出京，我也不能多待了，这就走了，去追他们。秦姑娘你放心，我一定照顾好她。"

罗马一愣，道："前面的……收拾不完！"

阮飞道："不会等他们的，有用的东西不多。"他看着面前的楚凤鸣，道："我这师弟被我划伤手腕，七天之内，用不了力，一月之内，用不了剑。罗马，你在京中，这几天多照顾着他点。"

罗马咽口唾沫，道："好……好……"

楚凤鸣白衣染血，双眼望着伤口出神，口中喃喃道："卑鄙……卑鄙……"

阮飞身子一震，笑道："所以你该知道，我弃剑学刀，不是剑配不上我了，是我配不上剑了。"朝罗马拱了拱手，转身去了。

正是：国仇家恨落水狗，费尔泼赖当缓行。欲知后事如何，且听下回分解。

第六回
骂宝马神通悟道　救力士夜探魔窟

人和人遭遇不同，立场不同，心中所珍视的东西，也就不同。对一个两岁的孩童而言，抢他一块糖，他可能当即哭出来，而亡国灭种之痛，他却可能完全不知道是怎么回事。面对同一威胁、同一诱惑，也许有些人的选择是我们完全无法理解的，乍一看去大可唾弃，可是也许他们那样的选择，也是出于真心，其中情操，毫不逊于我等。

且说太行山屠龙剑客楚凤鸣，只因不满师兄游龙剑阮飞弃剑习刀，而与阮飞决斗，不料却被阮飞算计，一招之内输成重伤。阮飞离京去追李纲，罗马愣了片刻，才过来为楚凤鸣包扎了伤口。那白衣剑客兀自魂不守舍，听从罗马摆布。二人绕到前边离开，也没有人注意，便大摇大摆地走了，回罗马的住店安歇。

阮飞、秦双是护送李纲从南门走的。当天黄昏时分，康王从汴京北门出城，往金国去了。两个第一次东京保卫战中的英雄离开了他们所钟爱的城池，罗马在店中听说，愣了半晌，又去给楚凤鸣腕上换药。过了十几日，楚凤鸣腕上伤势已无大碍，可是人仍是痴痴呆呆的，每日只是捧着剑出神。

罗马本身就是消沉，每天照顾他，不由更累。这一日他点了餐饭回来，见楚凤鸣仍是坐在炕上发呆，蓬头垢面，须髯森然，口中喃喃道："有国无剑……有国无剑……"罗马不禁叹了口气。知道阮飞不择手段地求胜，对这少年剑客的打击，实在是太大了。

罗马便自己吃些菜饭，正想叫楚凤鸣也来，突然间只听客栈院内一片大哗，有人骂道："抓住这癫马！他妈的流氓！"一片人喊马嘶中，又传来铜板兴致勃勃的嘶鸣。罗马吃了一惊，推窗向外一看，

119

却见楼下的院子里，一群人手拿皮鞭木棍，正将两匹马围在当心，咋咋呼呼地乱叫。那两匹马下面的一匹毛色纯白，瞧来血统不错；上面的一匹毛色青黄，正是铜板，两马叠着罗汉，正在行那敦伦之事。

罗马眼珠子都快掉出来了，也顾不得楚凤鸣，连忙往楼下冲，下去一看，铜板却已完事，正在那甩鬃喘息。旁边一个胖子拉着白马跳脚大骂，道："老子这匹大宛马，还等着配个纯血，就被你这瘦皮猴糟蹋了。老子和你拼了！"抓了条木棍冲上来。

罗马连忙拼死拦住，讨饶道："大爷！赔钱吧！"

胖子飞腿来踢罗马，骂道："谁赔谁啊？谁赔谁啊！老子缺你几个臭钱！"

扔了木棍，换了把朴刀，过来就劈。铜板轻轻一跳，甩个屁股给他。胖子不知是计，还往上扑，罗马见势不妙，叫道："别踢！"

却见铜板后腰一耸，两只后蹄已经抬起来了，向外弹出时，听见他叫，把力一收，左蹄落下，右蹄在刀杆上一蹬。那胖子大叫一声，倒飞出去，扑啦啦撞碎竹篱，摔到了鸡窝里。只见羽毛乱飞，眨眼间又给守窝的公鸡啄得逃出来，口中叫道："没王法了，没王法了！我和你没完！"

罗马大骇，一时彷徨无计。旁边有看热闹的出主意道："这小哥，你快避一避吧！这人讲不了理了。"罗马也无暇多想，纵身上马，抱怨道："祖宗哎，还不快走？"

只听铜板"唏溜溜"仰天大叫，人群吓出一条缝隙，这一人一马如飞一般地逃走。穿过大门时，一人从天而降，轻飘飘落在铜板臀上。罗马回头去看，原来就是楚凤鸣。只见这少年剑客眉目间若有所思，沉吟道："走。"

罗马快疯了，也不说话，俯身攀住铜板脖颈，夹膝一催，铜板放开本领，跑了个春风得意。

这时正是黄昏，汴梁城正是繁华慢慢退去的时候，大街上稀稀落落的行人。铜板如同游龙入海，毫无窒碍地蜿蜒闪过一个又一个街口。这黄马跑得快就已经令人注目，何况后臀上还站着一个人？罗马恨不得找个地缝钻进去。迎面遇上杨勇，老头叫道："我找你喝酒呢！"

罗马叫道："没空。"

越跑越往荒僻的地方去，不知不觉，已到了汴梁城西的一片废墟上。

此处本是一片民居，不久前失火，化为断壁颓垣。罗马来到这里，终于不见有人侧目，这才拍拍铜板，让它停下。楚凤鸣一个筋斗跳下地来，赞道："好马！"

罗马喜道："你笑了？"

只见楚凤鸣轻轻抚摸铜板脸颊，望着铜板亮晶晶的眼睛，微笑道："做人当如做马啊！"

罗马一愣，道："什么？"

楚凤鸣抬起头来，眉宇间一片开朗，道："我在旅舍楼上观看，这大宋第一快马，好色斗狠，远胜于人——可是在我看来，却越发觉得它快意恩仇，潇洒风流，有名士风采。难道，便是因为它跑得太快，早已令人折服？"

"所以，马，跑得快就好了！"他轻轻拍一拍铜板腮腭，道，"剑客，剑法通神就好了！"转身慢慢解剑，连鞘一抖，一声铿锵，剑鞘远远飞出，微笑道："阮飞错了。他不仅是作践了自己，也侮辱了他的兵刃。不管那是剑，还是刀。"

罗马已听至一头雾水，可是从楚凤鸣的眼中，却实实在在地看到他心中的疑惑已经解开。不由也替他高兴。只见他舞剑道："倚剑登高台，悠悠送春目。苍榛蔽层丘，琼草隐深谷。凤鸟鸣西海，欲集无珍木。鷽斯得所居，蒿下盈万族。晋风日已颓，穷途方恸哭。"

歌声孤愤之中，却含自傲。罗马听不懂，叫道："伤！伤！"

楚凤鸣笑道："不妨事！"眼神随着剑尖转动，道："乱世之中，人也不能只为杀戮而活。因为有些东西，是注定超越了战争而被人追求的。"只见那剑光慢慢流动,如同小溪潺潺流动,居然并不很快。渐渐地,楚凤鸣的动作更慢,罗马看来,他手里的剑仿佛已变得沉了,一招一式,剑尖上仿佛坠有千钧。他口中不停,道:"李白的诗歌,吴道子的画作,大道至简的琴音,以及触动天机的剑法——"突然间大喝一声,道:"都无法替代!"将长剑一送,"嗤"的一声锐响,数丈开外一堵断墙上,赫然出现一个碗口大的窟窿。

罗马大吃一惊,虽然不懂行,也知道这一招厉害。

只听旁边有人鼓掌道:"好剑法!"二人回头一看,只见杨勇已不知何时驻马于不远处。楚凤鸣哈哈大笑,反手一投,长剑笔直地飞到丈许外的剑鞘中,一弹一震,一起飞回他的手中。楚凤鸣大笑道:"有国有剑!有国有剑!"抱一抱拳,道:"今日得悟剑道,心中欢喜,需寻个灵山,好好参悟。"扬长去了。杨勇与罗马相顾苦笑,既见他神叨叨的,又知他突破了心魔,眼见他远走,一时也不知是喜是悲。

罗马道:"将军找我?"

杨勇本是刚刚得到康王的消息,特来与罗马说明,岂料还未开口,忽然在那断墙后有人叫道:"饶命!饶命……""咚咚"之声不绝,似乎有人在拿铁锤用力砸墙。

两人都是一呆,不料在这样的废墟中还有人在,正想去看看方才那一道剑气有没有伤到人,却听"轰"的一声,那断墙破出一个大洞,一条大汉猛地低着头撞了出来。夕阳下只见这人头颅漆黑反光,赫然镶着一个铁罩。铜板人立而嘶,罗马叫道:"神力王?"

那人正是傻掉了的神力王。罗马识得厉害,叫道:"小心!"杨勇把眉一皱,道:"大金神力王?"反手拔出大旗,喝道:"贺青宗!我找你许久了!"把大旗一展,拦住了神力王。

神力王"嗷嗷"大叫,挥手来打,杨勇将大旗抖开,泼剌剌幻化出铺天旗影。神力王虽然举手投足都是千钧之力,可是那旗子却轻飘飘的不受一点力,打了十数拳,不仅不能突破飞虎旗的包围,更被旗子带动,连站都站不稳了。再斗数合,老将军觑着破绽,伏旗一扫，神力王硕大的身形顿时飞上半天，滴溜溜转动不已，重重摔在地上。

杨勇一脚踏住神力王，喝道："神力达摩，今日终让你落在我的手里！"

贺青宗正是神力王的原名，神力达摩是他的外号。罗马听得一愣，道："你认识？"

杨勇冷笑道："太认识了，当初我二人同在高将军下为将，这厮仗着力大无穷，目无法纪，终于闹到逼奸不遂，打死民女。本该军法处置，却给他逃了，到太湖为寇，短短半年，已是身背百余条人命的恶盗。高将军特遣我等前去剿他，这厮却溜得快，到金国去称王了，令我等同袍深以为耻。事情已过去七八年，他还敢回来，我算他胆大！"

罗马听得一呆。神力王的经历，他也曾从金蟾处听说，可是没想到大的阶段不变，其中的善恶出入却有这般大。当日他还对这神力王怀才不遇的经历惋惜，可如今听来，竟是这人恶贯满盈之故。突然想到金蟾，几次相见之时，这人明明都是罪有应得，可偏偏都说得他自己委屈无辜，仿佛天下人都负了他一般，不由暗自心惊，想到人若闭目塞听，永远只看自己，不管别人，该有多么可怕。

低头看时，却见神力王抱头大叫，道："饶命！饶命……"

这威风凛凛的卖国高手，如今变得生不如死，被戳穿了谎话，也全不知羞耻掩饰。罗马刚想通了做人之道，对他又鄙又厌，走过来踹了一脚，道："不是胆大，是傻了。"

杨勇能轻易制伏他，也看出他的拳头空有蛮力，较之昔日却少了章法，冷笑道："傻了？这是报应来了！"

罗马知道这次神力王进京是有金蟾看顾的，这时防着那蠢人突然跳出来杵谁一棒子，问道："金蟾在哪？"

神力王本来在地上瑟缩如羔羊，闻声突然一僵，奋力坐起身来，叫道："救命，救命！"

他力气仍大，杨勇本来踏着他，被他一顶，几乎站立不住，怒道:"再乱动我这就杀了你。"

神力王哭道:"救金蟾,救金蟾。"

罗马一惊,道:"金蟾?"瞬时想到金蟾一定是被宋兵抓住,他一个金国的杀手,也算罪有应得,自己恐怕无能为力,不由沮丧起来。

神力王哭道:"道士抓鬼!道士抓鬼!"

这话说得莫名其妙,罗马想不明白,杨勇更想不通,神力王哭得厉害,一迭声地叫道:"天师抓鬼!天师抓鬼!"

杨勇闻声大震,道:"天师?郭天师?"

罗马隐约觉得这个"天师"听起来很耳熟,仔细一想,终于想到,是那夜醉酒时遇到金蟾,当时杨勇就说他是躲到了天师道观中。这样一想,难道是当初他们躲进道观中,因此惹上了郭天师?这郭天师是什么来头?竟将堂堂神力王吓成这样。

那边杨勇继续再问,可是神力王实在是说不出什么了,于是又转过头来问罗马,金蟾是谁。罗马只得将金蟾入京之事说了。他心中有愧,正想着如何说服杨勇去救人,可是还没张嘴相求,却听杨勇已说道:"此事非关金国杀手如之何,而是这郭天师行事鬼祟,一向不似正途。他若真的抓了金蟾杀了金蟾,为何却不报官?除非,他私设刑囚,草菅人命。这可不是出家人的法门。"

罗马推波助澜,道:"怎么办?"

杨勇一愣,慢慢道:"那就别问傻子了,去问郭天师啊!"

这时天色已晚,二人一马便多等些时候。罗马方有时间问起杨勇的来意,杨勇才说道:"山西方面传来消息,康王赵构为百姓挽留,终于不曾出使金国,就留在了磁州,手下有大将宗泽、张浚,招兵买马准备抗金,短短数十日已征得精兵十万。他山高皇帝远,朝中也拿他没办法,今日殿中议事,打算赐他个'兵马大元帅'的头衔,以正视听。"

罗马又惊又喜,道:"有这等事?"

杨勇笑道："可不是么！刑部尚书王云此行随同出使，只因一力督促康王离国，已被磁州百姓打死。罗马，民心所向，我大宋必会重整幽云，驱除胡虏。"

罗马心中激荡，道："是！"想到康王终于转危为安，又抱负得展，不由得替他高兴。

直到天色全黑，二人这才带着神力王，来到天师道观后墙之外。神力王初时颇为抗拒，神色间极是畏惧，若不是被杨勇封了穴道，只怕早就逃了。杨勇见他怕得厉害，自己心里也多了几分小心。安排罗马在外面把风，看顾神力王，自己便飘身进了道观。

罗马见神力王如此颓唐，想起他当日示威逞凶的模样，不由又是畏惧，又是怜悯。反正这凶徒也不能动弹，便大着胆子指鼻低骂道："你这凶徒，杀人越货的事都能说得轻描淡写，可惜了金蟾信你的鬼话！"只因这人神志不清，骂起来居然毫不紧张，口舌便给。

神力王却只是瞪着眼睛，定定地看着他。

离得近了，罗马这才看清神力王身上满是血污泥泞，衣衫上尽是破洞，伤口处化脓腐烂，恶臭难闻。昔日天神般的力士，如今已被折磨得不成人形。罗马天性善良，心中禁不住想道："便是他昔日罪大恶极，如今落到这般田地，也赎了他的罪孽了。"

心中这样想，嘴上便骂不下去了。黑夜中万籁俱寂，也不知杨勇在道观里找到金蟾没有。想到金蟾，忽又想到秦双，回想初到金国之时，面对秦双、完颜赤海等人，爱便爱了、恨便恨了，快马狂风，何等的洒脱快活。谁料到回到中原，却这般束手束脚，缠夹不清。

眼前又浮现秦双的音容，罗马的心不由都温柔起来。忽然一阵冷风吹过，他的头脑清醒了些，再看到神力王白发萧疏，不由愈发不忍，一咬牙便溜出小巷，看清不见有巡夜的官兵，才大着胆子找了口水井，拿井上水桶拎了水回来，骂道："我不是可怜你，我是嫌你臭！"撕了块衣襟蘸水，替神力王清洗伤口。

神力王感到痛楚，可是也知道罗马是在为自己好。他穴道被封，不能说话，铁罩下的眼圈却已经红了，喉咙中"嗯嗯嗯嗯"地哭，好像个受伤的小狗。罗马苦笑道："你这人，傻了比聪明好。"想到他方才居然会为金蟾担心哭泣，不由更是唏嘘。

擦洗了小半个时辰，一桶井水已变成了血水。神力王感到身上清爽，眼中更满是感激之色。罗马又莫名火起，骂道："早晚有一天，让你死在我大宋好汉的手里！"

正撂狠话，突然之间，道观之中传来一声凄厉号叫，静夜中如狼似豕，尖锐疯狂，瞬息之间整个道观都沸腾开来。

罗马吃了一惊，既不知到底发生了什么事，又不能进去查看，直急得团团乱转。便在这时，一声长啸由远及近，杨勇逾墙而出，咯了口血，急道："罗马！快逃！"知道铜板快马无双，不必自己担心，便也不耽搁，当先逃走。

罗马大惊，那杨勇武艺高强，普通受伤落败就已是稀罕，如今看他神色慌张，更像是被吓破了胆的，实不知那郭天师是何等样的人物。连忙去牵铜板，可是一回头，又看到神力王倒在一旁。略一犹豫，终于不忍，扑过来用力将神力王扳起。神力王身材魁伟，他却是瘦小无力，勉强将他拖到铜板身边，却无论如何也掀不上去了。

突然之间，罗马只觉头顶上月光一黯，抬头一看，只见一个方形的人体从天而降。罗马又惊又喜，叫道："金蟾？"

却见那方形人背对罗马落在地上，衣衫破烂，脖子上挂着一条断了的铁链。慢慢回过头来，直吓得罗马寒毛倒竖。只见这人一颗大头，如同油坛大小，没头发，没胡子，连眉毛都没有，皮肤被撑得薄而透明，光溜溜像一颗煮过剥皮的鸡蛋。这还不算什么，最可怕的是这颗鸡蛋却似还没有完全煮熟，在他颅顶之上泥丸宫的皮肉，随着呼吸一起一伏，颅骨竟然没有长实，让人一望之下，几乎让人以为，他的头颅在不停地变化形状。

罗马几乎不信，仔细辨认，这人的身形打扮看来实在是金蟾的模样，可是金蟾头小眉粗，如何会变成这般模样？

只见金蟾回过头来，望见罗马，龇牙一笑，道："你好啊，小罗子。几天不见,你送上门来了。"音色听来隐约还是金蟾,可是话语连贯流畅,全没有他的憨笨。

罗马哽声道:"金蟾,你……你怎么?"

金蟾把大头一摇,脖子不堪重负似的扭了扭,道:"我?我开窍了啊!"

他的影子扭动如蛇,黑得不正常。罗马只觉得后心发凉,便是当初困身于金兵的包围之中,也没有这般怕过。眼前这个他曾经再熟悉不过的金蟾,在今天晚上,仿佛已经变成了妖怪。

罗马再也不敢耽搁,丢下神力王,在铜板背上一按,刚要纵身上马,突然只觉腰上一紧,眼前景物倏然旋转,铜板的脊背已在他的眼前消失。紧接着后背剧痛,眼前一阵阵发黑。原来是被金蟾在一瞬间兜住腰,甩了半个圈子,将他掼在了背后的墙上。

罗马从墙上滑落,眼前金星乱冒,一张口已喷出一口鲜血。金蟾大笑道:"小罗子,不好好和我叙叙旧,这就走啊?"

一大步跨过来,一把薅住罗马的脖领子,将他举了起来。罗马喘不上气,用力捶打金蟾的手臂,哪里捶得动?铜板待要过来救主,却被金蟾将罗马举在中间挡住了,急得咆哮不已。

罗马渐渐没有力气,眼前一片模糊,心知不妙,却毫无办法。蓦然间,金蟾身子一晃,被人撞得横飞了出去,罗马摔在地上,用力喘息。抬眼看时,只见一人正在与金蟾扭打。刚好那人被金蟾一脚蹬起,撞在墙上,头上发出"当"的一声,居然便是铁头神力王。

罗马大惊,却听金蟾叫道:"师父,你干什么?"

神力王叫道:"不杀!不杀!"因为方才强冲开穴道,这时气血逆行,口鼻中都淌出血来。

金蟾叫道:"他是我们的仇人!"

神力王全然不听,叫道:"好人!好人!"原来这人虽然傻了,但是本能却更加敏感。在金国时,铜太岁、铁太岁知他傻了,再也没有前途,便嫌弃于他,言行之间,都是挤对,而金蟾却傻乎乎地对他好,他这才对金蟾格外地亲近;到了今夜,只因罗马为他擦身,

127

他的心里也便把罗马当成了朋友，一感应到金蟾要加害于他，顿时奋不顾身地来阻拦金蟾了。

金蟾一愣，啐道："老糊涂，懒得理你！"扑身去抓罗马，可是神力王却已是义无反顾，见他行凶，马上合身扑来，又抱住了金蟾的双腿，叫道："快逃！快逃！"

罗马不敢怠慢，挣扎着爬起来，努力爬上铜板脊背。铜板一声低嘶，冲了出去。才一出后巷，前面杨勇又迎面赶了回来，见他出现，责备道："怎么这么慢？还以为你出事了！"

罗马喘息道："我……多亏神力王……"突然想到金蟾的妖异，不由担心神力王的安危，道："去救神力王！"

杨勇吃了一惊，叫道："你疯了？他们是一伙的！"

罗马把牙一咬，喝道："确实疯了！"一探身，抓住了杨勇背后的大旗，一把拔过来，催铜板又闯回小巷。

他感动于神力王舍命相救，生怕金蟾六亲不认，无论如何也要确认那昔日仇人平安无事才能安心。铜板原路返回，罗马远远地便听见"嘭嘭嘭嘭"的拳头击打之声。定睛去看时，只见金蟾正一拳一拳地打在神力王胸腹之上，神力王脊背靠在墙上，双臂软软垂下，耷拉着铁头，只是任他殴打。

罗马一颗心直沉下去，双手将大旗牢牢把在腰侧，身下铜板跑得更快，须臾间已到了金蟾身侧。金蟾现在狡诈深沉，早听见蹄声，可是佯作不察，这时听得罗马招式用了，这才猛一回头，伸手去夺罗马的旗杆。

可是他估计得如意，怎及得上铜板的神速？罗马来得远比他估计的快，他这边右手才拢住旗杆，尚不及用力，杆头已经"噗"的一声，狠狠戳在他肌肉虬结的颈上！

这一戳人借马势，罗马虽然没有功夫，可是力量也大得吓人！一戳之下，罗马如遭电殛，从铜板背上倒撞而下，一双手虎口破裂，旗钻顶在胸口上，直叫他喘不上气来。金蟾更是直飞出去，一头撞在道观墙上，"轰隆"一声，撞塌了半边，跌在碎砖里爬不起来。

罗马趔趔趄趄爬起身来，扑到神力王身前一看，只见他歪靠在墙上，呼呼喘息，浓稠的血浆兀自滴滴答答地从铁罩中淌落，他再晚来片刻，这人就要被金蟾活活打死了。

罗马只觉得胸口憋闷欲炸。神力王几次要加害他与铜板，又将金蟾带入歧途，本是他的死敌，可是这一刻亲眼看到他被金蟾打成这样，却让罗马恨得直欲大叫。这个傻子是为了救金蟾才来的，可是金蟾变聪明了却彻底变坏了！

身后杨勇赶来，虽见金蟾狼狈，竟不敢乘人之危。于是左一抡右一抡将罗马、神力王都扔到铜板背上，赶在官兵或是道士赶来之前，先行逃走了。

正是：平地风雷莫名起，生死贤愚有谁知。欲知后事如何，且听下回分解。

第七回

吞灵丹金蟾开窍　传密旨罗马踹营

这世上，善恶到头终须报。有人为非作歹，能得意一时，可是也总有他付出代价的时候。常有人宣扬"得意一时是一时"，实则是他自己心虚，说给自己听的。他也怕下地狱，拔舌扒皮下油锅。若是人人都能不畏强暴，让他在现世便后悔为恶，则这个世界何愁不清和宁静。

且说罗马夜探天师观，遭遇变形了的金蟾，多亏神力王舍命相救，这才逃回来。想当初，神力王为金国助纣，将金蟾引入歧途，如今他变好了，却被金蟾打至重伤，其中的因果轮回，思之端的令人感叹。

杨勇将罗马与神力王接到自己的家中，为他疗伤散瘀。罗马这才有时间问起杨勇在天师观中的遭遇。

原来杨勇进入道观，一路上隐藏身形，自然不会给人发现。正发愁去哪里找人，突然间前面快步走来两个道士。其中一个身形高大，长须鹤氅，端的是一派道骨仙风。杨勇眼利，一眼看出乃是郭京，连忙隐身暗处。

只见那郭京急匆匆地往前赶，口中问道："怎么？那傻子醒了？"语气甚是期待。

他前面那小道士碎步小跑，道："不错，就在方才！下午师兄喂他喝粥，他就吃了好多，到了方才突然醒了，还开口问道：'我是谁？'"

郭京一愣，笑道："这问题问得像是个聪明人了。"

杨勇无声无息地蹑在后边，只见两个道士来到三清殿中，将香炉一转，地上就打开一条秘道，两人下去了。杨勇暗赞道："越来越像妖道了。"等了一会，依样画葫芦也追了下去。

那暗道之中灯火通明，可是却有一股说不出的味道混杂着地底的潮气反上来。杨勇小心谨慎，贴着墙壁慢慢往前摸，突然触手松脆，从墙上撕下一片嘎巴。杨勇伸手一捻，吃了一惊，那竟然是干了的血渍。

他不由头皮一麻，离开墙壁远点细看，果然青灰色的墙上有一道道黑棕色的痕迹，正是血痂。这些血痂瞧来都不是喷溅上去的，高度多在人的膝部以上，肘部以下。杨勇略一考量，倒抽一口冷气，难不成这些血渍，都是在搬运伤员、死者的时候蹭上去的？可是这墙上这么多痕迹，这里哪来的那么多的伤员死者？敢是发生过一场大屠杀么？

他对这郭天师的行径越发警惕。又行几步，秘道中有虚掩的木门，杨勇轻轻推开一看，只见门后是好大一间房间，内里如殓房一般摆了五张桌子，桌上各躺一个血肉模糊的人。杨勇不明所以，屏住呼吸，走过去细看，只觉得胃中翻腾，几乎就要吐出来，也终于明白了外面的血痕从何而来。

只见那五个人都是被掏空了的壳子，上边的颅顶被敲开，胸前肋骨被锯断，脑仁、心脏全被摘除。杨勇从没见过这样的尸体，只觉得毛骨悚然，鼻中嗅到的气味，都仿佛已经浸透了血腥。

旁边的墙上，有一行深褐色的手书，道：头脑心脏，孰为智海？

字迹潦草，疑似是蘸血写就，后两个字更是模糊。似乎是当时有人满手是血，又被这个问题困扰，于是随手一写。杨勇仔细体会，这人糟蹋别人尸首，原来是想知道人的智慧是从头脑中来，还是从心脏中来。不由暗自鄙夷，心道："意由心生。这般浅显的道理都不明白。"

几具尸体挨个看下来，突然发现其中一具尸体高大健硕，瞧面相不似中原人士，对照罗马的描述，正是金蟾的师兄铜太岁。只是那铜浇铁铸一般的汉子，如今已是肤色青冷的一堆死肉了。

杨勇心中暗叹，道："看来，此间的主人并非是盗人尸首，开刀研究，只怕是生把活人给开膛了的。铜太岁既然在此，看来金蟾也已经是死在这里了。"

他继续往前摸去，路上又看到几间妖里妖气的房间，里边甚至有泡在药水中的脑仁、心脏。看来那人还真是铁了心的想要弄清智慧从何而来。杨勇恶心得不得了，好不容易来到秘道尽头的房间，还不曾进门，就已经听到郭京的声音，道："你这浑人，吃我灵丹，毁我丹炉，落在我的手里，如今我饶你不死，你还不老实？"

只听一个沙哑的声音笑道："你的破丹差点要了老子的命，还想让我报恩？谁知道你这牛鼻子不杀我，是打什么小算盘。"

杨勇听出玄机，扒在门缝上一看，只见这屋中一个大铁笼，铁笼中又用铁链锁了一个人。那人头大没毛，泥丸宫呼呼翕动，体矮肩宽，一身筋肉虬结。从身材上看，应是金蟾，可是从面相上看，实在与罗马描述不符，因此不敢肯定。

郭京冷笑道："你盗走我通天智慧，因此断绝我长生的出路。再敢忤逆于我，道爷索性就豁出去了，直接把你破颅摘脑，重新炼丹。你看可好？"

金蟾吓得一哆嗦，道："吃你几粒破丹，何必这样小气？"

杨勇更感好奇，知道杀人取脑的人果然是郭京，自然更是留意。原来当日金蟾带着重伤的神力王、铜太岁逃到天师观，一时并未被人发觉，但三人都是大肚汉，金蟾就少不得要去偷东西吃。

他是个蠢人，吃饭不知道饥饱，睡觉不知道颠倒。偷吃的也匪夷所思，不去厨房，却给他莫名其妙地找到了郭京的炼丹房，于是敲昏童子，打破丹炉，饱餐了一顿金丹，直吃到晕倒。

这郭天师名义上是得道之士，实则修习的却是左道旁门。他们这一派的教义相信，世上生物皆有"内丹"，所谓内丹，不是一般传说的蛇珠、牛宝，而是能够产生智慧、幻化万象的头脑、心脏。若能将之提炼萃取，便能获得他人智慧，超凡入圣。

多年以来，郭京便是藏身于闹市，杀人取脑，剖心炼丹，想要获得无上智慧，或得长生不死的能力。金蟾打破的丹炉里，正是他精研多年的成果，搜集天下异兽，孤注一掷炼成的神丹！

那丹炉分了三层，第一层以御花园三辩鹦哥为药引炼制，第二层以须弥山六耳灵猴为药引炼制，第三层以长白山九尾妖狐为药引炼制。金蟾打翻丹炉，第一层金丹滚了满地，他便只吃了第二层、第三层的丹药。

三层金丹阴阳调剂，按郭京的设想，是每日轮流服食，三十天后，便可智通天地，参生悟死，成为古往今来的第一大智者。金蟾少吃了一味，药效偏颇；一顿吃了一个月的量，更引发了体内真火，顿时撑不住，昏死过去。昏迷之中仍受药力煎熬，不仅外表毛发脱落，内里脑仁激长，连头颅都涨得变形了。

他当场昏倒，自然暴露了形迹。郭京震惊之余，搜着了神力王和铜太岁。金蟾吃了他金丹，他要看效果，不能杀害。于是把气就都撒在了这二人身上，当着神力王的面将铜太岁开颅剖腹做了试验。神力王悲恐交加，竟然因此暴走脱困而去。可怜神力王金银铜铁四大弟子，个个都是横扫千军的人物，却一个个死了个稀里糊涂。正是：

善是功德恶是罪，力大难敌运气背。

招来报应谁最衰？金银铜铁四太岁。

杨勇听清来龙去脉，再也忍耐不住，猛地站起身来，飞起一脚将木门踢开，喝道："妖道！枉负圣上对你的信任！"将大旗一展，去攻郭京。郭京吃了一惊，拔剑还击，与杨勇战在一处。杨勇口中不闲，叫道："金蟾？罗马让我来救你。"

金蟾一愣，大笑道："来得好！"双手拉住脖子上的铁链，用力向后一挣，"噔"的一声，铁链挣断。旁边两个小道士慌忙拿剑来刺他，却给金蟾一边一个捏住剑尖，扯到铁笼边上扼死了。

杨勇眼观六路，见他出手狠毒，吃了一惊。却见金蟾来到铁笼门边，用力一推，"咔咔"两声巨响，竟将锁着的铁门硬生生拆了下来。他一来就昏倒，郭京哪知他的力量如此惊人，这时见势不好，不敢恋战，"唰唰唰"连攻三剑，逼开了杨勇，率先逃了。

杨勇独自面对金蟾，眼看着金蟾慢慢从铁笼中探出一条手臂、一颗大头，"托"地跳下地来，突然觉得灯光下，那脱枷的不是个人，而是个怪兽，恐惧猛地从脚后跟爬了上来。将大旗一摆，道："且慢，你……"

却见金蟾突然龇牙一笑，直扑过来。

杨勇不敢大意，回旗一卷，去蒙金蟾的眼睛。可是金蟾本就是打斗的天才，这时变得聪明了，手段就更加高明。突然间半空卸力，"啪"地落下地来，双手落地一撑，如蛤蟆跳水，由下往上撞去，"砰"的一声，一头正中杨勇的心口。

杨勇只觉那一颗头又热又滑，痛在其次，恶心让人无法忍受，往后一退。金蟾得势不饶人，不及站起，便下面两脚在急蹬，上面冲拳如炮，一拳拳连击杨勇的胸膛。杨勇连遭重击，即使金蟾出拳过快，力量不足，也打得他喉间发甜，迫不得已，猛地往下一倒，大旗旗钻支地，旗杆头正正撑在金蟾胸腹之间，将这凶人撬了个跟头。

这一招杨勇使得巧,可是只能脱困,不能伤人,眼见金蟾势如疯虎,可是招式惊奇,力大无穷,再斗下去非吃亏不可。杨勇终于不敢恋战,趁着金蟾离得远,将大旗一卷,落荒而逃,这才引得金蟾追出天师观,与神力王师徒反目。

罗马知道了详情,心中苦涩,想不到金蟾又有这样的奇遇,也算得祸不单行了。杨勇休息一夜,调理之下,所幸没有大碍。又将此事上报朝廷,皇帝赵桓传旨核实,可是那天师观已是人去观空。御林军在观中发现了几十人的乱葬坑,可知郭京罪孽之重。赵桓怨恨杨勇上报来迟,打草惊蛇,扣了他半年的俸禄。

自那之后,金蟾仿佛在人间蒸发,任杨勇搜遍汴梁,也找他不着,想来是已出城去了。罗马虽知他没有死,可是竟再也得不着他半点消息。神力王调养了大半个月才能下地,口中絮絮叨叨只是念叨着要找金蟾。杨勇本来对他颇有成见,这时也不由啧啧称奇,想不到这当年混世魔王一般的人物,今日傻了,也和一个子孙不孝的老头没什么两样。过了不久,神力王消失不见,想来果然是言出必践,去找金蟾了。

忽忽间夏去秋来,罗马被困在京中,离又不甘,留又不甘,只能彷徨蹉跎。有时想起,真不知自己为何来此。想到秦双远在江南,不由怅然。

秋风渐起,塞上马肥,金人突又来袭。宗望、宗翰分兵两路,一个月绞杀太原、攻陷真定。到十一月时兵不血刃便渡过黄河天险,安营扎寨,将个汴京团团围住,其进兵之速真快如急箭。

上一次宋金交战,宋廷尚有自负之勇;这一次被打,却只剩了张皇。金人围而不打,也不宣战,也不谈判,让人难测其意。赵佶欲逃,赵桓欲降,朝中文武或战或和,吵得不成体统。罗马每日听杨勇下朝转述,皆是沮丧泄气的消息。总算金人围城迅速,断了他们"逃"的念头,这才逼得他们认真思摸应敌之策。过了数日,皇帝赵桓披甲登城,以御膳飨士卒,人皆感激流涕。罗马不知国运何继,一个退役的小卒子,已将心提到了嗓子眼。

这一日,杨勇下朝时却与一人同行,回到家中,直奔罗马而来。罗马正在马厩里与铜板说话,见着陌生人,茫然不知应对。杨勇道:"这便是当朝重臣梅尚书,也是李纲李大人的好友,找你来有要事相商。"

罗马看那梅尚书时,只见他又瘦又高,端着两个肩膀,好一副书呆子模样。来到马厩,不理罗马,先上上下下打量铜板,长叹道:"这就是李大人所说的无双快马?这么瘦,没用啊,没用。"走近又看了看,道:"没用啊,没用!"

罗马本见他说完头一句之后,又煞有介事地相看半天,还以为他能有什么新的高论,这时听见这原封不动的评语,不由气得一仰。铜板模样不好,可是还真没有谁一见面,就劈头盖脑地把它贬到一无是处。罗马若不是见杨勇对他尊重,简直就要当场发作了。

杨勇也不料这梅尚书如此不留情面,连忙圆场道:"梅大人,这黄马奔走如飞,末将多曾见过,放眼天下,确实难逢敌手。"

梅尚书"嗯"了一声,道:"那就只好勉为其难了。"这才把眼望向罗马,道:"你就是罗马?"

罗马心中不悦,"嗯"了一声。

梅尚书皱眉道:"你不是当过驿兵么,什么规矩都不懂?见着朝廷命官,还敢如此倨傲?"

罗马一窒,忍气吞声跪下道:"草民罗马,见过梅大人。"只因早先康王派人销了他的兵役,因此现在他只是挂单在康王府的门客罢了。

梅尚书"哼"了一声,道:"起来吧。"将他上下打量,叹道:"人也不行。"

罗马额头青筋直蹦。梅尚书叹道:"李大人离京之时,曾对我言道:'京中凡有剧变,皆可由罗马送信求救。'如今金人作乱,正是你报国的时候到了。"

罗马"啊"了一声,才想起阮飞也是曾经说过此事的,想不到还真有梅尚书这么个人。

135

梅尚书见他木呆呆的，心中不喜，道："金人围困汴梁，事起突然，恐怕各地的将军元帅还不知道情势之危。因此皇上下了秘旨，要有人突围出去搬兵。李大人这样信任你，也是你报答他的时候了。"

罗马听了半天才知道是让自己去送信，不耐烦他拐弯抹角，伸手道："秘旨。"

梅尚书一愣，面皮涨得紫红，骂道："呸！圣旨是你这样接的么？就冲你这一伸手，就当诛你的九族！"

罗马吓了一跳，连忙又跪下接旨。梅尚书平息愤怒，道："是口谕，让你出去搬兵。"

罗马莫名其妙，望了一眼杨勇，又站起来，道："搬李大人？"

梅尚书沉吟道："也不一定。李大人在长沙，可以去找他；康王在磁州，与陛下手足情深，舍近求远不去找他求救，似乎又不大好；西北那边曲将军也是兵强马壮，赶来救驾，应该也来得及……"

罗马摸不着头脑，道："到底搬谁？"

梅尚书烦躁道："你这卒子，忒也无知！汴梁被困数日，我怎么知道外面的情形如何？也许往长沙方向，全是金兵呢？你就不知道去搬康王么？也许康王已经战败了呢？你就不知道去搬张大人？兵法有云：水无定势，兵无常形，唯求一变！又有言道：将在外，君命有所不受。都是在说战场之上要随机应变！你这小子全然不知变通，只知道奉命行事，怪不得当不上将军！"

罗马给他莫名其妙骂了个狗血喷头，人都傻了。梅尚书拂袖而去，道："今夜三更，你自西门出城，到时杨将军自会为你开门。"气呼呼地走了。罗马一个头两个大，回头看铜板，却见铜板已难得地站着睡着了。

这一天晚上，朔风紧吹，十一月的天气，竟有三九四九般冷。罗马与铜板随杨勇来到汴京西门。但见旌旗横卷，乌云遮月，好一个肃杀寒夜。杨勇备下水酒，为罗马饯行，道："罗兄弟，京中粮草不足,兵将有限,至多到来年开春,大军行动迟缓,你去搬兵,时间实在只有一个月而已。"

罗马默默估量时间,道:"足够。"饮了一杯,只觉吞了团火般的热了起来。铜板见他饮酒,翕动鼻孔凑过来乱嗅。罗马笑道:"馋马!"想到它当日醉后的巨力,便将酒倒在托盘中,给铜板舔食。

杨勇也满饮一杯,用力抱一下罗马的肩膀道:"保重!"

罗马眼见这老将白发为狂风扯动,一身银甲映月生寒,心中莫名起了崇敬悲壮之意。用力拱手道:"老头儿,别死,等我回来!"

杨勇哈哈大笑。罗马鼻子一酸,将铜板扯离酒坛,道:"铜板,我们在京城忍气吞声这么久,不就为了今天这样的任务么?"铜板磕蹄点头,罗马翻身上鞍,拍拍铜板鬃毛,喃喃道:"秦双,保佑我们哥儿俩!"城门无声无息地打开,这一人一马出去,城门又无声无息地关上。

杨勇登上城头,向下望去。只见五里之外,两点火光是金人辕门处的火堆,后面是绵延十里的营盘,黑漆漆像是无底深潭。罗马和铜板渐渐消失在汴梁城外的黑暗里,然后过了很久,又慢慢出现在金人辕门处的光亮边缘。杨勇吓得屏住了呼吸,想不到罗马这般愚蠢,竟然哪里亮往哪里走。

突然,铜板飞奔起来。那一人一马的小黑点猛地切进辕门的光圈之中,笔直地穿过它,迅速隐身在营盘的黑暗之中。然后辕门处出现了惊慌失措的哨兵,金营里亮起了灯火,再然后才传来了示警的铜锣之声。

杨勇暗赞道:"好罗马!"原来罗马这么闯,走的是营中最平、最顺的大路,最能发挥铜板的优势。

那黑沉沉的营盘,好像一张涂满墨的宣纸被烧红的铁筷子迅速切开。以辕门后大道为中心,一座座营帐由近而远地亮了起来。人吼马沸的声音终于传来,杨勇默默念道:"快!再快!"知道只要那营帐受惊点灯的势头不停,就意味着罗马、铜板畅行无阻。

大概过了半盏茶的工夫,远处的黑暗不再有灯光延伸进去。金营的沸腾，也逐渐稳定下来。杨勇遥望天边，知道罗马的踹营已经结束。金营虽然人声鼎沸，但火光不乱，显见不曾有围困缠斗发生。这罗马、铜板，竟然是在金人反应过来之前，便以迅雷不及掩耳之势突破了他们的十里连营！

正是：义士不惜一腔血，英雄何辞万古名。欲知后事如何，且听下回分解。

第八回
搬救兵飞奔三镇　遇小人力赶四门

人活一世，尽可以选择自己的活法。是平平稳稳波澜不惊，还是轰轰烈烈跌宕起伏，其实大有选择的余地。毕竟"飞来横祸""飞来横财""天上掉下个林妹妹"这种事，还是少之又少的。你一辈子老实巴交，十有八九会比整天强出头的人活得久。可是如果你是一个男人，又岂会不渴求在一个万众瞩目的情况下拯救天下，哪怕会因此折寿早死？

且说罗马，身上没有半点功夫，却去闯营搬兵，一个人对上大金国几十万军队，说他是送死都是夸他行事低调了。可是罗马胯下既有铜板，这事就算靠谱，因此这一人一马，竟趁着酒酣耳热之际，仰仗天下无双的神速，直将金营视为朝天大道一般蹚了一遍。一座座营帐在他们身后亮起灯火，他们却全赶在黑暗中一往无前地突进。一路上遇到几十个摸不着头脑的哨兵，十几枝毫无准头的羽箭，跳过七八组拒马，将十万金人兵马搅个沸反盈天，他们却已突围而去。

出了金营，又奔行百里，罗马这才让铜板放慢了速度。罗马回头张望，来路上不见追兵，终于松了口气。再往前走，前面一个三岔口，一条路往南，一条路往北。往南去长沙，那里有李纲，往北去磁州，那里有康王。梅尚书让罗马随机应变，可是现在看来两条路都是通的，罗马也还没有听说哪边已经被金兵消灭，看来只好二中选一。罗马略一犹豫，指挥铜板往北而去。

其实在他心里，对李纲还是有恨的。这个人为了救国护驾，随随便便地毁了罗马的幸福。而即便是付出了这样的代价之后，他居然还是在朝中的争斗中落败，又不由不让罗马怀疑他的能力。李纲其人天生的神情诚恳，话语含情，让人相信。在阮飞、秦双心中，已然是神一般的存在，可是对于罗马这样一个与他保持了距离的人来说，无论人品或是能力，却都不能让他信服。

故此，在李纲与康王之间，罗马还是毫不犹豫地选择了后者。即使那个人也曾经让他失望，可是在罗马的心中，关于那个少年王爷的勇敢的记忆，却也是抹杀不了的。

反正梅尚书也说了，去哪里搬兵，是由罗马自己决定。

罗马一路往北，小心避过金人沿途的据点，天亮之时到了黄河渡口。那渡口早上发船，小小的船上已有七八个乘客。罗马赶到，待要上时，还要搭载铜板。一干乘客大怒，骂道："你以为你是什么东西？人都挤不上了，你还载马！要载等下一班去！"

罗马苦苦哀求，船老大为难道："如今兵荒马乱，人命都贱了，何况一匹马。你让我赶人下去，载你这马，实在说不过去。"

罗马无奈，只得亮出杨勇私借给他的令牌，道："我是汴梁城派出的信兵，要去磁州找康王搬兵解困。实在耽误不得，恳请各位念在我汴梁百姓的分上，行个方便。"

他这样一说，满船的人都是惊呼，想不到这不起眼的一人一马，竟能从被围得铁桶一般的汴梁城中脱困。当即有四人跳下船去，道："我们也没什么急事，给你腾个地方吧。祈望你早早搬兵回来，将金狗打跑。"

罗马、铜板才上了船，船上仍有三名乘客，看铜板上来，满脸都是不耐烦之色，大声嘀咕道："也不知是真是假，在这吹牛皮。闯营报信，我看临阵脱逃倒有可能。"这几人都是平日里丢颗鸡蛋骂条街的，只因嫌铜板个大碍眼，便一个个的现出无赖泼妇的嘴脸来。

罗马知道这种人惹上就是麻烦，发作不得，只顾四方赔笑。船老大将船橹一摆，木船离岸。罗马眼看天茫水阔，此去搬兵，前途未卜，不由生出几分萧瑟之感。正在恍惚，忽然铜板昂起头来，前蹄不断叩打船舷。木船被他晃得左右摇摆，那几个乘客又叫又骂，罗马吃了一惊，道："铜板，怎么了？"

铜板仰首而嘶，嘶声里只见他们方才的来路上，已有人一纵一跃，飞奔而来。离得虽远，可那人相貌仍然醒目：头大如瓮，毛发不生，矮如磨盘，裹一身皮甲，硬生生包住一身横肉，肩上扛着一根浑铁量天尺，如风般赶来，径直冲进渡口等船的乘客中间。"噼啪"两声，将两人撞下水去。

旁边的人大声责备，那人铁尺抡开，左右开弓又打死四五人。余者见他凶狠，哪里还敢招惹，趁着有命都跑了。

惨祸忽至，罗马目眦尽裂，忽然看他眼熟，惊叫道："金蟾！"

那皮甲大头的人正是金蟾！只见金蟾将铁尺往地上一插，在河边捡起两块鹅卵石，挥臂掷来。他力气好大，这般奋力投出，那两块卵石竟如机弩发射一般，急追渡船而来。罗马知道他厉害，大叫道："小心！"眼见一石奔着铜板脖子打去，连忙移步赶去，将自己的包裹举在胸前一搏，帮铜板接了这一石。他的包裹里边，有两三件换洗的衣物，半锭碎银，几张大饼，接了这一石，"扑"的一声闷响，撞得罗马往后一退，靠在铜板身上。

另一块石头却奔着一名乘客打来。那乘客不信金蟾能把石头丢这么远，眼睁睁地看着石头飞来，也不知闪躲，"啪"的一声被砸在头上，连叫都未叫一声，便翻下船去了。

岸上金蟾这才大叫道："罗马，本来你待在京城，还有人给你陪葬，既然你出来了，就别怪我送你独死！"

罗马久不见他，就害怕他学得越坏，这时听他口气，看他皮甲式样，虽不知详情，可也猜出他是刚从围困汴梁的金营赶来的，不由又气又急，道："汉奸！"

金蟾狂笑道:"在我尺下受死的时候,你最好也有这么硬的嘴!"一边说话,一边在河滩上捡石头。

罗马大叫道:"你糊涂!"

金蟾狂笑道:"我当初受你蒙蔽,当你是我的朋友才是糊涂!"手边已搜集了十几块石头,当下不再多说,又呼呼扔来。这时渡船又远了两三丈,本来他是已经失了准头了的,可是乘客们都见识了他的厉害,顿时惊慌失措,挤作一团。船老大叫道:"船翻啦!船翻啦!"

"哗"的一声,船果然翻了,一船人连人带马都栽进水里去。岸边金蟾哈哈大笑,一块一块的石头尽砸在水里船上。罗马知他不可理喻,咬牙与铜板游向对岸。

金蟾叫道:"游啊!快游啊!罗马,小心冻死了你!"

好在这时才刚入冬,天气虽冷,水里倒还暖和,一人一马游到出水时,才冷得站不住。罗马牙齿捉对厮杀,暗想:"今年好冷,照这样的天气,岂不是明天就能下雪了?"

河中其他落水的人也陆续上岸,对岸金蟾的声音还能传来,叫道:"罗马!这是咱俩不死不休的较量!我放你这一回,咱俩从此恩义两清!下一次见到,别怪我打折你的马腿,揪下你的脑袋!"

有那不吃亏的乘客上了岸,一边拧水,一边气急败坏地指桑骂槐:"也不知招惹了什么丧门星,倒了八辈子血霉。谁招惹了对面的金人,怎么不让他不得好死……"

金蟾叫道:"千里万里,我陪着你!我三腿金蟾,偏要看看你大宋飞马能有多快!"

罗马含恨向来岸望上一眼,在凛凛寒风中,催铜板疾驰去了。

原来当日金蟾被罗马一旗戳翻,皮糙肉厚,并未受什么重伤。只是才开窍换骨,遭此大力震荡,一时便昏了过去。过了片刻,忽觉腕上一痛,魂魄倏忽归位。凝神感知,有一人正拿刀割开他腕上血管。

他现在智谋深沉，略一思忖，已经估计出来者是谁。猛一翻腕，已将郭京脉门抓住，这才睁开眼睛，笑道："老道，你割我干吗？"只见身处炼丹房，原来是郭京敷衍走了巡夜的官兵，将他搭来至此了。

郭京大汗淋漓，道："我辛苦半生，金丹为你所窃，道观又被方才那人拆穿。如今不得已需要远走避祸，这才一时糊涂，想要采走你的血液，重去炼丹。"

金蟾骂道："老子若是不醒，你是不是还要挖心取脑啊！"

郭京脸若死灰，道："既然为你识破，我也无话可说。"神色之间，居然是沮丧大过畏惧。

金蟾不料这道士已然失心疯到了这般田地，也愣了一愣，骂道："呸，你这老道是傻的。"

郭京颓然弃刀，道："对，我是傻的，所以我才要大智慧。可是神丹被你吃了，我有什么办法……"他从十几岁炼丹，为求得道，杀人掘墓坏事做了无数，虽然残忍，却端的称得上呕心沥血，如今竹篮打水，让他如何不失魂落魄？

金蟾眼望他失意，忽然心中一动，已有了算计，道："老道，你也别愁。只要你听我吩咐，将来我脱光了让你研究，也不是不行。"

郭京大喜，本以为自己技不如人，重炼金丹是没有指望了，却不料金蟾这么好说话，他是个只顾了炼丹，全不知人伦道理的人，道："但听君命，万死不辞！"

金蟾窃喜，道："我是大金国的勇士，便与你约定两国大事。将来宋金交战，我听说大宋的皇上宠你，到时候，你可得帮忙。"

郭京为难道："今夜走了那老将军，明天我这里一定会被官兵查抄，到时候我自身难保，遑论在皇上面前进言？"

金蟾大笑道："你先藏着，到时候情势危急，你就蹦出来说能请天兵天将什么的。当皇上的都傻，他一定相信，哪还顾得上你炼丹杀人的事？"

郭京兀自犹豫，道："可是……我若帮你，岂不是卖国……"

金蟾笑道："国家安危与你何干？大智慧最后才是你的。何况，两国未必就真的打起来，你现在答应我，到时候真的不打，我也仍然帮你。"他深知人性贪婪所在，一词一句，都往郭京的痒处挠来。

　　郭京这才同意。两人又商量了来日的计划，金蟾又帮他想好了一套什么"六丁六甲天兵"的说辞。郭京便潜在京中，准备接应。金蟾却连夜出城，直奔塞外。他如今胸中丘壑万千，早已不以一人一事为念，对罗马、阮飞的恨意，早已变成了他颠覆大宋，为神力王报仇，让罗马、阮飞后悔的决心。不过数日，已找到金国境内，寻着宗翰，历数汴梁城中的浮华，终于将宗翰、宗望说动，卷土重来。

　　金国灭宋，这是他的报复；手刃罗马等人，才是他一口恶气的出处。这一夜罗马踹营，方式独一无二，他不曾亲见，却也一猜即中。这才向宗翰请命，一人一尺，前来追杀这大宋搬兵的卒子。

　　这一次交手终于逼得罗马落水，金蟾虽不能报仇，却也开心，在上游上寻着船，这就追了过来。他以为罗马浑身湿透，这般急着赶路，自然越发寒冷，撑不了多久就得束手就擒。岂料一路追来，整整一天，居然都不见了这一人一马的踪迹。

　　金蟾又惊又怒，无论如何不信罗马能撑这么远，仔细回顾来路，颇有几处歧途，连忙回头去找。这么又过了两日，连搜了四五处村落，仍不见那驿兵踪影。金蟾心急，他与罗马的私仇固然重要，可若是估计错误，却被罗马及时搬兵，那他也算贻误了金国军机，苦心搬来金人灭宋，岂非成了竹篮打水？

　　眼看这一日天色又晚，刚好路边又有村落，金蟾不由恶意丛生，暗道："进村去搜，找不出罗马，就把人都杀光！"

　　主意打定，当下大步进村。村口上有一个老农正背着粪篓回村，金蟾拦路问道："老丈，这村中这两日可有外人路过？那人骑匹瘦马，烂泥般的颜色。"

　　老农摇头道："没听说。"

　　金蟾顿起杀机，"啪"的一尺将老农打死。又敲响村口一家人的大门，问应门人道："老乡，这村中这两日可有外人路过？那人骑匹瘦马，烂泥般的颜色。"

那应门人是个瘸子，正做饭，闻声不耐烦道："没见过！"也给金蟾一尺打死。

金蟾连杀两人，凶性大发，抢进院中，铁尺抡处，将那一家四口尽数杀死。行凶已毕，忽闻屋中饭香，于是进得屋来，将那刚熟的菜共饭满满地和了一盆，一把一把地抓着吃，心中思摸，道："这般找下去，也不是个办法。罗马自以为忠义，其实他若在一个村子，我只要把排场弄大，让他知道我在杀人，他自然会来找我了。"

刚想到这里，就听得院外喧哗，原来是村民听到方才的惨叫，纷纷赶来探望。金蟾大喜，在厨房里找来火种，将房子点着，这边挥舞量天尺杀将出去，大吼道："罗马！你在不在这村里？你给我出来！"抢近围观的人群，尺子尽往低处走，"噼噼啪啪"打断了二十几人的腿。伤者倒地哀号，金蟾大叫道："罗马！你再不出来，我把他们一个个地杀死！"

他虽只一人，但穷凶极恶，宋人村民懦弱零散，逃走的人再也没有出现，竟是任由他宰割那些伤者。金蟾坐在那被他放火的人家的门楼上，一边烤火，一边吼叫，每隔一段时候杀一个人，正要没了耐性，忽听一人大喝道："住手！"

金蟾听在耳中，如闻仙乐，抬眼笑道："罗马！"只见夕阳瘦马，一人一骑，不是罗马、铜板是谁？

罗马远远地便已看见金蟾长尺沾血，不由眼睛都红了，眼望金蟾，叫道："金蟾……金蟾！"

金蟾听见他叫，一点一点地笑起来，道："小罗子，两天不见，你让我好找！我好怕你冻死在哪里，我却不能亲手报仇。"

罗马前日只因落水之后疾驰，受了风寒，在半路昏倒。多亏为人所救，在这村中休养两日方好，自然对此处极是感恩，眼见金蟾滥杀，咬牙道："我和你有仇？"

金蟾哈哈大笑，笑声渐低，面容一点点抽搐，道："我和你有什么仇？小罗子，你害死了完颜赤海，他对咱们多好啊！你害得我和师父翻脸，他是这辈子最疼我的人！你害我师兄弟死绝，我自己变成怪物！我和你没仇？你全忘了?！"

罗马张口结舌，道："这……这些……"想不到金蟾虽然变得聪明，但却更为偏激。明明这些事都有缘由，可是他只拿结果在这喊冤，罗马居然无从辩驳。

这时仇人相见，分外眼红，金蟾叫道："别说这些和你没关系，要是没有你，这些都不会发生！你我大仇，便是你逃到天边，我也杀你！"估摸着铜板已进入自己攻击的范围里，猛地将量天尺一挺，喝道："这是咱俩不死不散的较量，大宋飞马，你完了！"

"噌"的一声，金蟾跳起至半空，将身一旋，大喝道："钻！"身如陀螺、尺如钻头，直奔罗马扎去。罗马早防他这一手，一见他跳起，连忙一领铜板，往旁边跳去。

轰然一声巨响，金蟾落地。冻得板结的土地，给他连刨带砸，一下钻出一个大坑。罗马知道他的厉害，催铜板调头就跑。金蟾一式不成二式又生，喝道："穿！"量天尺脱手而飞，直奔罗马的后心扎去。

他这一击重逾千斤，真挨上一下，足可叫人胸背对穿。罗马不曾修炼武艺，于听声辨位一道实在所知有限，这时逆风奔跑，混不知阎王爷就在背后追杀。只见那量天尺眼看就要碰上罗马的后心，却莫名后退，慢慢离罗马远了。原来罗马既然要逃，自然是要逃快些，双膝不觉一夹铜板肚腹，铜板发力跃出，其速顿时快过量天尺，因此对比得量天尺竟然不进反退了。

量天尺飞出十几丈远，"啪嗒"落地。金蟾暴跳如雷，撒腿追赶。他的脚程好快，转瞬之间已捡起量天尺，撑着铜板出了村子，狂奔十数里。罗马听得身后脚步声响，回头一看，暗暗心惊，看这凶人挂尺飞奔，心中不由莫名感叹，当日金蟾与他在鹰愁涧相遇，金蟾、铜板初试快慢，二人遂结为好友。那时哪曾想到，有一天，他们真的要一决生死呢？

可是金蟾一个人类,便是再怎样的飞毛腿,又怎追得上这马中魁首?跑到二十里,金蟾渐行渐慢,罗马放下心来,在鞍上回头叫道:"吃屁去吧!"乃是铺兵平日比赛嬉戏,惯用的粗口。

蹄声急如暴雨,铜板已绝尘而去。

罗马知道,以金蟾之偏执,断不可能就此放弃。在这场决斗里,论打,他和铜板在那凶人手下总共走不了一招,他们唯一的自保取胜之道,就在于铜板的速度。铜板离金蟾远,就是赢;铜板离金蟾近,就是死。所幸铜板既然脱困,这世上又哪有能追得上它的马、它的人?长途漫漫,当下辨清了方向,一路上连休息都不敢,直奔磁州。

到磁州进了城,寻着大元帅府,求见康王,府中管事却道:"康王不在。"罗马是个听话的,不敢怠慢,就在门前苦等,到了黄昏仍不见康王回转,心急如焚,终于忍不住再求见,管事还是那一句,道:"康王不在。"罗马鼓足勇气,问道:"去了哪里?康王!"那管事横了他一眼,道:"相州。"罗马大急,道:"什么时候回来?"那管事面无表情,道:"明年?后年?王爷是迁去那边练兵的。"罗马一呆,旋即明白,原来康王不是今天不在,而是根本已经从这将军府搬走了。却可恶这管事打官腔摆架子,偏要语焉不详地让你求他。

想到自己在此足足白等了一天,汴梁不知又受了何等的蹂躏,不由气愤已极,跳过来张口啐了那管事一脸唾沫,回身与铜板就跑了。

他心急如焚赶往相州,出了磁州二百里,道路弯进一道山沟。铜板扬蹄跑进,只见山路崎岖,两边壁立千仞。罗马久历风雨,一见这阵势不由本能地心头一紧,凝神戒备以防不测。果然才行了数里,突然之间头顶上已有恶风不善!

罗马把身一伏,铜板心有灵犀,一蹿而起。身后毫厘之差,传来"噌"的一声大响,乃是量天尺敲上石头的声音。

罗马大惊,叫道:"金蟾?"想不到这人竟然锲而不舍地赶在了自己的前面，只觉得惊恐之余，更有哭笑不得的苦楚。

金蟾大叫道："正是老子！"提尺就追。原来这人的脚程比不上铜板，脑袋可比罗马灵活得多。半路上就打听到康王迁徙之事，因此抄近路先在这磁州通往相州的必经要塞埋伏。

这时一人一马在这盘肠小道中前后追赶，却对铜板不利。这山路崎岖难走，更兼狭短多变，拐弯之处极多，颇不利于瘦马发挥，往往才跑两步便要减速转向。反观那金蟾却跑了个如鱼得水，连蹦带跳拎着尺子左一敲右一砸，火星石屑乱飞，声势气势惊人。虽然还伤不到铜板分毫，可是尺马相距，却也不过三尺。

罗马大急，心知这样下去，十有八九要糟，连忙四处张望。所幸前面忽然出现了一道大漫坡，坡势平坦，罗马大喜，将缰一抖，铜板会意，泼剌剌跑了上去。金蟾大急，也跟着爬了上来。

这道漫坡远看便如一张大饼一般平坦，上来才知道它即便是饼，也是千层饼，原来这里的岩石都是一页页分层的，跑在上边一条棱隔着一条沟，跑起来虽不费力，但看久了却让人眼晕。罗马瞪着前边看了一会儿，已觉满世界都是条纹，毫无差别，直如瞎子一般了。

罗马不敢大意，连忙把眼一眨，再一睁眼，直吓得魂飞魄散。原来眼前已是一道断崖，而铜板还尚未察觉，正跑得带劲。当此危急之时，罗马不敢让它急停，瞪目一看，那断崖距对面约有四五丈，当下把心一横，用力提缰。铜板尚不明所以，就已习惯性地听他命令，奋力跃起，一时间矫如游龙，凭空虚度，刚好跨过那断崖，"哗啦"一声，在对面着陆。

紧跟在后边的金蟾也于千钧一发之际发现了断崖。他却是不敢跳的，连忙往后一坐，想要刹住身体。可是他冲劲猛，那山坡又风化得厉害，他躺倒在地，给碎石一托一滚，顿时滑出四五步，"唰"的一声，飞出了山崖。

罗马在这边看得惊叫一声，却见金蟾和着碎石落下，在半空里却举起量天尺，猛地往峭壁上一插，他的力气好大，竟然一下便将铁尺插进山石，便这样吊在了崖下丈许的空中。

罗马长吁一口气，虽知此人已近十恶不赦，但终究不忍看他惨死。这时看他性命无虞，才再又赶路。远远听到金蟾骂道："……奸猾小人！我和你没完！"可是罗马哪里还去管他？

第二日，这一人一马方风尘仆仆地到了相州。那相州城厚池宽，果然是易守难攻的重镇。罗马鼓起余勇，再寻大元帅府，却又得知，康王已去了东平城。

罗马人困马乏，想不明白这康王怎么搬家跟搬砖似的那么快。可是又不敢耽搁，只好再往东平赶去，铜板已连续狂奔数日，累得嘴边都起了白沫。罗马心疼又上火，满嘴都是燎泡，安慰铜板道："铜板！汴梁几十万人的性命呢！跑完了这一次，我放你大假！"

铜板喘气点头，仍是风驰电掣。往东平跑了一天，眼看前面已是东平的城墙了，罗马心力交瘁，暗道："不要再搬家了！"突然间铜板前腿一软，直跪了下去，罗马猝不及防，甩下鞍来。

罗马吃了一惊，不顾自己跌得头破血流，先来看铜板，却见铜板躺倒在地，一时挣扎不起，肚皮起伏，剧烈喘息。道旁树林中有人森然道："这该死的瘟马摔折了腿啦！"

只见树丛中转出扛尺的金蟾。两日不见，这凶人也已是衣衫褴褛，形容疲惫，可想而知要追铜板有多艰苦，道："我就不信，它真是天马转世，无所不能。"原来他当日离营来追罗马，本以为可以三下五除二地摆平，岂料三个回合斗下来，连铜板一根毛都没摸着不说，自己还差点摔死在山里。他这时头脑聪敏，也更加怕死，爬上那断崖之后，又怕又累，竟将对铜板的恨意，又翻了几番。

幸好他之前打探来的消息便是，康王是自磁州搬往相州，又新近从相州搬到了东平。罗马为人木讷，知一而不知二，因此才给他直接来到这里埋伏，终于又赶在了自己的前面，设下了绊马索。

这人阴魂不散，罗马又怕又想笑，骂道："金蟾，你这扫把星！"

扫把星即是彗星，民间传说见者倒霉。金蟾一愣，冷笑道："这绰号，更配你吧？"知道罗马没了铜板就毫无用处，竟然大大咧咧地走到与他面对面的地步，存心要玩弄于他。

罗马一呆。金蟾道："少来废话，你是奉旨搬兵吧？把你身上的圣旨拿来！"原来他之所以对罗马穷追不舍，一者固然是为了私仇；二者也是不敢大意，还是要截杀大宋搬兵的信使；三者，金人也许还未对宋宣战，若是能抢到宋廷搬兵的圣旨、令箭，则金人便可"师出有名"，占了道理。

罗马摇头道："没有。"将铜板的大头抱到自己的膝盖上，盘腿骂道："你赶尽杀绝！"

金蟾狞笑道："对你还有什么客气的。乖乖把秘旨交出来，我跟你保证，杀你之后，不碰铜板，不然，我当着你的面，先把铜板剥皮断骨！"

他说把罗马怎样怎样都无所谓，一说要对付铜板，罗马顿时失去理智，喝道："你敢！"

金蟾哈哈大笑，道："天王老子我也敢杀，何况一匹瘸马！"终于将这老对手擒获，不由得意扬扬，心里满是猫弄老鼠般的恶毒。

罗马胸膛起伏，良久，颓然道："金蟾，你变成这样……"

金蟾见他示弱，知道这人已经放弃，趁热打铁，道："罗马，别再逞强了。其实我放了你又怎样？你现在去搬兵根本没用，大宋气数已尽，谁也救不了它。"越走越近，得意扬扬，道："我已在汴梁城里埋下伏兵，那个疯道士郭京，这时大概已经重新现身，成为皇帝的救命稻草了吧。待到他将汴梁的守军都诓下城去，宗望、宗翰想要破城，还不是易如反掌？"

罗马听他前面说话，还感害怕，听到他后面的计划，才放下心来，哈哈大笑道："怎么可能？皇上傻么？"

金蟾也笑道："不傻么……"突然间却只觉得脚踝上一痛，整个人被地上的马蹄横着蹬飞出去，半空中只见铜板耸身站起，将长毛乱抖，神采奕奕，哪有断腿的痛楚？

"啪"的一声，金蟾摔在地上，蓦地明白过来：一般的马都是只能站着，躺倒就是有伤有病；可铜板却是天生就爱躺着！别的马中

149

了绊马索躺倒，就只能是断了腿，而铜板中伏躺倒，却可能只是想躺下来喘口气而已。

罗马纵身上鞍，一人一马一溜烟地逃走了。金蟾从地上爬起，两个脚踝疼痛欲裂，他已确定康王就在东平，这时拦不住铜板，恐怕就真叫罗马送信成功了。眼见这人搬兵在即，自己竟拿这手无缚鸡之力的小卒子没办法，不由急火攻心，顿时失去了理智，撒腿也追了下来。

铜板奔行十数日，虽是当世首屈一指的宝马，也已到了筋疲力尽的地步。被绊马索放倒，虽不曾受伤，可也摔得不轻。好不容易趁罗马与金蟾谈话，拖延时间，这才恢复了三分体力，鼓起最后的余勇，往东平驰去。后边金蟾死死追赶，到底还是追不上的。

眨眼间，一人一马已来到东平城东门下，但见城下吊桥高挑，城门紧闭，却不是开放时间。城楼上有人问道："下面是什么人？"

罗马一颗心放下肚来，叫道："我是汴梁信使，奉旨向康王求救！快开门！"

那东城将军"啊"了一声，心中犹豫，暗道："金人南侵，康王退避三舍，不愿撄其锋芒。这人奉旨搬兵，若是放进城来让康王难做，我可担待不起。"于是赔笑道："我这东门久不开放，门闩已经锈死，开启不便。我这就去除锈开门，你若是着急，也可先从南门进城！"

罗马急得直跺马镫，眼见金蟾已追到五百步的距离，连忙拨马往南城去。金蟾本来见罗马已在城下，正痛恨自己鞭长莫及，忽又见他转走，心中又起了希望，斜刺里撒脚去追。

眨眼间罗马已到南城，南城上有人问道："来者何人？"

罗马不及细说，只叫道："飞龙驿驿兵罗马，有要事禀告。"

南城那人问道："你要进城？"

罗马哭笑不得，叫道："是啊！"

只听城头上嘀嘀咕咕，却就是不开门。原来那答话之人并不是南城守将，只是一个代班的伍长，不敢擅作主张。这时见他催得紧，只得答道："我们将军下城去解手。你且等上一会儿。"

罗马回头一看，金蟾已不过是二百步的距离了，大叫道："你给我开门也就是了！"

南城伍长不悦道："越权行事，军法处置。你莫要害我！我这就让人去找将军请示，你若着急，可先从西门进城！"

罗马目瞪口呆，不料自己千里求救，竟被这样踢皮球。只得再往西门而去。

他这般沿着城转，哪有金蟾斜着抄近路来得快？到了西门几乎就是前后脚了。金蟾舞动量天尺，只待离得近了，就给他来下子狠的。西门守将问道："城下斗殴之人是谁？"

罗马一边逃，一边慌张叫道："我是京师派来的信使，被金兵追杀，快快救我！"

西门守将想的却是："这人若从京师而来，为何不从东门、南门进城？定是有甚蹊跷，我不能当那开门的傻子，替别人顶缸。"道："你与他缠斗一处，我不便开门，有心放箭，又恐伤了你，且往北城去。将他甩掉再说。"

这东平城方圆四十里，若是平时，铜板也就是一炷蹶子的事，可是这时它已是累上加累，再加上几次三番以为可以进城歇息，却还得再跑，不由气息都散了，整匹马跑起来趔趔趄趄，眼看就要累死当场。罗马又气又急，热泪滚滚而下，只觉眼前虽然就是目的地，城里便是大宋精兵，可是却仿佛遥不可及一般让他绝望；身后那个同样疲惫的金国凶徒，却成了一个跑不垮、甩不脱、打不死，越逼越近的噩梦，不由万念俱灰，叫道："铜板！铜板！"

铜板已往城北奔去，虽然步履不稳，但仍能将金蟾抛开五六步。金蟾得势，知道宋人懦弱，越发嚣张，喝道："罗马，你跑不了！"抢空了几尺，一眼看见地上有半枝断箭，灵机一动，伸手捞起，猛地向罗马掷去。

铜板这时再也快不过飞箭，罗马只觉肩膀一热，断箭正中。顿

151

时只觉半边身子麻木,再也坚持不住,"扑通"一声,在北城门落马。

金蟾大喜,叫道:"今天有你没我!"飞步过来要取罗马性命,突然间眼前一花,一枝羽箭已钉在他身前地上,直至末羽。金蟾吃了一惊,只见城楼上一员老将喝道:"什么人在城下殴斗!速速住手!"

金蟾略一犹豫,罗马已拼尽全力叫道:"我是大宋飞龙驿铺兵罗马!奉旨来搬兵救驾!他是金国奸细!……"吼得声嘶力竭,口角绽裂,已是他不管结果如何的最后一吼。

金蟾大怒,一咬牙扑上来,成心要先杀掉罗马灭口。可是蓦地里头顶上箭风破空,还没反应过来,一枝羽箭已自他右颈入,左颈出,刺了个对穿。金蟾翻身栽倒,城头上一员老将张弓喝道:"宗泽在此,什么金狗敢来造次!"

罗马躺在地上,仰面望天,掩住肩膀伤处,放声大笑。

正是:位卑未敢忘忧国,权重方知利要紧。欲知后事如何,且听下回分解。

第九回
怀私恨康王变质　　成公敌罗马亡国

在这世上,人最脆弱,又最坚强,多少磨难都在未来排着队等你,哪一个都能弄得你死去活来。可是只要人的心中还有希望,再苦再累再艰难,他也总能战胜考验,达到最后的目标——怕只怕最后那个目标和他的初衷大异。秀才十年寒窗高中,才知道当初冲着自己抛绣球的是个人妖,这样的打击,才最毁人。

且说罗马千里求救,在东平城下力竭落马,幸得老将宗泽相救,箭射金蟾,将他与铜板救进城来。罗马在阎王殿前打个转回来,连忙向宗泽说了汴梁被困之事。宗泽大惊,道:"黄河上兵多将广,想不到一夜沦陷,汴梁的情势竟已是这般危急!"

连忙安排人与罗马治伤,自己去找康王汇报。

罗马便在宗泽的营中疗养。幸好那一箭虽伤得深,还只是皮肉伤而已。到了傍晚,罗马已能下地,到外边去看铜板。只见暮色中,那瘦马伏在地上,垂头而瞑,旁边是一堆几乎没动过的草料。微风过处,将它额上的鬃毛拨开,这马一动不动,分外安详。

罗马心头一跳,连忙走过去。忽见铜板耳朵一抖,已睁开眼,看见是他,欢欣鼓舞地站了起来。罗马只觉得一颗心扑通落地,突然间鼻子发酸,眼眶发热,轻轻抚摸它的长脸,道:"辛苦你啦……好兄弟。"

铜板把头埋在他的怀里,呼哧呼哧地去嗅他臂上缠的绷带。罗马又痛又痒,笑道:"别闹啦!我看你伤了没有?"绕着铜板走了一圈,欢喜道:"溜光水滑,完整无缺!"铜板得意扬扬,顾盼自雄。

一人一马正自闹着,宗泽却已见完康王回来,问道:"罗马,你真的没有圣旨?"

罗马肃容道:"就是口谕,梅尚书传的。"

宗泽皱眉道:"这可难办了,你空口无凭地通报这样的大事,我相信,别人未必相信啊……"

罗马一愣,才明白想必是因为自己没有搬兵的旨意书信,因此令宗泽上奏之时,竟然受到质疑,不由大急,翻出杨勇借他的令牌,道:"我有啊!"

宗泽接过来看了看,摇头道:"这个级别的令牌……跟没有也没什么区别。"恼火道:"你怎么也不要个凭证就跑出来了。"

罗马张口结舌,当日梅尚书来让他闯营,他只道此事事关重大,越快越好,自己赶紧通知康王,康王自然赶紧发兵,却想不到康王会冒出个"不相信"来。想来想去,突然道:"我认识康王,他信我!"

宗泽大喜,道:"康王认识你?"

罗马道:"是啊!"就说了黄河边上渡康王的事。想到当日康王留自己在京,正是为了今日,不由得心情激荡,把事情说了个颠三倒四。宗泽听得皱起眉头,道:"我日间倒没向康王提你的名字。可是……是你救的康王?这事可听着蹊跷。当初在磁州时,康王也曾说到他脱困之事,是在黄河边,遇到菩萨托梦,派了一匹泥马,渡他过江。你现在说是你渡的康王,这岂非荒谬么?"

罗马一愣,不明白铜板何时变了泥马。宗泽见他张口结舌,可是神色不变,心里不由先信了他几分,暗道:"鬼神托梦之说,我原也不信。想是康王少年心性,爱面子,自觉逃亡狼狈,因此讳饰吧。"道:"既然你这样说了,那我再去试上一试。且看康王的态度。"

当即又回去找康王商议出兵之事,罗马心中忐忑,等到酉时,老将军才回来,神色间惶惶然,魂不守舍。

罗马问道:"康王同意了么?"眼睛紧紧盯住宗泽双唇,生怕他吐出个"不"字来。

宗泽道:"康王已经同意出兵,命我明日就率军出发。"眉宇间却全没有喜色。

罗马却已大喜,叫道:"这太好了!我与你同去!"

宗泽皱眉道:"可是我只能带两千人走。"

罗马一愣,不由大失所望,叫道:"两千?两千对十万?"他虽不知金人围困汴京具体人数,但看那无边无沿的连营,至少不当在十万之下,康王让宗泽带两千人去救,这岂不是笑话么?

宗泽叹息道:"康王还是不信汴京受困之事。只是我一力坚持,才让我带人出去。其实不是让我去解困,只是让我去打探军情而已。"

罗马暴躁道:"碰上了呢?"

宗泽一愣,哈哈大笑道:"金人再多,猪狗而已。当日磁州落入敌手,老夫数骑夺城,早视他们如草芥。"原来宗泽来东平前,本就是磁州的守将。当日磁州虽是大宋属地,却为金人强占。宋廷几次派出的官员，都无法到任。最后是派到宗泽头上，老头带了三四随从，一顿箭雨将城中的金人赶跑，成就了一段佳话。

罗马却不知这些历史，只急道："说我了么？我叫罗马！"

宗泽犹豫道："我也提过你了……"他再看一看罗马，终于道："康王说，不认识你。"

罗马简直不能相信，道："我去见他。"

宗泽将他拉住，叹道："他不愿见你。"

罗马一时目瞪口呆。宗泽深忧京师，连夜点兵，到了天明时率部出城。罗马随他来到城门，心中又急又苦，眼看就要出城，越想越觉得不甘，道："我不信！"回马便走。宗泽一把将他拉住，道："你干什么？"

罗马道："我去找康王！"

宗泽心念电转，暗道："这驿兵来得蹊跷，虽然以我的识人之能，看他不似作伪，可是他既无圣旨，又被康王否认相识，瞧来颇有内情。我率两千人马迎敌，即使可有小捷，也知胜算全无，救国无望。若让他去闹一场，说不定康王还能加兵援我，即便不成，康王怪罪于我，那也是我为国尽力，何惜此身。"

他将手放开道："康王体弱，每日辰时都在元帅府后花园采气健身。"回过头去，率队走了。

罗马单臂挂在胸前，与铜板回到城中，找不相干的人问清了元帅府的所在，赶到时，时候还有充裕，便转到了元帅府的后边。那府邸却是依山而建，他们来到后面的山坡，居高临下往下一望，一个花园尽收眼底。

其时已是隆冬，北方的花园自然没有什么景致。只见枯枝涸塘，一片萧瑟，旭日晨光之中，却有一人正在空旷处，面向东方而立，缓缓吐纳。罗马略一辨认，那背影正是康王。只见这人拿桩站定，双手虚抱阴阳，一起一伏，正采气炼神。罗马见他娴静，越发愤怒，猛然一催铜板，喝道："铜板，进去！"

铜板经过一夜休养,已然恢复泰半。沿着山坡撒蹄奔下,眼看到了山墙近前,突然间在墙根站起一人,被铜板吓得大叫,铜板受惊人立,几乎将罗马颠下鞍来,罗马定睛看时,惊道:"神力王?"原来那人虽然衣衫破烂,但是铁头魁伟,不是神力王是谁?

花园之中,康王听到外面有人,扬声问道:"什么人在外面?"罗马深恐神力王发疯,对康王不利,连忙拉着他悄悄遁走了。

他乡遇故,虽然这故人敌友难辨,善恶不明,却也让罗马惊喜。带神力王来到城中酒楼里,买了大饼、牛肉与他吃。神力王想是久不曾吃饱,直吃了个风卷残云。罗马眼见时辰已过,自己今日是见不着康王了,索性便带神力王找客栈住下,让他洗澡换衣。

细问之下,才知道神力王为何在此,罗马也不禁吓出一身冷汗。原来这老头傻了,心中便只想着和金蟾团聚。当日离开汴京,往塞北去找金蟾,走在半路上,却遇到了康王搬家的队伍。神力王心思单纯,当初他们师徒进汴京,要找的就是三个人:罗马、阮飞、康王。如今在他心中,罗马是好人,阮飞不知去向,都不能下手对付。眼前突然掉下个康王,自然不能放过。

于是竟跟着康王来至东平。以他的本事,要刺杀康王自然是小事一桩,但是他傻人却有傻主意,心想有康王在,金蟾早晚会来,因此竟留着康王不杀,每日只是在府外守株待兔。不料今日没等到金蟾,却等到了罗马。

罗马暗叫"好险",若不是神力王要等金蟾,而是一力蛮干的话,恐怕康王还真有性命之虞。再想到金蟾惨死,不由愧疚。暗道:"金蟾便是因为行差踏错,坏事做尽而死。这神力王如今虽傻,但心地纯朴,我可不能让他重蹈金蟾覆辙。"

便纠正神力王道:"康王是好人。"神力王摇头道:"坏。"罗马洗脑道:"康王是好人。"反复多次,神力王犹豫道:"好……"罗马多少放下心来,才许他睡觉。

第二日,罗马早早起床,安顿神力王不许乱跑,自去元帅府寻人。仍从昨日的山坡冲下,到了院墙前,铜板猛然腾空一跃,已如天马行空跃跳进了花园。落地时"豁拉"一声大响踩倒了一排花架。康王受惊回头,脱口道:"是你?"

罗马跳下鞍来,道:"不是不认得我?"这才看出,大半年不见,康王更见憔悴,两眼血丝密布,暮气沉沉,面上满是戾色,瞧来哪里还像个二十岁的青年。

花园外有侍卫听得声音不对,赶了进来。铜板甩鬃示威,康王道:"你们先出去。"侍卫踌躇道:"可是这人……"康王道:"本王有分寸。"将侍卫赶走,又朝罗马望来,森然道:"我千方百计地不想见你,为什么你偏要来?"

罗马道:"快发兵!救汴梁!"

康王冷笑着望着罗马,良久方道:"我不去,本王为大宋付出太多,已经累了。"

罗马悚然一惊,这样的抱怨,在他的心里也曾有过。

康王道:"我那皇兄太没气度,本王已不愿为他送死。"他面沉似水,冷笑道:"罗马,难道你从来没想过,为什么你奉旨出京,却没有片言只字证明你的使命?我告诉你吧,因为赵桓怕你战死,搬兵的秘旨成为落入金人手中的把柄!他们仍然首鼠两端,而不惜让你冒死!这样懦弱猥琐的君王,真的值得本王去救么?"

罗马汗如雨下,想不到自己又被人算计了,可是心中隐隐觉得其中还有什么不妥之处,只喃喃道:"不对……不对……"

康王叹道:"你走吧,本王仍然恕你冒闯之罪。"

罗马脑中轰轰乱响,突然脱口叫道:"百姓!汴梁还有百姓!"

康王一愣,笑道:"百姓?他们与本王何干?"

罗马想不到这话会从康王口中说出,一时如遭霹雳,整个人都傻了,呆道:"你……你变了……"

康王眼角一跳,道:"本王确实变了。"语气中没有愧疚,倒颇有理直气壮的委屈。

罗马扑过来,单手扯住他的袍子,叫道:"为什么?为什么!"

康王勃然大怒，一脚将罗马踢翻，骂道："你还敢问我？若不是你……"话说到一半，猛地顿住，脸涨得通红。罗马翻倒在地，触及肩上伤处，疼得几乎晕倒，可是却也听出他话中有话，挣扎着站起，道："什么？关我什么事？"

康王额上青筋暴起，两眼几乎喷出火来，几次欲言又止，终于含恨道："本王几次三番地饶你不死，是你自寻死路。"

罗马不知什么事把他气成这样，茫然站着。康王用手一指铜板，袍袖颤抖，悲声低沉道："多少次本王想杀了你……杀了这匹贱马……当日黄河岸边，这贱马先将本王要害踢伤，紧接着又夜渡黄河，令寒气浸着本王伤处。待本王回到汴梁，府中美姬争相侍寝压惊，我面对无边春色，却……却再也不能一展雄风！后来虽经御医救治，也无能……为力！直至今日，虽试了药石无数，又采气炼精，却仍然无法人道……"

此事关系国运，罗马本来还如临大敌般听着，突然之间反应过来康王说的是脐下三寸之事，再看康王死灰一般的面色，还不及悲伤，就已"噗"的一声笑了出来。康王说到这奇耻大辱，本就羞愤欲死，见他还敢"嘲笑"，不由更怒，叫道："本王本不愿杀你，如今你既知道这个秘密，我再饶你不得！"扑上来双手扼住了罗马的咽喉。罗马吃了一惊，喘不上气来，用力去拉康王手臂，怎及得上康王能左右开弓的膂力？康王恨道："我为大宋牺牲了比性命更重要的东西，他们凭什么还要求我牺牲更多？从今往后，该是这个国家回报我的时候……"突然声音一闷，原来是被铜板一头撞开。

这世上男人无论权势地位，其实安身立命之本全在下半身，性命荣耀其实反在其次。康王当日遭此厄运，本就在怨天尤人了，偏赶上皇帝赵桓又一次将他送出，痛心疾首之下终于性情大变，觉得自己屡为天下人所负，早到了该收到回报的时候。如今见了这瘦马，更是分外眼红，挥拳来打这仇家，却被铜板乱踢乱刨地逼退了。

康王愈怒，尖叫道："来人！"外面的侍卫恭候多时，一起闯入。康王叫道："将这一人一马，给我剁成肉酱！"

众侍卫答应一声,一起扑上来。罗马还昏沉沉的,被铜板护在身下。那黄马前后乱踢,勉力支撑。

就在这关键时刻,突然只听一声巨响,花园院墙崩裂,烟尘中有一人大步而至,起手处,一干侍卫如草扎纸糊的一般被远远丢开,罗马在铜板腹下望见,惊喜道:"神力王?"

只见那人势不可挡,正是被他留在客栈的神力王。这时来到园中,叫道:"罗马……好人……"一振臂,将五个侍卫抱了一堆丢开,跨步来到康王面前,叫道:"坏人!"挥拳欲打,忽又放下,叹道:"不能打不能打……打死了金蟾就不来了。"

罗马死里逃生,从铜板腹下摇摇晃晃地站起,叫道:"神力王,快走!"拼尽余力爬上铜板,抖缰便走。

神力王叫道:"金蟾……金蟾呢?"

罗马心中一痛,终不能告诉他,金蟾已被宗泽一箭射死,只叫道:"快走!"与神力王杀出重围,落荒而逃。

康王不料他还能逃走,又气又急,喝道:"追!关闭城门,活要见人死要见尸!"

元帅府警钟响起,罗马恨不能肋生双翅而走。可是铜板连日疲累,这时的速度实在已不及平日的六成。神力王后面紧紧追赶,这边钟声悠扬,他们就已到了东平城城门甬道之上。

这东平城每日卯时、辰时开放,这时得到警报,城门还不及关闭,这两人已如电般赶来。关门的士兵发声喊,一起用力,罗马眼见不及出城,正待勒缰停住铜板。蓦然间神力王大叫一声,一晃身已抢到前面,三步两步到了城门下。双手一扒,分撑两边门扇,大吼一声,浑身气力暴涨,将两边的关门之力全都挡住,叫道:"罗马!"

罗马一提缰,铜板从神力王头顶上一跃而起,自门缝中逃出生天。罗马回头叫道:"神力王……"突然只见眼前黑影直切而下,砸在地上,发出"轰隆"一声巨响。原来是那守城的将领见势不妙,挥剑斩断了城头的铰链,放下了千斤闸。

那大闸以巨木制成，外面包以铁皮铜钉，几千斤的分量下来，差之毫厘就要把铜板一铡为二。罗马胆战心惊，在烟尘中叫道："神力王！神力王！"那巨闸贴着城门门框放下，却是把神力王关在里边了。

只听千斤闸后一片兵刃交击之声，又有惊叫惨叫不绝发出。"呼"的一声，平地上风尘再起，千斤闸猛地往起一提，升高了四尺，稍稍一顿，又往上一蹿，升到了一丈高低。只见闸下神力王满身血污，衣衫破烂，双臂将巨闸高高举过头顶。罗马大喜，叫道："快出来！出来！"

蓦然间神力王周身爆起血雾，十几枚雪亮的枪头一瞬间将他胸、腹、臂、腿完全刺透。城内追兵鼓噪，神力王仰天长吼，道："金蟾……""当"的一声，力竭闸落，重新严丝合缝地砌在了罗马面前。

罗马滚鞍落地，拍闸叫道："神力王！"

却见闸下半条粗壮的断臂抽搐着跳了两下，青石缝隙中汩汩滔滔漫过血来。铜板嘶鸣不已，罗马把拳头乱砸，终于与铜板在箭雨中逃去了。

未隔半月，汴梁城破，赵佶、赵桓二帝被俘，梅尚书殉国，张邦昌为金人立为伪帝。消息传出，天下大恸。罗马在奔赴南方报信的途中得着这消息，一时之间万念俱灰。有人说，汴梁之所以这么快失守，乃是圣上偏信妖道郭京的奇谈，撤下士卒，却以术法守城方致。罗马哑口无言，不料这一切竟真如金蟾所料。可是他无论如何不明白，那妖道杀人毁尸的事明明已经暴露，为何又能受到重用。难道，真的是气数已定，命该如此么？

山河破碎，罗马只觉头绪缤纷，多少该做而未做的事、多少不该做却做了的事情一起涌上心头，不由号啕大哭。一路上行人注目，只见一匹瘦马，一个痴人，在西风中踟蹰去了。

正是：

华鬓星星,惊壮志成虚,此身如寄。萧条病骥。向暗里、消尽当年豪气。梦断故国山川,隔重重烟水。身万里。旧社凋零,青门俊游谁记。　　尽道锦里繁华,叹官闲昼永,柴荆添睡。清愁自醉。念此际、付与何人心事。纵有楚柁吴樯,知何时东逝。空怅望,鲙美菰香,秋风又起。

神马记

第三卷

第一回

黄狗坡冰河洗剑　黑风阵烈士殉国

词曰：

> 朝云横度，辘辘车声如水去。白草黄沙，月照孤村三两家。　　飞鸿过也，万结愁肠无昼夜。渐近燕山，回首乡关归路难。

人生在世，最无可逃的，乃是世事影响。任你是万夫莫敌的英雄、倾国倾城的美人、无欲无求的隐者、天下无双的贤人，又有谁能免得卷入这滚滚红尘，辗三道，烧三回？枭雄尚可趁乱而起，而于常人而言，自然是天下太平，方能安居乐业。战乱频仍，覆巢岂有完卵？

是以，古语有言："宁为太平犬，不为乱世人。"

话说靖康元年闰十一月，皇帝赵桓轻信术士郭京，以正元甲兵七千七百七十七人应敌，结果与金人一触即溃，汴梁城破，社稷倾颓，东京涂炭，各地肱骨勤王不及。次年四月，金人掳赵佶、赵桓二帝及皇族嫔妃北去，是为"靖康之耻"。这一首《减字木兰花》，便是其中一位蒋姓女子于被掳途中所作。

同年五月，康王赵构继位南京，改元建炎，恢复宋廷，即是后世所谓"高宗"。

建炎元年十二月，金兵攻破河北；二年正月，金兵尽占淮北；三年五月，皇帝赵构上表求"称臣"不许，八月，完颜宗翰、完颜宗弼渡江南下，十二月，攻陷临安，赵构下海避祸。国事危急，南方诸将踊跃请命，北方义军纷纷起事。存亡之际，原本懦弱内斗的宋人，突然间变得勇武团结。在北方，以农民耿京、李铁枪为首的"天平"义军，掀起了一波突如其来的抗金高潮，直令所向披靡的完颜氏首尾难顾，焦头烂额。

转眼间，便又是一年。

"嚓"的一声，一柄带血的古剑，刺入冰泉之中。泉水表面上那一层薄冰碎裂，逐波而走，剑身上的凝血被泉水洗濯，拉出道道红丝，也随之远去。持剑人信手挥洒，古剑削开水面，运转之间，矫若惊龙。

一个年轻的汉人，站在泉边。他穿着一身素白的棉袍，腰横玉带，左手握着一把古色古香的剑鞘，右手轻提那出鞘的古剑，在水里慢慢划动。清晨的阳光虽躁，但他整个人仿佛为一层莹莹光华所笼罩，平和宁静，竟似带着一层氤氲水汽。他大约只有二十五六岁，可是神情之中，却已有了三分的沧桑，三分的寂寞。河水荡漾，他的神思，也不由悠然天外。

他姓楚，名凤鸣，本是太行剑派骆老道的关门弟子，大侠阮飞的师弟，号称"屠龙剑"。四年前，他与阮飞因刀剑有别，而起阋阅之争。楚凤鸣不慎落败，却因此得悟剑道，进入"天机"境界。

在那之后，楚凤鸣便一直隐居深山，练剑炼气。只是山河破碎，便是个与世无争之人，也无法跳出这场劫难。因此，就在三个月前，楚凤鸣仗剑出山，一人一剑，连续刺杀金人数十位将领，直令河北金军，莫不谈之色变。

他现在立身之处，乃是在山东济南城外黄狗坡。坡西三里，原是金将宗望率领的五千"平北军"的兵营。平北军奉金主之命，来此驻扎，扫荡山东义军。却给他在今日早晨，一人一剑，杀了个七零八落。

楚凤鸣神剑大成，天下间几无可接他三招之人。金人虽然悍勇，但讲到一对一近身搏杀，却差得远了。待到宗望授首，兵将溃散，他这才好整以暇，火烧金营，自己却在这山坡上的冰泉之中，洗剑遐想。

黄狗坡因地形得名，状如老狗横卧，而那满坡衰草，自然便是黄狗长毛。楚凤鸣极目远眺，只见铅云低垂，苍茫萧瑟，金营尸枕狼藉，正中一道黄烟袅袅，孤孤零零，扶摇直上，不由又生起逆旅浮沉、人生渺茫之感。

完颜宗望是历次金人侵宋，数一数二的急先锋。楚凤鸣既已一剑刺穿他的咽喉，则还值得神剑出鞘的，大约就只剩金军侵南大元帅完颜宗翰、金主吴乞买，以及以金兀术之名更闻名于汉地的完颜宗弼了吧！

楚凤鸣面露微笑，不由想道："当日阮师兄只道我的剑法出世，却不能救国救民。可是我只消杀了这几个金狗，倒看看谁还敢再提'侵宋'二字！"

他正想到得意处，脚下隐隐约约，却突然传来滚雷之声。楚凤鸣稍一分辨，原来是群马奔腾所发。他这时当世无敌，听着马队来势凶猛，却毫不避讳，只将古剑自水中抽出，信手一甩，便插回鞘中。

马蹄声直如狂风暴雨，方才还在数里开外，眨眼间便似响在耳边。里许外的一座小丘后，乌云也似的卷起一队骑兵，黑衣黑马，瞧人数似有百人开外。其势之快，上一瞬还在天边，下一瞬，就已是近在眉睫了。

楚凤鸣微觉意外，暗道："好快的马。"心中不期然间，想起了四年前，在东京汴梁所结识的那一对奇人奇马。

他这边方自走神，那一队骑兵却已都张弓搭箭，齐齐向他发射。但见：

  马如毒龙翻浪，人赛八臂无常。弓满似腥红圆月，箭去若惨碧流星。嘣嘣嘣嘣，是筋弦颤响催命咒；嗤嗤嗤嗤，有铁镞叩响鬼门关。

楚凤鸣人在山坡之上，本来还以为双方敌友莫辨，更兼都尚在攻击范围之外，因此还未戒备。这时忽见箭如蝗群，黑压压、密麻麻，宛如一头狰狞怪兽，乘风飞上半天，咆哮俯冲而来，不由大吃一惊。急忙往旁边一跃，便觉眼前一黑，已有上百枝羽箭从天而降，一瞬间尽都插落在他方才立足之处。

这队骑兵共计百人，队伍打横拉开，首尾相距，怕有数百步之遥，可是这般放箭，箭枝却几乎同时落地，而落点更集中在方圆两丈以内，则那百名骑兵，其射术之精，阵型之整，当真是举世罕有。

楚凤鸣大意之下，几乎吃亏。一惊之后，却知道对方必是宗望的援军。"锵"的一声，拔剑出鞘，喝道："金狗送死，多多益善！"一面说，一面已从山坡上，迎着那队骑兵，直冲了下来。

先前他在山西时，曾经大破金人三百骑的铁浮屠。神剑过处，如庖丁解牛，那曾令宋军一筹莫展的重甲骑兵，如同草靶木雕，任他杀了个人仰马翻。因此今日这百余人的轻骑，对他来说，仍然是不放在眼里。

他身法展开，如同一道轻烟，迎着金人骑兵来势，正要迎头痛击。可是突然之间，那金人骑兵的阵线却猛地向里一凹，与他迎头正对的二十余骑同时间拨马向后，毫不犹豫地逃走了。

与此同时，骑兵的两翼却也分别兜开，一面迂回飞驰，一面乱箭攒射。

楚凤鸣不料对方如此不堪一击，脚下稍一迟疑，才又继续追去。他练成天机神剑，早已参透世间兵刃变化，两旁的箭丛飞来时，虽然又快又密，但落在他的眼中，一枝枝，一簇簇，轨迹力道却清清楚楚。只信手一挥，古剑便已将那些来势汹汹的羽箭扫落一旁。

可是这些金兵射箭，全都是连珠发出。箭从四面八方钉到，如黄河奔流，星汉运转，一刻不停，无止无歇。楚凤鸣虽然剑法卓绝，但手上格挡雕翎，脚下不由自主，到底还是慢了一慢。此消彼长之下，他的脚程到底不及快马，距离前面的那二十几个骑兵，只隔了二三十丈，再也不能前进一步。

他不料这些金兵如此奸猾懦弱，又是好气又是好笑。追赶了二三里，不耐烦起来，终于把身子一转，又往自己左首的骑兵冲杀过去。

但见尘烟起处，他左首的那二三十骑见他来势，竟又在瞬息之间调转了方向，背向着他，鞭马狂奔。而几乎就在同时，他先前追杀的那一拨人，却已拨马半圈，与他平行前驰，箭如雨下。

如此反复数次，金兵追之便逃，弃之反咬，既不交锋，又不松懈。他们都是千挑百选的神箭手，各个都会飞星逐日、回头望月、左右开弓的箭法，无论是追与逃，手上的弓弦，从来就没停下来过。

楚凤鸣不知不觉，已被困在一个直径六十丈的圆圈之中。自己往东，圆圈便也就往东；自己往西，圆圈便也就往西。金人骑兵驭马奔驰，如臂使指，反应之快，闻所未闻。因此这个箭阵虽然被他这绝世高手冲得时圆时扁，但却始终不乱。他被困在圆心，左冲右突，却全都徒劳。那出神入化的古剑，无坚不摧的剑气，都根本挨不着敌人半根马毛。

正面攒射，背后冷箭，左翼撩拨，右翼猛攻。一道道箭影穿梭如网，楚凤鸣给卷入其中，越缠越紧，渐渐地几至寸步难行。他一介武林剑客，哪里懂得这战阵变化的可怕？只知四面飞镝，金狗环伺，自己一味挨射，有力使不出，不由越来越怒，渐渐失去理智。

眨眼之间，黄狗坡上已是箭插如林。楚凤鸣前后接了三千余箭，虽然拨打格挡的，只是少数，却也已是汗流浃背。

天色越来越暗，风渐渐低下来。衰草摇曳，雪花点点落下。天边隐隐传来冬雷闷响。楚凤鸣停下脚步，不再乱冲乱撞。他的鼻凹鬓角，已见热汗，口中呵出白气，更是蒸腾不已。虽是神剑无敌，这时却也不由忐忑起来，暗道："金狗如此卑鄙，着实难缠，难道我今日便要死在这里么？"

一念及此，不由怕了起来。又接下两拨密不透风的攒射，便再也不敢耽搁，转身向西，猛地向他先前放火烧毁的宗望大营冲去。原来这黄狗坡上，空空荡荡，无遮无蔽，实在是有利于金兵骑射。除非他退到宗望的残营之中，才能依靠那里的辎重、壕沟，隐蔽身形,一举脱困。

他主意已定,才又把剑法展开。剑气过处,直如懒龙翻身,刹那间将袭来箭雨,尽都绞做齑粉。金兵本来见他势弱,已经松懈,忽见他现此绝技,登时稍稍一乱。楚凤鸣便借此机会,举步而行,以一剑带动百骑,拖着这圆形箭阵,慢慢向西而去。

那残营距楚凤鸣此时立身之处,不过两里,可真要抵达,却端的艰难。楚凤鸣行了一里半,便已是汗透重衣。可是只需再进数步,那金人箭阵最外围的骑兵,便会被宗望营地外的壕沟挡住了。

忽然间,金人箭阵之中,却有人以汉话大喝道:"汉家小狗,你若真是个带种的,就不要用我们金人的东西救命。"楚凤鸣平生高傲,闻言脚下便不由一滞。那粗嘎古怪的声音又笑道:"不过汉人一向没有骨气,你若要夹着尾巴逃走,我自然也拿你没办法。"

他字字恶毒,楚凤鸣听在耳中,又羞又怒,生路虽然就在眼前,却竟是再也不能前进一步。

良机稍纵即逝。那金骑围成的圆圈上忽然裂开一道缺口,冷风之中,一声霹雳也似的弦鸣,"噔"地响彻天地,一道黑光,如同怪蟒出洞一般,自缺口里射入阵中,瞬间已至楚凤鸣面前。楚凤鸣躲闪不及,瞠目大喝,反手一剑,撩在那黑光之上。

只听"锵"的一声巨响,一枝丈许长,儿臂粗细的巨箭冲天而起,远远插在数十步开外。楚凤鸣连退三步才能站住,一大片草叶竹枝自空中簌簌落下,却是方才那巨箭射来时,沿途绞起的荒草、断箭。

楚凤鸣掌中古剑微微颤抖。他的手腕曾被阮飞划伤,后来调理不善,留下了后患,平时力有余暇时还看不出来,这时拼尽全力硬接了那雷霆巨箭,登时酸麻一片,几乎连剑都拿不住了。

却听那粗嘎的声音大喝道:"再射!"

"噔"的一声,黑光重现,第二枝巨箭又呼啸而至。楚凤鸣把牙一咬,双手握剑,大喝道:"开!"当头一劈,登时将那如椽巨箭居中剖为两片，分左右溅出。

大雪纷纷而下，楚凤鸣剑尖垂地，一瞬间脑中思绪纷杂。可笑他虽然尽力练成了超然脱俗的剑法，但身在凡尘，却到底无法太上忘情。若不是托大贪功，若不是偏遇上这样的怪阵，若不是不忍坐看山河破碎，若不是还与阮飞有争胜之心，他今日……何至于陷身于此？

楚凤鸣抬起头来，在他的周围，金兵箭阵已然停止了旋转。而圆圈的缺口上，渐渐又现出与其他人装备不同的十五骑来。这十五骑以三骑为一组，分成五组，每组之中，又由两骑在鞍桥上架起一张床弩一般的大弓，由一骑认扣搭弦，将那巨箭向他瞄准。弩弓张力太大，三匹马伸长了颈子，喘息咆哮，铁蹄刨起片片冻土。

楚凤鸣见此怪弩，已知今日断然无幸。他刚才被那第一枝巨箭震退，双足重重踏过箭丛，早已被断箭刺得血肉模糊，再也不能随意动作。这时便并指轻抚古剑，将剑上雪水擦去，然后才扬锋一指，遥遥向那巨箭挑战。

金兵为他的气势所慑，一时竟寂然无声。

然后第三、第四枝巨箭才又射到，楚凤鸣左拨右打，将两箭震开；第五、第六、第七箭，楚凤鸣奋起神威，将三箭全都震上半天，反插于身后；金人畏惧他的神威，第八箭射偏、第九箭射偏，第十箭才又射正，却给楚凤鸣再次将之一剖为二。

这巨箭之威，连一般的城门都能射穿，这文弱温婉的年轻汉人，却能连受十箭，这队金人骑兵如见鬼神，个个胆战心惊。

那粗嘎的声音道："再射！再射！"

那巨箭射手叫道："大人，没有箭了！"原来那巨箭名为"穿云"，因为过于巨大，每次出战，都是五人携弩机，五人携弩床，五人携巨箭，每人带两枝，至多只能带十枝，如今十箭皆空，已经没有备用的了。

那粗嘎之声喝道："别的箭也给我射！"有骑兵胆怯道："我们的箭也只剩两三轮了！"那粗嘎之声气急败坏，道："射！射！射！最后一枝也给我射出去！"

这队骑兵纯以弓箭取胜，为了减轻负重，刀剑武器一律没有。若是没了箭，根本连自保之力都没有。可是这时候统领发话，谁敢不听，弓弦声响，又是一轮一百枝箭射出。

楚凤鸣力已尽，气已竭，提剑而笑。箭雨如同暴风吹过，他动也不动，一瞬间也不知中了多少箭。金兵喜出望外，难以置信。那粗嘎之声喝道："再射！"便又是百箭齐发，直令楚凤鸣的身子都藏在箭枝之下，难以辨认了。

白雪如絮，团团铺下。远远望去，这箭阵之中泾渭分明：中央是楚凤鸣被箭枝遮蔽的黑色身形，往外则是稻田一般的箭林，最外围则是刚刚落下的一层白雪。

正是：自出洞来无敌手，可怜转眼赴黄泉。欲知后事如何，且听下回分解。

第二回

盗侠骨飞马重现　昧良心妖魔翻生

常言道："生死有命，富贵在天。"天地不仁，命运无常，往往并不以人心所向而为转移。有人终日为恶，却能寿终正寝；有人毕生行善，却落得个尸骨无存；有人不求上进，却偏偏能名利双收；有人力争上游，却总是功亏一篑。可是人若因此就怕了天，岂不就只剩得魍魉横行、宵小当道？侠道不孤，自有人前仆后继，捍卫正义。

话说屠龙神剑楚凤鸣，天资卓绝，际遇非常，以弱冠之年，便悟出无上剑道，原可开宗立派，成就一代宗师，却在黄狗坡上，给金人骑兵围困，万箭穿身，籍籍无名地死了。毕生所学既无所用，更没有半个传人，怎不令人可悲可叹？

金人将这绝世高手杀了,却又整束黄狗坡军营,重建"平北军",继续扫荡汉人义军。又将楚凤鸣的尸身悬挂于辕门之上,曝尸示众,却放出消息,说那是当世名侠"阮飞"的侠骨。阮飞多年抗金,侠名彪炳,他身故的消息传开,顿时引来无数大宋义士,想要为他盗尸殓葬。

可是金人既然设下这个圈套,自然是准备周详。自第三日起,多少好汉盗尸不遂,反为金人坏了性命。黄狗坡金营辕门,三丈门上,英雄尸骨彻寒,七尺焦土,好汉血犹未冷。

到了第十日,天色将亮未亮之时,一匹长毛瘦马,孤零零地出现在了黄狗坡上。它背负空鞍,慢慢向辕门踱来,偶尔低头啃两口草,一副悠闲架势,瞧来像是汉人走丢了的家马。

金营辕门处的哨兵自然都看到了它。这些金人站了半夜的岗,个个又冻又饿,百无聊赖,这匹懒洋洋傻乎乎的瘦马突然出现,才令他们稍稍振奋。他们原本都是牧民,对马儿天生就要亲近一些,相马驯马,都有一手。眼见这黄毛马虽然瘦巴,但是皮毛干净光亮,气度雍然,显见它原来的主人,对它照顾上心,宠爱有加。再看这马四肢颀长,可以想见,这马必然是脚程不差,方能有此待遇。

便有人啐道:"呸,这马,傲得翘尾巴,倒像是咱们草原上的马咧。"原来关外水草丰茂,天敌稀少,很多马儿终生不曾吃苦,因此能够安详自在;反观中原的马匹,无论是家马抑或战马,却都无一例外地操劳辛苦,被驯养得恭顺麻木,再没有半点潇洒模样。

这时又有金兵道:"收到营里吧,没主人的话,过两天非得被流民杀了吃肉不可。"一边说,一边往那马迎去。那瘦马看他过来,甩了甩长鬃,歪脖侧身,瞪着两只黑溜溜的眼睛,"嗒嗒嗒嗒"地也迎了过来。

金兵见它憨厚,都笑了起来。眼看它距离辕门已不过二十几步,突然间众人眼前一花,那瘦马背上已经多了一个人!

那是一个灰衣瘦小的汉子,一直以镫里藏身的身法,贴在马腹外侧,这时一翻上来,先就扬起双手,手中一支叉巴弹弓拉紧一崩,

"嗖"的一声，一片圆刀自皮兜中飞射而出，在半空中划出一道银燕回巢一般的弧线，准准划过辕门上吊着"阮飞"尸体的绳索。

几乎就在他射出圆刀的同一时刻，那瘦马已奋蹄奔跑。此前它慢慢踱步，悠闲懒散，金兵虽然猜到它脚力不差，可也绝没想到，竟快到这般地步！只见它先是一跳，"哗啦"一声，当头跃过了那个来牵它的金兵，然后四蹄蹬地，身体展开，如同蛟龙出海，猛虎下山，直向辕门冲来，其速之快，直可幻影留形，金兵惊慌失措，不由自主往两边一闪，露出身后的拒马木栏。

只听那马背上的灰衣汉子大叫一声，道："阮大哥！"

那瘦马已然一跃而起，先在半空中迎上"阮飞"正要掉落的尸体，又蹈风踏浪一般，顺势越过拒马，就在一众金兵的头顶上，直接跃入了金军的大营内。其时朝阳未起，晨曦淡淡，这马儿一身黄中带青的长毛，迎风抖擞，真如神龙附体一般。

"嗒嗒"两声，是在那马方才跑过的路径上，两枝箭插到地上。原来乃是那瘦马此前方一启动时，辕门两侧刁斗里的弓箭手便张弓射出的，只是那马的速度实在太快，因此才落空了。

"扑通"一声，是瘦马四蹄落地，踏中了陷阱，连人带马，一起往坑中落下。

那陷阱直径四丈，就在拒马正后方两丈，营中的主路上。表面以树枝、碎布、泥土、残雪铺成盖面，深坑里则是削得锋利的竹枝木棍，是那骑兵统领极力主张修建的。这几日来金营之中怨声载道，都嫌这个陷阱弄得人进出不便，又全无用途：陷阱做得太大，要隐蔽得当，盖面要做得比较结实才行；可是汉人来盗尸的，多数都是武林中人，独来独往，高来高去，身子轻得踩上这个陷阱，都未必掉得下去。

可是这回这瘦马连人带马地撞来，分量可是足够了。"扑通"一声，陷阱中央凹陷，盖面的边缘都扯将起来。金人哨兵不由心头一松，暗赞那统领果然料事如神，知道会有人骑马盗尸，才作此准备。

"咚"的一声，陷阱盖面落底，烟尘四起，金人大声欢呼。大雪初化，地上本就没什么浮土，这烟尘也就迅即落定了。却见在陷阱的对面，那瘦马立在阱缘，低头望着阱底，"呼哧"打个响鼻，摇头甩鬃，貌甚不屑。

金兵全都惊得呆了，不料这瘦马竟能化险为夷。原来这陷阱已经布了七日，盖面上的残雪白日融化渗透，夜里结冰凝固，已将盖面里层的树枝兽皮结成一体，又将整个盖面冻在阱缘上。这些冰水固然不会冻成铁板一块，可是却也让这陷阱塌陷需要更大的力量和更多的时间。那瘦马居然便趁着那一瞬间的迟缓，跳出了陷阱。

那马上骑士抱紧怀中已不辨面目的尸身，仰天叫道："阮大哥，你在天之灵安息！"

把马一拉，瘦马倒退数步，借着冲劲，先跳过陷阱，在拒马前略一蹬地，又直直跳起，出了辕门。守门的金兵何曾见过这般神勇的马匹，一个个抱头鼠窜；刁斗里的金兵一边吹号示警，一边把箭乱射；埋伏在辕门两侧的刀斧手听见动静，冲出来时，那一人一马已跑得只剩朝阳红日里的一点黑影了。

金兵目瞪口呆，有人急报营中。门口哨兵里却有一个岁数较大的，开始时被吓得跌坐地上，这时醒过神来，起身大叫道："大宋飞马！大宋飞马！"原来是个曾在大金上京服役，亲历当年秋赛会的。

"砰"的一声，有人点燃军中信炮，一股黄烟冲天而起，在黎明青白的天色中，画出一道金线。

那一人一马正是当日完胜火流星，踢伤神力王，面斥金主，倒反金都，在金人中被传为天龙转世的罗马、铜板。当日汴京之困，他们突围求救，一时误差，弃了李纲，去寻康王，终于贻误战机，换来了靖康之耻。后来康王虽在南方称帝，恢复宋廷，可是罗马却有愧于心，无颜托庇，因此便一直在北方游荡厮混，直至半年前，才来到山东，在距济南城二百里外的鸽子山上落草。

他与阮飞是多年的相识，手里的叉巴弹弓便是阮飞所赠。虽然每次相见，都是匆匆一晤，后来因了秦双的关系，又多少有了些芥蒂，可是从心底来说，慷慨沉稳的阮飞却始终是罗马心中最仰慕的英雄。如今他的弹弓越用越好，可是"阮飞"却已惨死，他得信之后，顿时不能自制，这才连夜下山。前来盗尸。

铜板轻轻一发力，便将黄狗坡金营远远抛下。这时旭日初升，天地间一片光明。罗马止住铜板，用随身带来的一条毡毯将"阮飞"的尸首包住，横在鞍上。可怜那尸首面目全非，已经冻得铁铸一般，罗马手指触及，不由又是一番心酸，暗道："阮大哥，你是一世豪侠，如今死了，也一定不是那种挑三拣四的小气鬼。现在先暂且委屈一下，到了山上，我再将你厚葬。"

正自悲恸，突然铜板抖耳踩蹄，焦躁不安。罗马知它警觉，凝神一听，果然背后蹄声滚滚，似有追兵追到，再来至高坡上一望，果然黄狗坡方向，已有一队百人骑兵掩杀上来，快马薄甲，背弓携箭，轻捷非常。

这支骑兵在山东一地赫赫有名，因其来去如风，故而人称"风字号"。据传乃是为了弥补铁浮屠的笨重，经由高人献计、精心操练的金国杀手锏。练成不过半年，便已连战连捷，大挫山东义军锐气，就连大侠"阮飞"当日也是死在他们箭下。

罗马久仰其名，看见他们赶来，心中恨火难遏。铜板就在胯下，他又会把什么"来去如风"的队伍放在心上？当下便在山坡上勒缰站住，将"阮飞"的尸首牢牢扎好，专等风字号赶来，就要凭借铜板之速，好好灭一灭金人的威风。

不到片刻，风字号已逼近山坡下。罗马纵马逡巡，往复示威，眼角余光盯着金人来路，只待他们逼近自己二百步，这就开始从山坡另一侧顺下，将他们再度抛下。

眼看时机便到，突然间风字号一起勒缰止步，就在山坡下站住了。罗马颇觉意外，不由注目看去。只见风字号队列整齐，显见训练有素。忽然间阵势一分，居中已走出一骑，白马银鞍，神俊非常，马上骑士却如磨盘成精一般，又扁又宽的肩上扛着一颗硕大无朋的巨头，远远看去，滑稽之中，竟带着几分诡谲。

这人一现身，罗马便已觉得眼熟，稍一分辨，只觉那人的形貌虽然又有变化，但是那粗鲁凶猛的恶性，却仍然独一无二。一时间只觉毛骨悚然，颤声道："金……金蟾！"

那人正是金蟾！当日他追杀罗马，在东平城下为老将宗泽一箭穿颈，尸身就被弃于城外，等到人们想起收殓时，却已不见了踪影。人们只道是他被野狗拖走，死无葬身之地，可是今天他在这里出现，竟然还是活生生的！

普天之下，罗马最怕金蟾！一则是当日奔波三地、力赶四门，实在是在鬼门关里打转，至今想来心有余悸；二则是他与金蟾由友而仇，眼看金蟾步入魔道，未能阻止，心中愧疚；三则是这金蟾的身上，着实有一种不可理喻的执拗，以及那对他莫名而生不死不休的仇恨。这时看到这怪人重现，几乎怀疑自己是身在噩梦之中，颈后寒毛倒竖，想要马上便转身逃走。

金蟾越众而出，却笑嘻嘻的，见他作势欲逃，大声道："罗马，罗马，我就知道，只要把'阮飞'的名号挂上，你一定就得来！"声音粗嘎，如同敲打破锅，原来是被当日那一箭毁了喉咙。

罗马只觉脑中轰轰作响，颤声道："是你……是你杀死了阮大哥？"

金蟾大笑道："我训练这风字号，原本只是为了抓你这四处乱逃的贱马。其他什么人来送死，全都是被你连累！"

罗马张口结舌，骂道："你这疯子！"

拨马欲逃，却听金蟾已叫道："别怪我没提醒你，你这一回盗走的尸体，并不是阮飞的。"

罗马一惊，已勒住马缰。金蟾声音嘶嘎，笑道："你抱着的真不是阮飞的尸体，是谁来着？在汴梁城外，杀死我铁师兄、重伤我铜师兄的那个少年剑客？"

罗马一呆，道："楚凤鸣？"

金蝉笑道："啊，原来他叫这个名字，我见到他时，真是开心死了！"原来当日楚凤鸣初次下山，心高气傲，在汴梁外拿他们师徒试

177

剑，根本没报自已的名号，因此金蟾是虽然认得他，但却不知他的名字。眼看罗马出神，笑道："怎么，不是阮飞，你就放心了？"

他却不知，罗马这时心中只有更添怅苦。阮飞为人豪迈，与罗马相会，所谈多是国事。罗马虽敬重他，但与他的感情却总是隔了一层，少了几分亲近。反而是这楚凤鸣，在东京时，与他一个落魄，一个重伤，颇曾相依为命。再者，阮飞一心报国，冲锋陷阵，他若死在战场上，于他也许反而是死得其所，堪称荣耀，可是楚凤鸣一心剑道，却也在这乱世之中，死在两军阵前，这却是徒余悲哀了。

罗马冷静一下，大声道："楚凤鸣也是我的朋友。"

金蟾哈哈大笑道："好，冲着你这句话，我都应该再杀他一次！"他狰狞变色，道："阮飞杀了我银师兄、完颜赤海，刺我一刀，楚凤鸣杀了我铁师兄、害了铜师兄，郭京杀了我铜师兄、将我变成这副鬼样子，宗泽射我一箭，你夺走我的师父、几次要置我于死地……你们这些人跟我的仇，我一桩桩、一件件，全都记得！宗泽、郭京算他们死得早，剩下你们三个，我一个都不会放过！"

罗马不善言辞，就怕他翻旧账。这时听见金蟾诉苦，明明是该自己有理，但就是说不出来，一时气愤，脱口而出道："你……你得有那个本事！"

金蟾哈哈大笑，道："是啊，大宋飞马我追不上，'豹刀'阮飞我打不过，可是我已经操练出来风字号，还怕你们逃出我的五指山么？楚凤鸣是第一个箭下鬼，你就是第二个！"突然间回手引弓，已闪电般扣箭上弦，"嘣嘣"两声，两箭连发，自下而上，巨箭直取坡上的一人一马。

与此同时，风字号发声喊，纵马上坡，要将罗马、铜板纳入自己射程。

罗马全不料这鬼魅一般的骑兵乃是金蟾操练，震骇之下，金蟾的连环双箭，便已到了眼前。那狂人膂力过人，随身所背的铁胎弓，虽不及穿云箭的床弩可怖，但那射程，也殊为可观。而其计算精妙，更在一般士兵之上：只见其中左箭稍快，"唰"的一声已到罗马左肩前，罗马连忙牵缰一带，往右规避。右箭却也就到了，箭镞闪亮，直钉罗马腰肋。

罗马大叫一声，铜板"希律律"长声暴叫，人立而起，那巨箭便在铜板前蹄下划过。箭镞才过，"嗒"的一声，铜板前蹄又落下，正正将那羽箭踏落。箭枝来势太强，斜溅数步，深深插落地上。

金蟾在下面看到，气得大骂："这匹贱马，处处坏我大事！落到我的手里，非得扒皮拆骨，方消我心头之恨！"

他的威胁，铜板却是听不见的。山坡上罗马用力一拢缰，铜板登时顺着山坡背后狂奔而下。待到金蟾率人赶上山坡之时，这一人一马已在坡下四百步开外了。金蟾大怒，叫道："追！追！给我射死他！"

风字号的骑兵大声呼喝，呼啸而去。冲到山坡，又分成两路，一路紧追罗马、铜板不放，一路留在山坡上，一箭箭向山坡下的大宋飞马射去。他们弓强箭利，平地射程都有二三百步，这时居高临下，至少可达四五百步。可是距离远了，准头也就差了，一阵箭雨，便都在罗马周遭丈许外扎下。

可饶是如此，这一番箭雨也已影响了铜板的速度。那几百枝箭绵绵发出，混出一声沉沉低啸，如同一条黑色巨蟒，自山坡上一弹而起，以上示下，直噬罗马、铜板的背后。若说不怕，那纯是瞎话，罗马胆战心惊，不住引领铜板左右迂回，箭雨被他晃得左右摇摆，无一中的，后边的风字号，却也已经离他们又不过三百步了。

这三百步可与山坡上的二百步不同。那时罗马占据地利，二百步可化作四百步的优势，若是没有穿云箭阻碍，再一冲刺，过了五百步，风字号对铜板就只能是望尘莫及，到时骑手也好，快马也好，自然就会心生气馁，越跑越慢；可这时，三百步就是三百步，风字号中膂力最强的人，射出的箭，堪堪就在铜板尾后了，这般触手可及的距离，最吊人的胃口，给人希望。风字号百余骑人吼马嘶，个个奋勇。罗马不料他们的马竟有这么快，短程冲开，全都是一等一的良驹。铜板虽然不惧它们，可是多年以来，它都是只习惯罗马单

179

乘，现在多驮一具楚凤鸣的尸身，虽然仍能风驰电掣，却总是慢了几分，被风字号咬住之后，便也没有绝对优势。

历来在追逃行程之中，永远是前面逃亡之人吃亏：地面不平、偶有障碍、慌不择路……分心数用，总是耗时费力。而后面追赶之人却能心无旁骛，看见前面的人直行，那他自然可以放胆直行；看见前面的人拐弯，他又可以尽早抄个近路。

如今罗马便是这样，铜板在速度上仅有的一点优势，在他几处迂回之后，尽被蚕食。后面风字号的骑兵们不住推陈出新，轮流领骑，利用争胜之心，激发胯下良驾更大的潜力，与铜板的距离竟然慢慢只剩了二百余步。罗马心惊肉跳，自与铜板结伴以来，从来都是他看身后的人越来越远，越来越小，如今这种追兵越来越近，身影越来越大的局面却是从来不曾出现的，顿时有些慌了，催促铜板直道而行，狂奔十余里，这才又将距离一点点拉开。

只见一骑当先，百骑追赶，整个队伍绵延数里，便在齐鲁平原之上，隆隆驰过。

奔行近一个时辰，铜板大汗淋漓，速度眼看就慢下来了。后面风字号的虽也疲惫，但是眼看能拖垮大宋飞马，不由欢欣鼓舞，更有斗志，马匹跑得口吐白沫，箭枝如雨般纷纷射到。

忽然间，前路一转，眼前视野豁然开阔，寒气逼人，冰镜连天，原来是已到了黄河。十一月的天气玉龙初冻，冰面反射阳光，只觉金光万道，耀眼生花。

罗马在岸边停住铜板，回头看时，风字号咆哮呼喊，口中的白汽都看得到了。这时已根本来不及绕道，唯有把心一横，叫道："铜板，过河！"

铜板纵身上冰，撒蹄要跑，先就滑了一个趔趄，连忙站住，伸长脖子，低头看着冰面，不敢妄动。罗马知道不好，连忙跳下鞍来，一手扶住楚凤鸣的尸首，一手挽住铜板的辔头，小心翼翼地引着它向前。蹄铁坚硬，触冰光滑，多亏了铜板远甚常马的灵活，这才没有摔倒，反倒是罗马，数次踉跄，险些把腰都闪了。

在他们身后，风字号里最快的，也已经追上了冰，才一落蹄，先就摔了一个四蹄展展。后面的见事不好，都连忙在河边上勒马站定，那些马正跑得亢奋，突然停下，不断在岸边人立示威，铁蹄刨冰，"咔咔"作响。忽然"喀喇"一声，岸边的新冰破裂，几个风字号的一头就栽了进去，骑兵顿时一阵大乱。

罗马眼见岸上忙着救人，心中略舒了口气，才要拉着铜板继续向前，突然发觉铜板鬃毛竖起，状甚恐惧，两个前蹄交互踏冰，好像那冰烫脚似的。罗马一愣，旋即便听到了脚下隐隐传来的"吱吱"声。

他低头望去，冰面上落有积雪，可是他刚才的脚印搓开了积雪，已能看到冰面。原本莹白透明的冰面上，突然起了白翳，几道雪白的裂纹划过明冰，消失在积雪之下。

原来这河面的新冰，根本撑不住他们的分量！罗马抬起头来，叫道："铜板！"心却慌了，全然不知道接下来又该如何是好。铜板团团打转，更是无计。就在这时，"咔"的一声，他们脚下冰面猛地一沉，已然裂开。冰缝里灌进水来，迅速融化周遭积雪。罗马不及多想，叫道："铜板，快走！"发力往旁边一跳——裂冰却被他们彻底蹬碎了。

"咕！"的一声，一人一马落入冰窟之中。冰面如被巨掌一击，"咔"地裂出无数蛛纹。罗马想要爬上来时，扳住哪块冰，哪块冰便碎掉。冰冷的河水迅速浸透他的衣服，沉逾千钧。铜板"咴咴"大叫，伸直脖子，刺骨的寒意几乎在一瞬间就将他们的血冻住。

河水在冰面下流动，推动他们不断撞上冰层，不断下沉。罗马、铜板挣扎几下，终于没入冰面之下。等到金蟾赶到岸边时，河面上就只剩了一个冒着点水汽的冰窟窿了。

有金兵向金蟾汇报大宋飞马落水之事。金蟾听了，问道："在他们沉下去之前，你们有没有在那小个子的脑袋上穿那么几箭？"

风字号面面相觑。有头目道："没有。可是这么冷的天气，他们又沉入冰下，根本无从换气，哪里还有活头？"

金蟾冷笑摇头，伸出左手食指，抵住自己脖子上一个铜钱大小的红疤，嘎声道："对穿对过的一箭——我都能活，他怎么就一定冻死淹死？人命，不是那么简单了结的。沿河搜索，我活要见人，死要见尸！"

正是：良臣将走投无路，奸佞人赶尽杀绝。欲知后事如何，且听下回分解。

第三回

庆余生豪杰初会　　忆旧情苦侣重逢

造化弄人，常常令人措手不及。敌变作友，友变作敌，恩变作怨，恨变作爱，所见皆是。世易时移，许多人不由自主地改变了自己，还懵然不知。故此，什么不共戴天，生生世世的咒愿，还是少发为妙。恨一个人时，何不先宽恕他三分，留得余地，也好日后相见；爱一个人时，也不妨保持三分清醒，自尊自爱，不致成人累赘。

单说罗马与金蟾瞑别再见，为那疯汉追杀，坠入黄河。一沉入水中，头上便是厚达寸许的河冰。他几次想要破冰出去，可是水中无从立足，那刚才还脆弱不堪的冰面，这时却显得牢不可破起来。阳光从冰面上隐约透过，罗马眼前白蒙蒙、青森森的一片。铜板在他身边挣扎游动，罗马迷迷糊糊抓住铜板的缰绳，虽仍无力破冰，但是心里却不由安稳下来。

随波逐流，罗马渐渐失去意识。寒气透骨，河水仿佛汇入无底深渊。忽明忽暗，铜板渐行渐远。罗马心如刀割，大叫道："铜板！"忽觉眼前亮光刺眼，有一人大笑道："这位大哥好贪财！"

罗马睁开眼来，眼前景物慢慢清晰：只见一个白衣少年，不过二十上下年纪，剑眉星目，猿臂狼腰，正似笑非笑地看着他，那笑容似乎充满挑衅，咄咄逼人，可是却莫名的不让人讨厌，反而生出几分信任之感。有分教：

年少万兜鍪，意气挥方遒。
雄词传千古，仗剑斩仇头。

罗马头痛欲裂，道："铜板呢？"

那少年冷笑道："大哥，你再贪财也有个限度。能活着就不错了，别惦记几个铜钱了。"

罗马喘息道："我的马，我的马叫铜板，马呢？"

那少年这才明白，"哈"的一声笑了出来，道："这名字有趣！"指了指外面，道："它没事，在外面——不过左后腿好像有点不对。"罗马大吃一惊，连忙挣起，不由又是一阵头晕眼花。

那少年笑道："你倒是有情有义。"给他披了一件棉袍，这才扶着罗马来到外面。只见一个格局整齐的院子，断壁颓垣，地上尽是破衣碎瓦，一片狼藉。靠东有一间塌了半边的马棚，棚里生了个火堆，有个中年汉子，正在往里添柴。铜板站在火旁，身上的毛已干了，正弯着脖子舔自己的左后腿。

那中年汉子看他们进来，站起身道："辛兄弟。"声音又低又闷，宛如重鼓轻敲一般。

那少年点了点头。罗马早已奔过去，抱住铜板的脖子。铜板抬起头来，敷衍了事，舔他一下，又回头去舔左后腿。罗马拉开它的头一看，只见那腿上近膝处鼓起一个大疙瘩，用手一触，又硬又滑，好像是个筋包。铜板蜷着这腿，根本不敢以之着地。

少年赞道："多亏你这匹马撞破冰面，不然我们想救也救不了你。"

罗马摁着那筋包，心疼得眼泪簌簌而落，听见这少年的话，突然想起来，问道："楚凤鸣……我这马还驮着一具尸首，你们可见着了？"

少年与那汉子对望一眼，摇头道："没有，当时就只有你们两个

183

缠在一起。"

那自然就是尸首在水下滑脱,不知被冲向何方了。想到楚凤鸣一世英雄,最后竟落得这般下场,罗马不由心如刀绞。他本来就在发烧,受这么大喜大悲的冲击,终于支撑不住,眼前一阵阵发黑,几欲昏倒,那少年就又把他扶回屋里去了。

那少年初听罗马召唤"铜板"时,还只觉得好笑,待到看到罗马与铜板主仆情深之时,突然想到久远前听过的一个传说,便问道:"敢问这位大哥怎么称呼?"

罗马躺在床上昏昏沉沉,随口报了自己的名姓。那少年大吃一惊,起身敛容,拱手道:"原来是'大宋飞马'到了。我看你被金人骑兵抓杀,只知必是我大宋好汉。却不料三生有幸,竟救了这般了得的大人物。"

原来这少年姓辛,名弃疾,字稼轩,乃是山东义军耿天王的掌书记。那耿京麾下的天平军,虽然号称二十万,但实则尽是农民出身,乌合之众。金人扫荡北方,他们渐渐支撑不住,辛弃疾因此才奉命潜行,随同义军副帅贾瑞及一行数人,奔赴临安,要与朝廷联络,打通归宋之路。正过黄河时,刚好就救了罗马、铜板。

这辛弃疾年纪虽小,却机警大胆。藏起了罗马、铜板,只用三言两语便搪塞走了沿河搜索的风字号追兵,这才带着这一人一马,来到现在藏身的所在。他见闻广博,曾听说过罗马、铜板在塞外的事迹,这时得以验证,不由又惊又喜,道:"数年不曾听说你们的消息,只道全在军中效力,怎么会沦落至此,又引来这么多金兵追杀?"

罗马一向罕被人当作个人物,被辛弃疾一礼,窘得面红耳赤,道:"我……我算什么……不算什么……"狼狈好久,方将自己盗尸斗马,楚凤鸣殒身殉国的事说了。能将楚凤鸣的事迹公之于众,而不致令他埋没,自己不由也在心酸之余,多了几分慰藉。

辛弃疾与贾瑞等听得热血沸腾,都道:"好一位壮士!"辛弃疾击节道:"我们赶路匆忙,竟不知发生了这样的大事!金人占我家园,毁我宗庙,杀我父老妻儿,宗望气焰嚣张,看扁我华夏儿郎,便是需要楚大侠这样的英雄,给他当头痛击!"

罗马垂泪道:"可是却好人没有好报,楚凤鸣最后连个葬身之处,都没了。"

辛弃疾振眉道:"话却不是这样说的,青山有幸,侠骨留香。楚大侠超凡脱俗之人,哪有一具棺椁,能盛得下他的忠肝义胆?唯有黄河千古,为华夏龙脉,能与之合一,方能称得上是魂归故里。"

他这话说得慷慨壮烈,罗马听了颇为受用,不由也就觉得,黄河果然是楚凤鸣最好的归宿。

罗马发烧,烧了三日方退。铜板腿上的筋包,虽经热敷,却也不见好转。辛弃疾眼看罗马无碍,便不愿再耽搁自己的行程,与两个同伴向罗马告辞。

罗马送他们出了屋子,既知他要到临安去面圣,不由又担心起皇帝赵构来。那赵构由一个磊落少年变成今日的权谋之徒,罗马最是知根知底。这人当日能眼睁睁看着汴京陷落,今日也就未必想要重整山河。眼看辛弃疾热血天真,不由脱口道:"去临安,小心。"

辛弃疾把眉一挑,道:"小心什么?"

他意气风发,忠义拳拳,罗马也不忍心泼他冷水,犹豫一下,只道:"朝廷里有人……有人拖后腿。"

辛弃疾哈哈大笑,道:"罗大哥,我看你名满天下,却还在北方放浪,就知道你是吃过小人亏的。一朝被蛇咬,十年怕井绳,这也是人之常情。"他把笑声止住,却从马鞍下掏出一只染血的布老虎,道:"这只布虎,是我们刚到这空宅中时,我在院子里捡到的。可是你看,它的主人呢?"他双目灼灼,盯着罗马,"我北方的百姓,朝不保夕,日日受金狗荼害。我们是真的等不起了。朝中人多势杂,掣肘之事我早有预料。但是事在人为,只要我们努力,未尝不能推开这些阻碍,助朝廷解救北方百姓于水火。"

这少年仿佛旭日初升,熠熠放光。他与两个头领翻身上马,向罗马拱手道:"罗大哥,剑在壁上,其锋自钝;马放南山,良驾亦

185

驽。我从临安回来,自然会去鸽子山拜访,期盼着能与罗大哥一同南归。"

罗马为之折服,与他们拱手相别。次日,空屋寂寞,他又担心铜板病情,便牵着它上路,回鸽子山去了。

鸽子山地处鲁南,传说唐时安史之乱,有位大将军中伏,被叛军十倍围困于此。人困马乏,走投无路之际,乃以信鸽传书告急。三日之后,援军赶到,内外交攻,一举大胜。事后论功,人人都说,多亏鸽子搬兵。此地遂名鸽子山。

鸽子山因此便与驿传结缘。早先济南府便在山下设了驿站,后来战乱一起,驿站荒废了。过了两年,却在山里又建起一座山寨。寨中的成员,过去多是各处驿站的逃兵,现在聚集起来,不运财,不保镖,专在兵荒马乱之时,给人递信报事。

这时还有闲暇余情写信的,自然非富即贵,山寨接下活儿来,每封信所抽佣金都也不菲。再取杜甫"烽火连三月,家书抵万金"之意,索性便给这山寨立名为"万金堂"。

万金堂中有堂主四位:大堂主朱十三,专擅相马,胯下滚火麒麟,日行千里;二堂主胡刚,专擅驯马,胯下白龙出海,日行八百;三堂主刘世信,专擅治马,胯下灰燕儿,日行七百。

半年前万金堂马匹不够,朱十三亲自下山采买新良骏。正赶上罗马在山下路过,朱十三一眼看出铜板的非同小可,登时走不动步了,缠着罗马便要让他割爱。罗马只当他是在说梦话,根本不接他的茬。朱十三追着罗马争取,追来追去,越来越快,变成了滚火麒麟大战铜板——结果自然是铜板轻巧取胜。朱十三心服口服,下马请教,这才知道眼前的瘦马子人,便是驿兵中的传奇人物。于是索性便将铜板带罗马,一道请上山去,奉罗马为万金堂四堂主。

罗马本就是漫无目的游荡,能有个地方容身,也便安定下来了。只是他天生不爱合群,虽是个"四堂主",也从来不参与万金堂的大事决议,只是默默负责堂中接下的最急信件。朱十三等既拿他没有办法，倒也觉得省心。

此次闯营盗尸，乃是罗马从陕西送信回转，才得着的消息。他私自下山，却落得个楚凤鸣遗尸冰河，马伤后腿、人发高烧的结果，可谓输了一个淋漓尽致。二者搭档以来，何曾吃过这样的大亏？罗马沮丧焦虑，看着铜板腿上的筋包，更不由想起当日在金国上京时，秦双曾做出的预言。那时的小病终贻大患，这也是老天爷对他们过去祸殃宋廷的惩罚么？

既担心延误了铜板的伤势，又害怕走快了加重铜板的伤势；既想早点确定铜板伤情，又怕伤势太重，结果竟是令罗马踌躇犹豫，不能面对。从那荒村到黄狗坡再到鸽子山，罗马他们来时只用半日，回去却足足走了小半个月。

这一日，一人一马好不容易回到鸽子山。只见山下一间茅屋，屋前一根旗杆，上面没有旗帜，却挂了一副马鞍马镫，作为驿传的标记。马镫随风晃动，相互撞击，叮叮脆响，旗杆下面一张桌子，万金堂的专司代写书信的胡先生，揣着袖筒，正靠着墙根晒太阳。

山路无人，胡先生远远的便看见他们回来，连忙起身相迎，道："四堂主，回来啦！"忽看见铜板一瘸一拐的，惊道："铜板怎么了？"

罗马越近万金堂，越是紧张，哽道："刘、刘三哥在山上么？"

万金堂三堂主刘世信一辈子给马儿看病治伤，医术足以令人信赖，可若是这时刚好他下山送信，那就真要急死了。

胡先生急忙点头道："在呢在呢！"忽然压低声音道："四堂主，昨日山上来了两位不速之客，指名道姓说是要来找你的。几位堂主没怠慢了他们，好好地在山上款待着呢。"

罗马一愣，他一向孤僻，汴梁城破之后，就更是独来独往。大宋飞马之名，虽曾噪动一时，可是天下间真正认识他与铜板的，除了万金堂的弟兄们，又有何人？

他心中奇怪，一言不发地走过胡先生身边，走出老远，才想起忘了问问那两人到底长成什么样子。转念又一想，反正上山去，也就见着了，伸手拍了拍铜板的脖子，低声道："铜板，谁还能来找咱们呢?"心中隐隐有所企盼,却不敢相信。

不由便拉着铜板走得快了些。铜板也似乎有所感应,摇头摆尾,甚是兴奋。

万金堂名号虽然响亮,但其实就只是半山腰的十几间平房、一座马场而已。堂中原有驿兵三十多人、快马二十多匹,可是这时驿兵及马匹多在外面奔波送信,一眼看去,山寨里空荡荡的,极是旷寥。

罗马径直来到议事大厅前,先让铜板在院中等候,自己径直进屋。才一推门,恰好听到里边一人说道:"……风字号如此可恶,金人狡诈卑鄙,实在又难于……"声音低沉坚毅,令人一听之下,已生信服之意。

罗马心头巨震,猛地推门叫道:"阮、阮大哥!"

只见议事厅中,正坐清谈的五人同时截住话头,左首的两人猛然站起,其中那头戴蓝巾,身穿灰衣的中年汉子猛地上前数步,叫道:"罗马!"抓住罗马的手臂,道:"你……你这几年来,杳无音讯,可让我们担心死了。"

那正是大侠阮飞到了!

罗马喉头哽住,说不出话来,反手攀住阮飞的手臂。万金堂三位堂主也都站起身来,惊喜交集道:"四弟,你果然无事!"

却见这三人,朱十三又高又瘦,五十上下年纪;胡刚矮小敦实,四十上下年纪;刘世信是个麻子脸,也在不惑之年。这三人颊上都曾有伤,虽已痊愈,但疤痕宛然,狰狞可怖。有分教:

昔日奔走送军机,今日为民通信息。
万金堂中兄弟在,乱世神通是飞骑。

他们既然做的就是传信递信的买卖,消息自然灵通得多。罗马数日前被风字号追赶落水,他们几乎是在第二天就知道了。几番避过金人,沿河搜索,却都一无所获。后来阮飞上山,说起此事,都是痛心疾首,没想到罗马却活蹦乱跳地回来了。

罗马道:"没事!没事!"

阮飞哈哈大笑道:"仍是这么话少的!"把手一引,道:"你看谁和我一起来了?"在他的身边,另有一个瘦小汉子,穿黑衣戴青帽,面色蜡黄。罗马此前一眼扫过,并不认识,可是这时仔细再看,却又觉他的面目似曾相识。

只见那人嘴唇颤抖,双目之中泪水盈盈,突然间把帽子一摘,披下满头青丝,道:"罗马,是我!"

她的声音清脆,宛如玉片相击。罗马大叫一声,先往后退一步,几乎难以置信,再猛地往前一扑,将来人展臂抱住,叫道:"秦双!"

眼前这人不是他千回百想,直将肚肠磨烂的秦双又是谁!

秦双放声大哭,罗马也是泪水簌簌而落,两人昔日在金国因相马相识,因赛马结合,本是一对天成佳偶,可是在汴梁城只因皇帝赵桓的一句昏话,便被拆散。这时终于重逢,物是人非,怎不激动?

朱十三等人已被惊得呆了,道:"怎么,这位秦兄弟居然是个女的?"

阮飞哈哈大笑,连忙解释道歉。原来秦双与他北上,为了省些麻烦,便扮作男装,即使来到万金堂,也不曾暴露。可这时与罗马重逢,却再也藏不了了。

二堂主胡刚笑道:"奶奶个熊,我还以为老四就知道伺候他那匹黄毛铜板,原来私下里连媳妇都有了。"

众人哈哈大笑,罗马、秦双又羞又喜,绷不住劲,哭着哭着也笑起来。罗马被胡刚提醒,顿时想起外面的铜板,连忙拉住秦双,道:"铜板伤着了,它的左后腿上鼓了个包,都不敢着地,你快去看看!"又对刘世信道:"三哥,你也去看看。"

大家都知道铜板对罗马的重要,顿时都不敢大意,出来查看铜板伤势。秦双与刘世信都是难得的好马医,查看伤情,询问前后的变故,已可确定,铜板是在跑得血脉偾张之时,坠入冰河,筋络急速收缩,卡住了血管。阮飞皱眉道:"若是如此,可要多久才能彻

189

好?"刘世信沉吟道:"虽不是什么大病,但却算得上麻烦,须得三个月内不间断地针灸熏艾,方可痊愈。"

罗马听说铜板能够恢复,这才放下心来,拍着铜板,脑门碰脑门地安慰它。铜板却不领他情,大头一甩,将罗马晃开,"扑扑"响鼻,只顾去蹭秦双。秦双也久未与它相见,摸着它的长鬃瘦骨,眼泪簌簌而下。

他们也算是一家团聚。阮飞在旁边看见,叹道:"以后你们两位快马驰骋,比翼双飞,旁人只有羡慕,追都追不上啊!"罗马嘿嘿傻笑,秦双啐道:"阮大哥,将来罗马要欺负我,你可只许帮我,不许帮他!"

众人又是一阵大笑。罗马看见阮飞,却突然想起楚凤鸣,心头一痛,道:"楚、楚兄弟死了,阮大哥。"

阮飞正在替他们高兴,忽听他提起别人,不由微微一愣,道:"谁?"

罗马强忍悲痛,道:"楚凤鸣、你师弟……他死了。被金人射杀,半个月了。我……我这趟就是去给他收尸去的。"

阮飞整个人微微一僵,叹道:"是他?"

罗马不料他这么镇定,道:"金蟾还活着!他训练了'风字号',说杀了你……其实却是楚兄弟。我和铜板也是被他逼下黄河的。我和铜板去抢的尸体!"拼命把意外砸过去,想要让阮飞难过些。

他这些年来说话,本来已经利索多了,可是一到紧要时候,却还是颠三倒四起来。

阮飞不知道金蟾昔日城下中箭,又死过一回,对金蟾在此露面,并不放在心上,只长叹一声道:"原来是他。"

罗马乍见楚凤鸣的尸体,伤心得几欲仰天大叫,告知阮飞时,犹自带着哭腔。可见阮飞如此镇定,意外之余,不觉又多了几分不平,不由就直愣愣地看着阮飞。阮飞微觉尴尬,轻轻咳嗽,道:"几年没有楚师弟的消息,只知道他是在闭关练剑,原来也已经重新入世,为国捐躯了。太行山一脉,以后还有谁呢?"

一番话说得公允堂皇，忧国忧民，却根本听不出同门师兄弟的情意。罗马不料他如此薄情，一颗心顿时凉了半截，想要为楚凤鸣讨个公道，又不知从何说起。秦双忽觉气氛尴尬，抬头来看二人，她并不知道楚凤鸣是何许人，这时只能轻轻拉扯罗马衣袖。

朱十三等三位堂主都是见过了世面的，自然发现气氛不对。朱十三打个哈哈道："老四这一趟憔悴不少，你赶紧去洗漱修面，打扮得精精神神的。不然吓坏了我这弟妹，咱们万金堂的罪过不小。"胡刚也道："不错！我让厨房多炒两个菜，你们老情人、老朋友的，晚上好好唠唠。"

罗马低下头来。阮飞笑道："多谢几位堂主。"

正是：逢乱世忠奸毕现，处红尘善恶难分。欲知后事如何，且听下回分解。

第四回

谋双圣大侠走险　铸一心流寇合兵

知己暌别，再相见时，往往感到陌生。便是伯牙再世，子期重生，四目相对，也会尴尬。追本溯源，不过是一个人在回想故人时，脑中所忆所想，往往都只是一个过去的"他"；而这人后来的经历、变化，却全然无法预料。可是世人无知，重逢之时，见到对方不似自己的预期，往往便先失落沮丧了。

且说罗马回到自己屋中，待要去打水洗漱，却提不起精神。便往床上一倒，呆呆出神。能与秦双、阮飞重逢，固然令他欣喜若狂，可是阮飞对楚凤鸣之死的冷漠，却令他如鲠在喉。

那古剑少年昔日骄傲狂纵，可是人却耿直热情，缠着阮飞比剑，虽不可理喻，但其实也是对阮飞的看重。罗马与他相依为命之际，更是能清清楚楚感受到，那少年剑客实在是因为将师兄视为无瑕无垢的偶像，这才忍不住斤斤计较。

可是这时楚凤鸣为国惨死，阮飞甚至连一个字都没有多说，怎不令人心寒？再想起阮飞过去两次拆散自己与秦双，虽然都有充分理由，可是这时想起，却总不免令人灰心：这位大英雄的眼里似乎只有天下，而没有人情，任何事只要与家国大事冲突，他都会毫不犹豫地舍弃。

突然之间，罗马对阮飞的印象，已有了翻天覆地的变化。此前的患难相交，已变成了无情利用，大仁大义，也全然成了虚情假意。罗马心中一片冰凉，不由想到，阮飞这次冒险来到鸽子山找自己，又有什么目的呢？

正在胡思乱想，突然房门一开，一个人走了进来。罗马欠起身子，眼睛看到，脑子还没反应过来，先就从心里笑开了花。只见秦双已换了女装，端了盆水，在门口笑道："你这懒家伙，还非得我来打水伺候么？"

罗马大乐，一跃跳下床来。只见秦双披下头发，着一身淡青的衣裙，盈盈而笑。她脸上黑黄的颜色已经洗去，露出白皙肌肤，端着木盆，亭亭玉立。罗马看得呆了，道："双、双儿！"

秦双面上一红，道："看什么，没见过？快来洗脸！"把水盆放在桌上，将毛巾递来。罗马嘿嘿傻笑，洗手洗脸，虽闭上了眼，鼻端却不绝传来秦双身上缕缕幽香。他与秦双自从当日塞外定情，到如今已分别五年有余，日夜想念，如今哪里还忍得住？往脸上撩了两把水、拿毛巾随便一擦，就算洗完了，把毛巾一扔，回手就把秦双拦腰抱住。

秦双吓了一跳，在他肩上轻轻一捶，道："做什么？"已被罗马扑倒在床上。"啊"了一声，羞得满面飞红，道："光天化日的……"已被罗马吻住了嘴，挣扎几下，身子柔软下来，也抱住了罗马的腰。

他们当日虽不曾办什么喜事，但夫妻之实已是有了，这么多年相思煎熬，这一吻自然荡气回肠。良久才把四唇分开，秦双微微喘息，笑道："猴儿急的。"

罗马用力将她抱住,道:"我可再不让你逃走了!"

秦双轻轻摩挲他的后背,哽咽道:"自己好端端的在这当山大王,说得却似我没良心一般。你、你怎么不去找我和阮大哥?"

当日汴梁城破之后,罗马自然有的是时间,可以去南方李纲丞相处找她。可是罗马一则深感自己有愧宋廷,二则害怕皇帝赵构因为怪罪自己,而连累旁人,因此就一直都只在北方游荡。可是这些话他实在不愿在这时说起,笑了笑,只道:"你们是怎么找来的?"

秦双道:"汴梁城破时,我只以为你也遇难了,几乎就不想活了。幸好不久阮大哥又带来消息,说你曾去东平城宗泽将军处搬兵,我这颗心,这才放下一半。这些年来,我和阮大哥一直都在李大人府里当差,为的就是你要找我时,方便打听。"说到这里,想到自己数年来苦等不获、提心吊胆的苦楚,狠狠地一口咬在罗马肩膀上,恨道:"你个负心薄幸的,偏就不来,是不是在这儿有压寨夫人啦?"

罗马给她咬得"哦"了半声,忍痛笑道:"怎会有的?有你这样的好姑娘在先,哪还有女子能让我动心?"

秦双啐道:"我才不信!"

罗马笑道:"便是我肯,你想铜板肯么?别的姑娘靠近它,还不被它一蹄子崩飞?"

秦双眼珠转了转,笑道:"就是那匹色马,我才不信它。"话是这样说,却也相信以罗马的口才卖相,不会有人再看上,放下心来,身子向下沉了沉,将头偎在罗马胸前,道:"你放心,有我在,铜板一定没事的。"

罗马越发欣慰,伸手轻轻摩挲秦双脸颊,只觉触手滑腻,宛如凝脂,不由道:"双儿,你、你比以前更好看。"以前秦双在大漠上纵马驰骋,肤黑发枯,可是这次一见之下,虽然已过了五年,但她却发如黑瀑,面如白玉,其光彩照人,俊秀亮丽,竟似比之以前,更要出色。

秦双撒娇道:"我以前不好看么?"虽然有心窘他,却也知道罗马所说确属实情,不由得意,道:"南方的水土养人,没有大风大沙，人家的脸色自然要好看些。我啊，到底是老了，那些临安的小姑娘才叫嫩得掐得出水来……"说到一半，突然想起，改口道："将来你去了南方，不许只盯着她们看！"

罗马哭笑不得，随口道："放心，我也去不了南方。"

秦双一愣，道："什么？"

罗马仍是不愿多谈，道："没什么。"

秦双叹道："你啊，真像阮大哥说的，总是这般吞吞吐吐的，不爽利。"

自她进得屋来，已不下四五次地提起阮飞。罗马本就对阮飞有了芥蒂，这时再听他的名字，不由越发不快起来，"哼"了一声，道："他……他也未必时时都对。"

秦双叹道："我这几年来，多蒙他的照顾。罗马，你莫怪他不近人情，须知这些年来，他为光复中原，四方奔走，呕心沥血，实在已付出太多了。"

罗马更加不快，仰天躺了，将双手枕在脑后，一言不发。秦双见他排斥，也不敢再多说什么，只枕在他的胸口，两眼亮闪闪地望着他的脸。

正在这时，却听门外脚步声响，有人大叫道："老四、老四！"乃是胡刚来叫他们，该到前头用饭了。

罗马携秦双来到前面，朱十三等万金堂留守的驿兵一见秦双的女装，一起喝彩。秦双再与大家见过，分宾主落座。朱十三大笑道："阮大侠与秦姑娘虽已到了一天，可是大家担心老四的安危，却没有心思好好坐下来说说话。怠慢之处，阮大侠多多包涵。至于秦姑娘，反正也是我们弟妹，就不客气了。"

秦双满面绯红，在桌下轻轻一掐罗马。胡刚笑道："山寨之中没有好招待，阮大侠莫要怪罪。"

阮飞微笑道："岂敢，岂敢。"

众人举杯共饮。朱十三笑道："阮大侠扬名天下，我们如雷贯耳。这一回有缘相见,阮大侠何不说说你的传奇,也让我们长长见识。"

阮飞笑道:"哪有什么传奇,都是大家夸大其实了。"

胡刚道:"哎,我们这老四,是个闷葫芦,三棍子打不出个屁来,明知道他是个人物,也问不出什么彩儿来。阮大侠你可不能再谦让了,别的事情咱们不知,盗山河图,杀银太岁,保卫东京,辅佐李相,哪一件事说起来,不是让人热血沸腾的?"

罗马听他们又说起昔日之事,不由抬起头来,看了阮飞一眼。

阮飞三指捏着杯沿,将酒杯在桌上微微转动,想了一想,笑道:"如此,那我就随便说上一个故事,给众家寨主下酒。"

朱十三等人都鼓掌称善,罗马想他会提起自己,不由微微紧张,又低下头去。阮飞微笑道:"那我就说一说,去年,我去杀那妖道郭京的事。"

罗马一愣,胡刚已惊叫道:"郭京那厮,原来是你杀的么?"

阮飞微微冷笑道:"郭京那厮,当日用什么六丁六甲阵取代了汴梁的城防,致使国都沦陷,他却早早地缒索出城,远远地逃了。天下英雄莫不恨之入骨,我杀他,也是为了出这一口恶气。"

朱十三拍桌道:"杀得好!这妖道若落到我们手里,我们也将他剁成肉泥!"

阮飞冷笑道:"郭京知道自己罪大恶极,逃走之后便隐姓埋名,三年之内,居然没有人能发现他的踪迹。直到去年夏天,金人一路南下,打到了临安,圣上出海靖难,这妖道才突然在临安现身,更向金将宗翰觍颜邀功,卖国求荣。宗翰便授予他国师之号,更命他在临安城内,夸官三日。"

朱十三与胡刚怒道:"好个无耻狗贼!"

刘世信却道:"好毒的金狗!"

胡刚不解道:"怎么?"

刘世信唇角微翘,道:"郭京现身,大宋的好汉必不饶他。定然蜂拥而至,誓杀此贼。可是金兵把守严密,郭京那厮据闻武功又不低，有冒险行刺的剑侠，还不都是自投罗网？"

阮飞不料他一个驿兵居然有这样的见识，不由微感意外，点头道："不错。当日的郭京，正是金人诱杀我大宋义士的香饵。到了他夸官第三日，死在金兵阵中的大宋好汉，已计有包括'开阳神枪'在内的三十七人。"

大宋年间，武人以使长枪为正宗，朝廷市井，名家辈出。"开阳神枪"窦锋扬，向称江南第一花枪，与河北"定金枪"卢燕向称南窦北卢。他去行刺郭京，冲过金兵的三道封锁，便彻底陷入敌人的包围之中，力竭而亡。

刘世信叹道："可叹我大宋明明兵多将广，对付一个郭京，却要做到以一敌百才行。"

阮飞点头道："此话不假。郭京的武功，不过是一流之下二流之上。真要与窦锋扬交手，恐怕根本敌不过神枪二十招。可是金人却以重甲骑兵将之护卫，在临安那种不算太宽的街道上，六马并辔，便已将路堵了个结结实实。任何人想要冲入阵中，再杀出来，都几乎是不可能的事。"

朱十三大笑道："可是阮大侠却做到了！"

阮飞微微摇头，道："我也无法做到。我之所以能够全身而退，其实是全靠秦姑娘的快马。若是论起功来，却得是秦姑娘居首。"

罗马一怔，回头去看秦双。秦双抬起头来，挥手笑道："阮大哥别胡说。"她虽穿回了女装，可是言行之中，却还是缺少一般女子的婉约，多了江湖儿女的爽利。

胡刚拍桌子道："你们就别卖关子啦！"

阮飞微呷一口酒，笑道："在临安城中，郭京夸官必经的兴平大街上，有两座酒楼。左边的一家，名叫朵颐楼，是哥哥经营；右边的一家，唤作玲珑阁，是弟弟所开。这兄弟俩一奶同胞，虽是隔街竞争，却从不曾忘了先父的遗训，并未舍弃兄弟情义。因此在两座酒楼的顶上，一向就横担着一根梁木。这根梁木跨街将两座酒楼连贯，象征着兄弟俩分家不分心的决心，因此又被称为'手足木'。那一日，我便是从这根'手足木'上，直接跳到了郭京的身后，一刀割断了他的喉咙。"

朱十三等遥想阮飞自半空中一跃而下，须臾间了断国贼的豪勇之态，不由一起心折。纷纷道："好痛快！"

阮飞笑道："杀郭京，其实太容易不过。难的是，我怎么从骑兵密不透风的人马之中逃走——我在下来时，其实是有准备的。挥出那一刀时，我的腰上一直就绑有一根绳子。那绳子一头拴我，另一头越过头顶上的'手足木'，蜿蜒下楼，远远地拴在秦姑娘的呼雷兽上。我跳下的同时，秦姑娘开始挥鞭策马，到我一刀杀了郭京时，呼雷兽奔出十丈，我身上的绳子刚好绷紧，直接把我原地带上半空，翻过'手足木'，凌风飞渡，落到铁甲重兵的包围之外。金人还想抓我，可是我在呼雷兽的牵引之下，每一纵身，都有七丈以上的跨幅，哪有人追得上的？"

众人虽是在这么久之后耳闻，却也惊心动魄。朱十三赞道："妙啊，如此神通，岂是金狗能够料到？"

胡刚大笑道："累死他们也碰不着阮大侠一根寒毛啊！"

阮飞微微点头，道："这纵马牵引之术，有个名字叫做'龙卷风'，我与秦姑娘练习半月有余，专为于万马军中，刺杀金人大将准备。不料第一次使用，却用在了汉人的身上。"

社稷倾覆，敌人穷凶极恶并不足畏，却是汉奸的卖国求荣才令人绝望心寒。郭京虽死，可是这世上，又还有多少郭京，在误国误民呢？在座众人，一时一起沉默。唯有罗马，格外在意的，却是那"合练半月有余"。心中不是滋味，回头再看秦双那春水双眸，芙蓉玉面，忽然间便已是醋意横生。犹豫半晌，终于还是问道："阮大……大侠，你们来找我，到底有、有什么事？"

阮飞与秦双都是一愣。阮飞笑道："我带秦双来找你，不行么？"

罗马满面通红，道："我……我……"实在不好意思说出"你不是这样的好心人"之类的言语。阮飞见他尴尬，哈哈大笑道："好了好了，只是玩笑。我这趟北上，本来确非为了寻你而来。实在是后来无意间听说你在鸽子山,这才赶到——兄弟,你就在山东,这真是太好了。"

罗马隐隐不安,望着他,几乎不敢听下去了。

只见阮飞慢慢收拾脸色,向着万金堂众人,郑重道:"靖康之变,二圣为金人所掳,实为我华夏亘古未有之耻。风闻金人为绝我等迎回二圣之念,两年前已将他们送往极北五国城。可是如今,"他压低声音,慢慢道:"我却得着密报,金人又秘密押着二圣回到中原了。"

众人不由都是难以置信。朱十三道:"他们想干什么?"

阮飞咬牙道:"金人鄙陋势利,却又贪心不足。他们占领北方数载,始终名不正言不顺,因此竟想出了个泰山封禅、二圣随同的主意。可是这样也好,倒让我少跑了一番路程。"

他神色严峻,双目几乎露出凶光,道:"他们计划在东岳之巅,惊蛰祭天,而我就要在那之前,营救二圣于山东,好送他们回朝!"

这是好大的一个计划,朱十三等人面面相觑,全都张口结舌。罗马看他们三言两语便被阮飞拿捏得死死的,越发不悦,道:"那你找我干什么?"

阮飞道:"我若将二圣救出,必遭金人倾巢追捕。二圣千金之体,不容闪失,则一定要有快马载着他们及时脱险。天下快马,你的铜板自居第二,又有谁敢称第一?"

罗马心头一松,忍不住笑了一下,道:"可是铜板伤了。"

阮飞却微笑道:"这个你放心,刚才你回房时,我已经问过秦双了。以她的医马之术,可保铜板在一个月内恢复如常。到时候,有你的铜板,有她的呼雷兽,二圣摆驾中原,必是万无一失。"

罗马原本以为铜板受伤,推却此事已是理所当然。不料阮飞却是这般咄咄逼人,不由又羞又怒,额角青筋涨起,道:"金人有'风字号',我们的马若多载一人,一定跑不过的!"

阮飞微微一愣,道:"'风字号'真有这般厉害?"

罗马原本只是急于推搪,口不择言。这时听他问起,又想到了那附骨之疽一般的骑兵,不由神色一黯,缓缓点了点头,道:"厉害!"

却见阮飞目中精光一闪,道:"那么,可能,我就需要咱们鸽子山的弟兄们,来帮我一把了。"

罗马吃了一惊,朱十三等三人也都愣了。阮飞目光灼灼,缓缓道:"以马制马,以快敌快,以鸽子山骑兵,挡住风字号的追击。"

罗马不料他这般贪得无厌,连朱十三等也不放过,脱口道:"那太危险了!"

阮飞却截口道:"但能救回二圣!"他的视线缓缓在朱、胡、刘三人面上扫过,道:"营救之事,自是凶险非常,就是阮某此来,也早抱定了不成功便成仁的决心。可是国难当头,阮某衷心期望,能与各位并肩一战,拼却一死,不负我男儿之身。"

朱十三等热血激愤,猛地一拍桌子,叫道:"阮大侠但有差遣,我们鸽子山的弟兄,刀里来刀里去,火里来火里去,皱一皱眉头,都不算好汉!"

正是:英雄莫问出身处,熔炉炼出足赤金。欲知后事如何,且听下回分解。

第五回

鸽子山厉兵秣马　　回天盟众志成城

这世上有一种人,天生便有领袖群伦的气质。芸芸众生之中,直如沙中金砾,引人注目,令人不知不觉,便起追随侍奉之意。这些人果决坚毅,智力体力,都远胜同侪,而行起事来,更是勇往直前,令人心折。人们跟了他,再也不用费心辨别方向,只需听他安排,便可安心前进——只是前进的方向是否正确,他们却也已看不见了。

单说鸽子山上，朱十三等既然归顺了阮飞，第二日起，便停止了驿送的买卖，而将先前派出的驿兵，陆续召回。这一边阮飞却已连夜写好了九封书信，又分别配以剑穗、飞刀、玉佩等小物件，由朱十三派人，分头送出。

罗马看得奇怪，问道："这是做什么？"

阮飞笑道："营救双圣之事，非同小可。我虽有万金堂相助，却还是不够，因此才请朱头领送信，召集帮手。"

罗马又问道："那么那些剑穗、玉佩又是什么？"

阮飞长叹一声，道："当日金人攻入东京，朝廷南渡。许多北人追随圣恩，举家南迁，可大多数人，却还是不能离了故土，只能忍辱偷生。其中，又有些武林志士，实在咽不下这口气，便纷纷向李纲大人投书，愿在朝廷光复中原之时，捐躯以报。他们往往会随书附上剑穗、飞刀等信物，言明不论何时何地，只要信物送回他们手上，赴汤蹈火，他们绝不皱一皱眉头。"

这些又小又旧的物件，原来又都有这样令人热血沸腾的来历。罗马再看着其中一块苍白的指骨，心情激荡，一时说不出话来。

阮飞叹道："李纲大人府上，这些抗金的信物，不下千件。这次我来，责任重大，李大人因此才特许我任意用人。我一共拿了剑穗、马鞭、飞刀、铜牌、玉佩、铁笛、木梳、金锁、断指，共九样信物——这就代表着，九个一等一的高手。"将那指骨放在最后一封信上，面色凝重，道："九个，这已经是决战之前，我能找来的最强的帮手了。"

罗马听他口气中并无信心，不由又想起了楚凤鸣，道："可惜……可惜楚兄弟死了，不然他多厉害。"

阮飞听他又提起自己的师弟，不由一僵，回头看看罗马，终于还是摇了摇头，道："罗马，我知道你与凤鸣交好，因此对他格外看重。但是我跟你说，他不行。"

罗马一愣，已是气红了脸。阮飞却毫不客气，继续道："凤鸣剑法虽高，但我听他的事迹，便已知道，他独来独往，仍是一个江湖客而已。不听调遣,任意妄为,这样的人,绝打不赢这场宋金之战——其实一个人若没有必死抗金之心,再怎么厉害,也就只能拖我们的后腿而已。"

罗马全未想到,阮飞会这么严厉地批评楚凤鸣,可是不知怎的,听来却又颇有几分道理。他又气又急,不甘又被阮飞随随便便地占了上风,拼命去想,忽又想到此前偶遇的辛弃疾,直如抓了一根救命稻草一般,道:"人手若是不足,何不去找山东义军帮忙?耿京耿天王手下能人不少,若有他帮忙,一定能救回两个皇帝。"

阮飞却只摇了摇头,道:"此事过于机密,行动之人,在精不在多。义军虽然勇猛,但人多口杂,难免走漏风声,因此,还是要靠武林中人动手。"

罗马所说,尽都被他驳回,只觉自己的思想行动,无一不是幼稚可笑,不由闷闷不乐,每日只是陪着秦双,给铜板治腿。他和秦双初相逢时,喜乐无极,可是后来同房数日,却渐渐地越来越感到隔阂。分别了这么久,两人都已不是当初塞上只知赛马、驯马的单纯男女,秦双总爱说些国家大事,诸如阮飞如何为国为民,李纲如何忍辱负重,赵构如何励精图治之类。

可是对于罗马来说,这些人和事,却恰恰是他最不喜欢,又最不相信的。

于他而言,阮飞是一个无血无泪的铁人,李纲是个不择手段的高官,而赵构……在这个世界上,也许再也没有比他更了解赵构的人了。当日他在东平城花园中,跃墙惊驾,与时任康王的赵构一番长谈,就早已知道,当初那个热血报国的青年,早已经死在了汴梁城里。现在登基在位的赵构,其实只不过是一个被刻骨铭心的出卖和难以启齿的痼疾,折磨得不正常了的病人而已。

他便一向都不接秦双的话茬,唯恐一说出来,便会争吵。可是别的东西,他自己又不会说话。原来五年来的日思夜想,反反复复的,就只是"我想你"这三个字而已。一见面时说过了,便再也没了。即便再说一次，多说几次，却也没有那种刻骨铭心的味道了。

他便只是闷着，秦双开始时还一个人叽叽呱呱，后来渐渐感到没趣，话也就越说越少。两个人明明曾经天涯海角、生离死别，可是渐渐四目相对时，却只剩了相顾无言而已。

好在秦双对铜板的救治，果真是立竿见影的。铜板所受之伤，若按照老法治疗，自然是针灸熏艾，慢慢恢复，但秦家祖传秘法，却是别有他途：乃是建了一个木架，拉起一张网兜，每天三个时辰，兜着铜板的肚子，将它整个悬空挂起，却在它那左后腿上，吊上一块二十斤重的铁锭。

铜板一开始还畏缩不适，拼命将伤腿蜷起，可是铁锭沉重，慢慢地到底是把它这条腿给拉直了。这马儿有一宗好处，便是足够无所谓，一经发现挂起来也没什么，伸直了腿也没什么，立时便什么都无所谓了。每日悬在半空中时，三条腿自然垂下，一条腿笔挺拉直，把个大头往网兜缆绳上一搭，懒洋洋睥睨众生。

这样的牵引，效果却是出乎意料地好。伤腿被外力拉直，筋脉骨节，全都因此打开。不出十日，原本那鹅蛋大小的筋包便已化得看不出来了。刘世信啧啧称奇，心服口服，秦双这时才开始用针灸熏艾，加快铜板的康复。

而这段时间里，阮飞此前所送出去的英雄信物，果然就换回了更多的好汉前来。

最先到的，居然是山东武林的独行大盗"铁面鹰"沙思归。这人横行鲁南，掌中一口四尺七寸长的撩刀，杀人越货，手下向来不留活口，在这乱世之中，早被传得魔王也似。那一日他随着找他的信使上了鸽子山，一身黑衣，一张青面，一双金睛，一口长刃，让人看了，不由自主打自心底发寒。

鸽子山的驿兵只道他来者不善，慌忙通报阮飞，阮飞迎将出来，沙思归已将信物飞刀掏出，托在手中。

阮飞拱手道："早就知道'铁面鹰'盗亦有道。你的相助之恩，阮某没齿难忘！"

沙思归又将飞刀收回，冷冷点了点头，道："什么时候动手，你通知我便是。"

便在万金堂住下了，每日深居简出，几乎不见踪影。

第二个随信使赶到的，却是蓬莱剑派的传人"碧波水剑"秦之遥。蓬莱剑派本为山东武林名门大派，剑法以飘逸出尘著称，后来金人破鲁，蓬莱剑派倾以全力保卫孔庙，与上万金兵浴血苦战，到后来终于等金主下令不得损毁圣人庙宇时，蓬莱剑派几已无人生还了。

秦之遥来到山上时，披发蒙面，死气沉沉，道："当日我避祸自保，称病在家，没有追随师门同死，每每想起，都羞愤难当。如今我已无颜面对世人，只望这一次，能够一死以慰师门英灵。"

阮飞应道："知耻后勇，难能可贵，秦大侠的神剑，必可饱餐金狗之血。"

秦之遥便将信物剑穗挂回自己的剑上，仰天一笑，声如鬼哭。他便也在万金堂住下，同样也是不爱见人。他和沙思归两个，一个冷如冰山，一个丧若死灰，除了阮飞之外，几乎不与任何人说话。万金堂的驿兵经过他们的门口，都觉得后脖颈子发愣，浑身不自在。

沙、秦二人之后，一连十余日再没有人上山。这一日，又有两名送还信物的驿兵先后返回山上，可是却并没有高手跟随同行。阮飞问时，那两个驿兵都道："信物已经送回原主之手，可是那人却说还有事务处理，因此让我们先回来了。"

朱十三放不下心，问道："其余的人会不会事到临头却怕了，不敢来了？"

阮飞却摇头道："这都是忠肝义胆的好汉，一诺千金。断不会贪生怕死。"

果然就在次日晚上，万金堂聚义厅外，忽然响起了一阵清越笛声。众人赶出来看时，只见一个刚刚上山的信使正慌慌张张地策马赶上。而在议事大厅的房顶之上，银月之下，一个蓝衫落拓的中年人，正踞坐于青瓦上，恍恍惚惚地吹着一支铁笛。

阮飞拱手道："可是'铁笛员外'韩商么？"

那吹笛人将最后一拍吹完，铁笛离口，愣愣忡忡，良久方道："国已破，家已亡，妻已离，子已丧。我等着你们来，你们终于来了。"

这人的一字一句，仿佛都浸透着无尽凄楚，令人听在耳中，满心忧伤。阮飞将他迎下来，同样也将他安顿住下。

第四个来的，乃是一个女子。她在白天时上山，骑着一只灰驴，用一只木梳梳着头发。跟着她的那个信使，形容尴尬，似是看都不敢多看她一眼。那女子的脸上有好大一块红记，来到万金堂前，已被众人围观。阮飞分开人群，前来相认，道："桃花娘子，果然是巾帼不让须眉的豪侠。"

桃花娘子仍是一下一下地梳着长发，冷笑道："易安居士曾道：'生当作人杰，死亦为鬼雄。'既然大宋男儿软弱无用，那我们女子也只好舍命一战了。"

把在场男子骂了一遍，她用一支发簪，将头发盘起，又将手上木梳掂了掂，"咔吧"一声，一折为二，道："我既来了，也就不指望再回去了。这木梳作为信物，再也用不着了。"

又过两日，第五人与第六人也到了，乃是泰安双秀，挂玉佩的任知书和戴金锁的谢天霞。这两人俱为青年才俊，任知书别号"天衣公子"，一身道家先天气功，已有四五重的火候；谢天霞别号"火哪吒"，一条电光银龙鞭，向为武林一绝。

这两人都不过二十一二的年纪，生得俊俏讨喜，虽然任知书雍容些，谢天霞暴烈些，但却都不失侠少本色，这一路上早与给他们递信的驿兵成了朋友，来到山上，更是与阮飞一见如故，把臂相交。朱十三等终于看着了有活气儿的高手，不由都长出了一口气。

这四个人之后，又是十来天不见人来。忽有一日，沙思归来问阮飞，道："你没叫'嘶风马'么？"

"铁面鹰"与"嘶风马"向为山东一南一北两大巨盗,二人虽然彼此不服,却也有些惺惺相惜的味道在。阮飞忧心忡忡,道:"我已派人请了……可是'嘶风马'邵大侠,怎么也不该这么晚到才对。"

如此又过了七八日,去找"嘶风马"邵观海的信使方才回转山上。与他同来,却有一辆大车,赶车人黑面虬髯,肩宽背厚,长臂如猿。来到万金堂,这大汉大吼一声,道:"阮大侠何在?"便已自腰间抽出信物马鞭,噙在嘴里,双手在车辕上一撑,重重摔下马来。才在地上一滚,便又坐起身来,双手撑地,往聚义厅爬去。

原来,他的双腿,竟是齐根而没的。

阮飞等人闻声赶出,看见这等惨状,不由都大吃一惊。急问其故,那大汉吐出马鞭,一手握了,高高举起,道:"俺邵观海来了!金人夺了俺的马,砍了俺的腿,可是俺没死,俺不怕,俺还是来了!"

豪杰纷至,鸽子山上渐渐群情激昂。刚好铜板伤势大好,已能开始恢复训练,秦双也终于腾出手来。于是阮飞详细问了罗马风字号的人数,以及快马飞箭的本领,便与秦双一起,着手训练山上的驿兵,准备破那大金马阵。

山上这时连几位寨主在内,共有驿兵三十七人,马匹二十五匹。阮飞经过筛选,选出二十匹马,二十个人,由朱十三和胡刚各带九人,每日加以操练。

这一日罗马带着铜板到后山散步,便见那些驿兵受秦双教诲,从头开始,训练控马之术。那朱、胡等驿兵,尽是些不会武艺的凡人,马骑得好,不过是经验而已。这回按照阮飞的要求,全都要放开双手,单以腰腿之力控马,登时一个个吃力万分。

罗马牵着铜板,边走边看,只小半个时辰,便已见七八人跌下马来,摔得鼻青脸肿。

可是这些驿兵竟都毫无怨言。被操练的这二十人固然如此,就连刘世信带领的假作"风字号"的陪练驿兵,居然也都是神采飞扬。

罗马一边着意让铜板试着用伤腿慢慢发力,一边心中忐忑不安。阮飞营救双圣之事,他其实一直都在暗中排斥。只是他实在太过懦弱,这才不能当面反对,只是盼着铜板不能跑、阮飞派出的信物召不回人,能令这次行动无疾而终而已。可是现在看来,万事俱备,营救之事,却已似箭在弦上,随时触发了。

可是,他心中的不安,却越来越强烈。铜板虽然腿伤已愈,可是好端端的一匹马被吊了半个多月,那条伤腿更是一个多月未曾吃力,到时候的脚力能恢复几成,尚未可知。而风字号那恶狼逐羊一般的战法,更是令他每每想起,都如堕冰窟。

不知为什么,他越来越肯定,这一次的营救,一定会失败的。那些一诺千金的江湖豪客会死,他和秦双、阮飞会死……而鸽子山的这一干弟兄,也会死。

罗马终于按捺不住,趁着休息,将朱十三等人远远叫开,问道:"朱……大当家,真的要去营救皇帝?"

北风之中,朱十三与胡刚、刘世信,都是满头大汗。朱十三笑道:"当然!"

罗马嘴唇翕动,几次张嘴,终于还是一狠心,问道:"你们,不能信阮飞!"

朱十三等面面相觑,不知他的葫芦里卖的什么药,强笑道:"兄弟,你这是说的什么话来?"

罗马恨道:"太危险了,有去无回……不值得的!"

胡刚大笑道:"兄弟,你看我们像是怕死的人么?"

罗马又羞又气,道:"不……不!可是……可是别人如何对我们?我们……这样卖命……没用的!"

想到自己当日为解东京之围,奔三城、赶四门,舍生忘死,后来却几乎被康王扼死的遭遇,不由委屈得泪如雨下。朱十三等不料他如此认真,不由都沉下脸来。

朱十三"哼"了一声,道:"是啊,别人是怎么对我们的。扣饷、杖责、剁手指……当官的从来没把咱们当人看!"

原来大宋朝的军制，各州府最好的兵士，可选入禁军之中，饷银丰厚；次一级的兵士，可入各州府官兵，饷银可观；再次一级的兵士，则成为各县土兵，可保温饱；而最差的，才被送入驿站，成为驿兵，饷银少得可怜不说，还时时被上司克扣。

这些驿兵不是老弱病残，便是不服管教、顶撞上司的刺儿头，没人疼、没人爱。被发配来到驿站，每日奔波劳碌、忍饥挨饿，比囚徒也好不了多少。偶有差池，便受杖责；而若敢违规，帮人带送私信、货物，一经查出，便会被斩断一根指头。

因此鸽子山上的驿兵，双手完好者，不过五六人。便是朱十三自己，左手上，便只剩了食、姆二指。

胡刚冷笑道："还有往脸上烙字儿。"

朱十三笑道："不错，敢逃跑的，都要在脸上留下记号。"他摸了摸颊上的伤疤，冷笑道："我的脸上，是个'兵'字。"刘世信笑道："我就是个'宋'字。"胡刚骂道："他妈的，就只有我的笔画多，是个'驿'字。"

他们在鸽子山聚义时，亲手用刀削下烙了字的脸皮，这时想起，仍不由恨得两眼冒火。朱十三冷笑道："若非这宋金之战，使得北方沦落，驿站尽都荒废，只怕我们这些人，或早或晚，或饿或病，都是个死在驿道上的命！"

罗马满心激荡，道："不错，不错！"

朱十三却与胡刚、刘世信对视一眼，心意相通，微笑道："可是我们好不容易脱身，却还是要去救那两个皇帝。"

前面说得好好的，他们却还是不开窍。罗马满心沮丧，张口想要再劝，朱十三却把手一摆，先截住了他的话头。道："兄弟，脸上烙下的'宋'字，可以削掉，可咱们心里头的'宋'字儿，可怎么消？祖祖辈辈吃大宋朝的米、大宋朝的面，那'宋'味，早就渗到你的骨头里了。你说朝廷对不起咱们，所以咱们就该不管它，可是金人杀我们时，仍然只因为我们是姓'宋'的。"

刘世信也笑道："大宋的天下，又不是只有那些狗官、昏君。金狗占据中原，杀的是我们的兄弟，挖的是我们的祖坟，我们把那两皇帝救回来，怎么着，也能扫一扫金狗面子，替天下的老百姓，出口气不是？"

罗马张口结舌。胡刚拍了拍他的肩膀，笑道："想那么多干吗？什么对得起对不起的，你又不是个娘儿们。"

正是：时穷节现男子汉，乱世横出大丈夫！欲知后事如何，且听下回分解。

第六回
劫双圣宋金斗法　　决死战正邪交兵

世人为人所负，往往便谨小慎微，再也不敢信人。两眼所望，皆是人间黑暗；一心所向，俱都冷漠偏激。昔日赵构转性，便是如此，今日罗马疑人，更是因之而生。可是一帆风顺的正义，哪有真正的力量？真正的英雄，必是在被辜负、被误解、被抛弃、被伤害之后，仍能不辜负、不误解、不抛弃、不伤害的强人。

且说罗马，只因此前一心报国，反为大宋多番践踏，因此而生出见死不救之心。及被朱十三等批评，方自收敛，回想过往，不由也感汗颜。

眨眼间，时候已至年关。万金堂明知大战在即，年后便是九死一生，却也喜气洋洋地贴了春联，包了饺子，格外欢欢喜喜地过了一回除夕。

到了大年初三，便有一人在疏疏落落的炮仗声中，驰马奔上鸽子山。

那是一个四十来岁的中年人，重眉方脸，颔下微有髭须，穿一身朴素的灰衣。来到山上，由人带入万金堂。阮飞正和众家英雄吃酒，忽见其人，连忙站起，一揖到地，道："是薛兄么？你可来了。"

那中年人微笑道："铜牌送到时，我就该到了。但是一者，我尚有高堂，还想陪她老人家过个年；二者，我也要好好打听打听金人押送双圣的路径。"

阮飞微觉意外，道："我在信中并未提及此行目的，薛兄又怎知我们要对双圣动手？"

那中年人微笑道："薛某委身事敌，在金国为官，对其动态总算略知一二。山东地面上能有什么事？阮大侠泼天的胆子，还能干什么事？"

"铮"的一声，蓬莱剑派的秦之遥猛然拔剑出鞘，剑指那中年人，喝道："你这金狗爪牙！"

那中年人面皮一僵，强笑道："骂得好。"

原来这人名叫薛云亭，字梅臣，昔日曾任济南府军事判官一职。后来金人占领北方，蛮夷之人，不懂体制之术，便是几乎将济南府整个府衙都接收了下来。薛云亭忍辱负重，仍任了原职，表面虚与委蛇，暗中却将金人的消息，不断送往南方。

阮飞先将他的身份向大家介绍了，又补充道："薛大人文武双全，忠肝义胆，这些年忍辱负重，也是为了能助我大宋，早日收复河山。"

群侠这才释然。那秦之遥重重坐下，端起一杯酒来，一仰而尽，喃喃道："得罪了。"

薛云亭苦笑道："我侧身金狗之列，虽是有所图谋，但也确实做过为虎作伥的事情。这位兄弟骂这一声，我的心里，反而舒服了许多。只望这次营救，能迎回二圣，方能一解我心中惭愧。"

当下便撤去饭菜，而将山东的地形图在桌上摆开，由薛云亭详解金人押解二圣的路线。薛云亭道："二圣于我神州，如同日月之重。此次金人冒险将他们带回中原，自然格外小心。一路而来，不事张扬，更常做瞒天过海、暗度陈仓之态，提防我大宋军民异动。我也是直到他们进入山东境内，济南府派人支援护卫的时候，才打听着他们的大概情况。"

群侠早知金人奸狡，听薛云亭这般说起，不由更加义愤填膺。

薛云亭道："金人于腊月十五，从白风口进入山东，预计于正月十五，将二圣送抵济南金锁楼。那金锁楼由巧匠制造、机关重重，外围又有金人重兵把守，固若金汤。二圣一旦入内，我们便是再有本领，也是回天乏术。"

"铁面鹰"沙思归道："当然是在路上动手！"

阮飞点了点头，道："金人的戒备如何？"

薛云亭道："押解二圣的金人本队，有三千人马。其中又有四员将领，分别是：铜皮铁骨的马末盖、铁爪撕虎的杜尔昆、半人半兽的杜尔罕、金国第一刀客海斯兰，个个都有万夫不敌之勇。"

"哼""嘿"几声，却是秦之遥、谢天霞、桃花娘子等人，不约而同，发出一声冷笑。

薛云亭知道他们倨傲，也不争辩，只道："可是，在我看来，最难应付的，反而还是济南府派出的一百一十骑风字号。"

阮飞微笑道："我们已有了对付风字号的法门，这一点，薛兄倒不必担心。"

薛云亭听说，眉宇之间，略见舒展，道："阮大侠既然已有破敌之法，倒是我多虑了。"接下来，便就着地图，与阮飞等商议伏击金人之处。

群侠之中，能看懂地图的，总共不过三五人，桃花娘子眼见他的手指在地图上划来划去，口中"黄狗坡""瓦子岗""解印亭""盘龙谷""桃仙林""曹家集"等一大串地名，翻翻绕绕，不由头大，问道："那我们到底在哪动手，有那么难的？"

薛云亭叹道："金人多疑，为防阻截，行军路线一向非常机密。我只知道他们现在已在临洮，但从临洮到济南，连大带小，又有三条路可以走。黄狗坡、瓦子岗等，都是我们设伏的好地方，可是它们却都不在一条路上——但他们最后会走哪一条路，我现在实在不知。"

任知书道："哪条路都堵一下子，不就好了？"

阮飞却皱眉道："那却是下下之策了。本身我们以不足五十人，对抗三千一百人。若是还分散兵力，只怕连最后一点胜算也都没了。"

邵观海重重一拍桌子，道："今天已是初三，距离十五总共还有十二天。我们想要准备，至少又要两天。则现在留给你们确定金人动向的时间，已不过十天了。"

阮飞等人俱是面色凝重。可是就在这时，却听头顶上有人低笑道："金人后天走盘龙谷。还有一天半的时间，可还够么？"

众人才抬起头来，只见一人自大厅顶上一跃而下，落在桌子上，轻飘飘几无声息。任知书冷哼一声，道："'贼猴子'辛丁？"那人已笑嘻嘻地抓起桌边半盏残茶，一饮而尽，笑道："是我。"

只见这人身高不过五尺，瘦骨伶仃，小头短身，一双手脚却似较之常人还要修长一些。这时踞坐在桌上，抓耳挠腮，果然绝类猿猴。原来正是山东赫赫有名的神偷辛丁，有个绰号，叫做"四指通神贼猴子"。

谢天霞瞪目道："阮大侠，这偷儿也是你找的帮手？"

阮飞上下打量辛丁，微笑道："不错。"

谢天霞怒道："我等大好男儿，岂能和这鸡鸣狗盗的小贼为伍？阮大侠，你是成心折辱我等么？"任知书也道："这蟊贼是个只识财宝、罔顾廉耻的小人，他若在这儿，我们是真不能待了。"

阮飞尚未答话，辛丁已笑道："我怎么就辱没了泰安双秀了？我的出身虽不怎么好，可是这些年来观摩《石兰草帖》《孤鹤双梅图》，自觉见识、修养都已经上来了，二位干吗还这么看不起我？"

一句话才出口，谢天霞、任知书已是一个脸通红，一个脸铁青，拍案而起。原来那一帖一图，正分别是他们两家的传家宝。三年前，两物离奇失窃，谢、任遍访山东绿林，知道这事十有八九是神偷辛丁所为。可是几番去找辛丁索要，却苦于没有证据，只被他胡乱搪塞、白白羞辱，因此才会结仇。直到今日听辛丁亲口一说，这事才算板上钉钉了。

泰安双秀拉开架势就要动手,阮飞却已插入三人当中,双臂一张,将双方隔开,道:"谢少侠、任少侠,辛兄弟和你们一样,都是向李纲大人交托了信物的抗金志士。如今大敌当前,有什么误会,还是以后再说吧!"

任知书冷笑道:"阮大侠可不要被他骗了。这人身上从上到下,哪有一件东西不是偷的?他交托的信物,也是值得信任的么?"

辛丁盘膝坐在桌上,冷笑不语。阮飞却道:"辛兄弟可能确实妙手空空,身外尽多他人的宝物。可是他托给李纲大人的,却必然是他自己最珍贵的东西。"

谢天霞冷笑道:"那可没准儿!"

却见阮飞一伸手,已将辛丁右腕抓住,道:"辛兄弟号称'四指通神',不是说他五指缺一,而是他的右手食指,有四个'指节',因此较之常人,愈见灵活。"他猛地把手往起一举,将辛丁的右手昭于众人眼前,道:"可是四年前,李大人却收到了那样一根天下无双的断指。"

只见辛丁的右手,食指齐根而断。阮飞环顾群侠,深深叹道:"这样价值连城的信物,我还怎么能够怀疑?"

此言一出,众人皆是沉默。就连谢、任二少,也不由踌躇起来。阮飞握着辛丁的手,道:"辛兄弟,大家走到一起来,是缘分,更是义气。大事完了之后,你若真拿了人家的东西,也就还了吧!"

辛丁眼珠转了转,笑道:"我当初偷那字画,本就是气恨任、谢两位公子文韬武略,却只是偷生于金人淫威之下。今日在此见着二位,方知他们是留着有用之身,以待大用。没说的,此间事了,我马上将二物双手奉还。"

一场风波,便这样化为无形。阮飞又问起辛丁此前所言"盘龙谷"之事,辛丁笑道:"小弟一接到阮大哥送回的信物,便想着要拿个见面礼来相见。因此,便专程去打探金人押解双圣的行程、路线。只是那些金人忒也谨慎,每日行止,几乎都是当时决定。我跟了他们几百里地、半个多月,直拖到昨日,才听着他们往后三天的计划。

我拼命赶回来，总算还来得及。"

薛云亭深感欣慰，道："来得及，来得及！真是雪中送炭的一个消息！"

阮飞也颇觉安心，问道："可是你又怎知，我们是要营救二圣的？"

辛丁笑道："那我可没猜着。只是我们做下五门的人，听风、把风的本事最大，先就知道了二圣入关，我就觉得，这么重大的消息，对阮大哥这样为国为民的大英雄来说，总是不嫌多的。"

却听"呵"的一声，乃是一直沉默的"铁笛员外"韩商笑了出来，喃喃道："好偷儿、好偷儿！"

薛、辛二人，便是先前信物送到，却遭信使先自回来的那二位。至此，阮飞北来所带的九件信物，招来的九大高手，便都已到齐。时间紧迫，当下便以阮飞为首，秦双、罗马、九大高手、鸽子山三家寨主、三十三名驿兵，共计四十八人，饮血酒、誓日月，成立了"回天盟"。

正是：

曾记英雄志，热血敢回天。
成败何足道，正气在人间。

盘龙谷距离济南三百五十里，是由山坡、平地围成的一片洼地，圆如陶碗。回天盟快马加鞭，于初三夜里赶到谷外，草草修整。初四一早，群侠迎着旭日光辉，向谷内一望，便只见大大小小的坟茔，挨挨擦擦，林立谷底。只余一条羊肠小道，笔直地横贯其间。原来民间所谓，此地山形如龙，谷形如珠，实为风水佳处，因此近百年来，早成为附近人家的坟地。

群侠见了那易攻难守的地形，不由都喝了一声彩。当下便分头准备：由邵观海带人，在谷内埋设炸药；由辛丁带人，去侦测敌情；其余人等，都是养精蓄锐，以备一战。

北宋时候，火器使用已不乏先例。邵观海早先在鲁北做没本的买卖，金人多次招降，全都不予理睬，这才惹恼了金人平北军的元帅完颜宗望。被宗望设伏拿住，亲自砍断了他的双腿。邵观海虽然侥幸不死，但下盘既废，一身的功夫便不余二三成，想要报仇，难比登天。

他个性倔强，实在咽不下这口气，因此才转而制造火器。半年多昼夜不休，四处搜刮，居然就给他备下了满满一车、近千斤的火药。原打算找个机会，豁出命来，行刺炸死宗望，却不料先是宗望为楚凤鸣所杀，后是阮飞召集，要营救双圣——这批炸药，到底是用上了！

另一边辛丁等也带来金人的消息：押解二圣的金兵日暮时扎营，只距盘龙谷十五里。预计明晨出发，辰时便可抵达盘龙谷。金营中的四大高手并无异状，反倒是金蟾率领的风字号，却是在金营正队之后的五里地外，另外扎了一座营，显得比较蹊跷。

谢天霞笑道："是金人不和，因此分成两路了么？"阮飞看了一眼罗马，微笑道："交相呼应，掎角之势，这是风字号为了提防宋人设伏，才刻意保持的距离。"邵观海也皱眉道："我的炸药，到底该炸哪一边？"

罗马提到风字号，便觉得胸口发闷，道："五里……他们一下子就赶过来了。我们一动双圣，他们马上就能赶到了！"

"哗啦"一声，却是朱十三等鸽子山驿兵，听说他长他人志气，灭自己威风，心中都是不服，一起在马上举起了他们的藤盾。那大盾由阮飞精心设计，用双层油藤混合人发编造的，又轻又韧，刀砍不穿，枪扎不透。每一面都是门扇大小，椭圆形状。这些天来，驿兵们都训练得能够单手提盾，行进时每两人编为一组，双甲一合，直如蚌壳一般。

朱十三笑道："我倒要看看，有我们这铜墙铁壁挡着，风字号可怎么来去如'风'！"

众人眼见此一战，金人的部署皆在预料，不由都是意气风发。

阮飞便又重新明确了明日一战，各人的任务：朱十三、胡刚率领二十骑驿兵，带五十枚邵观海特制的炸雷，于前路阻挠风字号的支援，务求拖延至少三炷香的工夫；盘龙谷中，"碧波水剑"秦之遥对金国第一刀海斯兰，"天衣公子"任知书对铁爪撕虎的杜尔昆，"火哪吒"谢天霞对半人半兽的杜尔罕，"铁笛员外"韩商对铜皮铁骨的马末盖；桃花娘子、辛丁，阻挡前后的金兵；"铁面鹰"沙思归则为八方掠阵，随时支援各方。

所有人都不求杀敌，而只要为抢入中军、营救二圣的阮飞、薛云亭争取时间。而他二人一旦得手，便会立时以轻功身法，携二圣自山坡上退走。在那山坡上，罗马、秦双严阵以待，只要二圣上马，便一路向南，再也不回头地冲回宋土。

而整个盘龙谷的行动，也就应当在半炷香的时间内完成。

所有计划，都天衣无缝。西风呜咽，荒草萧萧，这一群去国离家的英雄，几乎每一个的眼中，都有着拼却一死的坚毅。

是夜，罗马带着铜板，远远避开群侠，来到盘龙谷西侧的一片荒地上。初四的弦月，鱼钩似的吊在天上，却因此显得深蓝的夜幕中，群星璀璨，亮得吓人。星野之下，是一片深灰色的茫茫荒原。冷风在荒原上驰过，寒意浸透人衣。铜板甩了甩长鬃，有点犹豫地看着罗马。

罗马翻身上鞍，微一踌躇，终于把牙一咬，双膝猛磕铁骨梁，喝道："铜板，跑吧！"

于是铜板猛地向前冲去。荒原很平坦，但它的左后腿却好像还是不太敢吃力，因此奔行之时，格外颠簸。罗马在冷风中伏下身，在它尖尖的耳朵旁大声吆喝，催它加速。

"豁啦啦"的马蹄声，响彻空旷的天地，一人一马全力以赴，反复奔驰，不一会儿，便都累得大汗淋漓。

忽而有一人策马而出，打横拦住了铜板的去路，喝道："罗马，你这么跑，会把铜板伤着的！"

罗马吃了一惊，勒住缰绳时，自己也已气喘吁吁。只见星光下，一条倩影骑着一匹格外高大的花马，静静伫立。星光在她的身后，那么密、那么亮，清清楚楚地勾勒出这一人一马的轮廓，宛如天才的剪影一般。

那，正是秦双和她的呼雷兽到了。

这两个月来，罗马和秦双日渐疏远。到了今天，虽然两人一直在努力维持，但究其原因，却仿佛只是觉得不能令过去的等待和煎熬，白费了而已。想到往日虽然分别，但却因彼此思念，而令甜蜜充溢心间，罗马有时甚至怀疑，自己现在根本是在做一场噩梦了。

但此时寒夜如水，旷野空寂。罗马眼前的秦双，虽然沉默、模糊，却莫名又像变回了过去的样子。罗马张开口来，哽咽道："双、双儿……"

秦双叹息一声，道："铜板是你的命根子，你这么催它，它会伤了的。"

她不提还好，这么一提，罗马心中的恐惧，登时发作开来，和着他的泪水滚滚而下，道："双儿，铜板跑不快了……我现在再怎么催它，可是铜板就是跑不快了！"

原来铜板伤愈迄今，也有近一个月了。罗马每日和它练习恢复，可是铜板的速度，却再也没有恢复到十成。其速度虽然仍算不慢，不愧是个千中选一、万中选一的好马，但天下无双的"大宋飞马"这个名号，却真的当不起了。

罗马泣道："你……你没有治好它……铜板废了……它跑不动了……以后怎么办？明天怎么办？"

"嗒"的一声，是秦双轻轻跳下呼雷兽。她来到铜板身后，伸手在铜板的左后腿上轻轻按了一遍，想了一回，才又来到铜板前面。那马儿瞪着圆溜溜的眼睛，看她一眼，又转过头去。秦双笑了笑，将那颗大头抱在怀中，仔细向它眼中望去。

罗马坐在鞍上，天地间一片空茫，星星亮得，竟似要砸到他们的头上了。

忽然秦双抬起头来，道："罗马。"

罗马道："嗯？"

秦双咬了咬牙，道："我已经把铜板治好了，但是现在，你把它拖得慢了。"

罗马一惊，道："你胡说！"

秦双道："还记得我以前跟你说过，铜板为什么是无敌的快马么？除了本身脚力雄健之外，还因为它和你心意相通、配合无间，以及它百战百胜、无比自信——这三个条件，缺一不可。可是现在，它却因为输给过风字号一次，而挫伤了自信。它是马儿，不知调整，你这做主人的，这些天来，可帮过它么？"

罗马一怔，竟接不了口。

秦双道："你没有。最和它心意相通的你，这些天来，根本没有去信任它。你疼它、爱它，时时陪着它，可是在你的心里，你却一早就怕了。你是真的相信，铜板就是跑不过风字号的——你不光没有帮它，反而在不断地挫伤它、消磨它。铜板跑不快了，现在至少有你的八成责任！"

罗马如遭电殛。回想这些天来，自己的所思所想，不由又是惭愧又是内疚。

秦双轻轻抚摸铜板的鬃毛，手顺着铜板的长颈，滑到罗马的腿上，便轻轻攀住了他的膝盖。她站在地上，将脸靠在罗马的腿侧，柔声道："你要学会真的相信铜板和我。罗马，铜板是天下最快的飞马，而我是你的妻子，这两件事，永远也不会改变。"

罗马念及自己的懦弱，不由又羞又愧，又喜又忧，不由放声大哭。他俯身下去，将秦双抱起，侧放在鞍桥上。秦双环住他的脖颈，安慰道："没关系的，没关系的。以后都会好的，明天……明天你只要跟住我就好了。"

正是：拼智计决胜千里，有信心谁与争锋。欲知后事如何，且听下回分解。

第七回
一声雷香消玉殒　　两行泪地裂天崩

　　三国时候，诸葛亮火烧司马懿，眼看就要成功，却遭天降大雨，浇熄烈火，救了那奸雄一命。诸葛先生功亏一篑，这才留下了"谋事在人，成事在天"的喟叹。世人行事，莫不以计划为先，可是结果，却往往南辕北辙。想那智慧如诸葛先生者，尚有无力回天之感，我等凡人，自然更是强求不得。可是人生在世，若是只怕失败，便裹足不前，则又上哪去找那一次半次的成功呢？

　　话说建炎四年正月初五，上午辰时一刻，山东济南府城北三百里外的盘龙谷，押解二圣的金人队伍，终于到达。只因道路狭窄，三千人足足拉出一个二里多长的长线，队头眼看都要出谷了，队尾却才刚刚进来而已。

　　队伍两端细长，中间一小段，却稍显臃肿，仿佛是一根细长的树枝，长出一块结瘤一般。在那结瘤正中，是一辆双马拉辕的平板大车。车上坐着两个男子，蓬头垢面，白袍褴褛。天气寒冷，这两人瑟缩着靠在一起，几次想用一床开线绽絮的棉被把自己裹住，可是车旁跟随的金兵，却每每在他们刚刚裹好的时候，就伸出长枪，又将棉被挑开。那两人早被金兵吓得狠了，一见长枪伸来，便放开了被角，拼命躲闪。

　　而在大车两侧，分前后又步行走着四人，一个黑衣肃杀，怀中抱刀；一个花衣矫捷，腕扣铁爪；一个赤身露体，伏行如兽；一个高大魁梧，如同铁塔。

　　这四人自然便是金国"刀、爪、兽、力"四大高手，而落在他们监视之内的那两个白袍男子，当然就是被金人掳走的二圣。眼下他们并没被绳索捆绑，却根本不敢反抗，甚至不敢稍做逃跑之状。

真像是被养熟了的鸡鸭，即将被杀一般，令人又是可怜，又是可笑。金人逗弄他们，屡试不爽，"嘎嘎"的笑声传到山坡上，各自藏身的回天盟群侠早咬碎了钢牙。

一步一步，这队伍终于走进了邵观海预定的设伏位置。忽然之间，阮飞长身而起，大喝道："射！"

山坡另一头，与他遥遥相对，立起的另一个人，正是眼力无双的"铁面鹰"沙思归。两人手中各持火箭，"嗖嗖"两箭，射下山来。山路上邵观海埋好的火药炸雷，一经引发，登时由各距板车二十步之处起，"轰轰隆隆"地向两边炸将开来。

邵观海准备了半年多的火药，分量足、成色好，在板车两边，各埋了五百斤。一经引燃，烟火四起，宛如两条巨大的黑龙，猛地从地下钻出。霎时间，已将附近的金兵炸得皮开肉烂，更将金兵队伍，切成了前、中、后三段。

与此同时，秦之遥、韩商、任知书、谢天霞、桃花娘子、辛丁、薛云亭、沙思归、阮飞，已一起现身，猛地冲向了金兵的最中段——那在连绵不绝的大爆炸之中，犹自安然无恙的平板马车。

山坡上的邵观海捡起沙思归的弓箭，仰天向空中射出一枝红烟信箭。这一箭传信直达五里开外，在罗马他们看不到的地方，朱十三等鸽子山驿兵，提起了藤盾与炸雷，也向着气势汹汹的风字号，发动了他们玉石俱焚的冲锋。

如果一切顺利，他们只需半炷香的工夫，就能救下双圣；而只需三炷香的工夫，就能彻底摆脱风字号的追击，让所有人都脱出生天！

硝烟弥漫，盘龙谷底金兵一片鬼哭狼嚎。群侠如同九枝快箭，猛地射入阵中。

"碧波水剑"秦之遥撕掉面上的青巾，倒提长剑，疾步向前。蓬莱剑派的招式讲究飘逸出尘，身法独树一帜。这时他如鬼魅一般，闪过迎面而来的金人，披开的长发，迎风而动，不期然间，竟让他又想起了少年时的无所畏惧。

数年前,他因为一时的怯懦,眼睁睁看着同门赴死,遂成终身大耻,长久以来寝食难安。而如今他终于踏上战阵,虽然身遭混乱,但心中,却是终于重获澄和。

他的眼睛,眨也不眨地盯着马车前,那黄面金睛、黑衣长刀的金国第一刀客海斯兰,心中不由战意如沸。这些年来,他卧薪尝胆,苦练师门剑法,此前与阮飞切磋时,已然不落下风,因此才能被分到这最厉害的对手。阮飞曾经再三和他说,海斯兰盛名之下,绝非易与,他这一仗不一定要赢,只要能将之拖住,便是大胜。

可是秦之遥却已经暗中打定主意,要将这金国第一的用刀高手,刺杀于自己的碧波剑下。

他决心要死在这一次的行动之中。师门既殁,旧耻已雪,他在这世上,可算了无牵挂。但求最后一战,能够淋漓尽致,不负他一生所学;而若能多拉个金国第一高手垫背,则更堪欣慰。

他聚精会神,中道直行,手中的一口长剑直被真气催得泛出五色光华。那金国第一刀海斯兰也看到了他,脚步微错,已与他正面相对。

偌大的战场,一时间仿佛只剩两人。身遭的狼奔豕突,尽皆不入眼中。

秦之遥只觉平生再无这般喜乐安然。大笑一声,正待飞身进招,忽然只觉两臂骤紧,竟然已被什么东西拦腰扎手地捆住了。他吃了一惊,低头看时,只见一条小指粗细的铁链,已然深深地陷入他的衣下。

"咯"的一声,铁链骤然发力,已将秦之遥拦腰绞成两段。长长的铁链鲜血淋漓,一端在铁爪杜尔昆的手上,一端在疯狗杜尔罕的颈上。这一对怪物兄弟,哥哥牵着弟弟,放声大笑,又去找别的对手了。

秦之遥大意之下,一招未交,便死于非命。回天盟此前的部署,登时都乱了!

总负责八方接应的沙思归,只因先要射箭,而下来得稍慢一步。才一入阵,便看见秦之遥被截为两段,又气又怒,大吼一声,挥刀便取杜尔昆。他身后紧随而来的"天衣公子"任知书被他抢了对手,才自一愣,旁边的"火哪吒"谢天霞就已经接上了杜尔罕。

"叮叮当当",杜尔昆用的是一双铁爪;"吭哧吭哧",而杜尔罕用的则是自己的牙齿。

任知书四顾茫然,正好看见铜皮铁骨的马末盖要路过,当下便也不多说,起手一掌,先打将过去。落手处"噔"的一声,马末盖毫发无损,却给他推得一个趔趄,回过头来,"嗷嗷"叫着也来和他决战。

这么一来,却苦了"铁笛员外"韩商。

回天盟九侠的武功,以阮飞考量,是秦之遥、沙思归最高,任知书、谢天霞次之,韩商、桃花娘子、辛丁、薛云亭又次之。因此事先部署时,才会针锋相对,以上驷对上驷,下驷对下驷。却不料秦之遥一死,沙思归妄战,不知不觉,却将一个懵懂无畏的下驷韩商,送给了金军杀气腾腾的上驷海斯兰。

"嚓"的一道刀光,亮如厉闪。韩商铁笛折断,血流披面,交手不及三招,便为海斯兰斩杀当场!那金国第一刀客斩杀一人,兀自冷如冰山。打量一下场内战局,见杜尔昆、杜尔罕、马末盖尽都支持得住,便昂然往一旁桃花娘子的身后走去。

桃花娘子正站在这中段金兵的前方,不住将想要回头救援的金兵挡在硝烟之外。忽然感到背后杀气,心下已自慌了,手脚一慢,便有数个金兵从她身边突破。想要回头阻挡,整个人却被海斯兰的杀气震慑,动转不灵了。

便在此时,却有一道刀光斜斜飞过,如羚羊挂角,巧妙剔透,逼得海斯兰立时横刀招架。原来是阮飞担心群侠都给这金国第一刀客逐个击破,逼不得已,中途变向,先来拦他了。

"叮叮"声不绝于耳,阮飞短刀出手,招招搏命,瞬间已将海斯兰逼得节节后退。

可是整个局面却已经逐步失控了。没有沙思归掠阵侵袭，大车前后的普通金兵慌乱过后，又镇定下来。尚有余力去救双圣的只剩了一个薛云亭，金兵们集中攻他，长矛利刃，却也将他逼得半步近不得大车。

好端端一场突袭，忽然间却变成了一场鏖战。罗马、秦双、邵观海在山坡上看得清楚，沙思归战杜尔昆，任知书战马末盖，都略有上风；谢天霞与杜尔罕战平；桃花娘子、辛丁、薛云亭缠斗金兵，都渐处下风，但却性命无虞。各组之中，只有阮飞战海斯兰，占尽了优势，仿佛随时随地，下一招都能要了那金国第一刀客的性命。

眨眼间，时间已过了半炷香的约定。山谷之中，金人放出的召唤风字号的黄色信烟都已经随风淡去。罗马忧心如焚，道："时间到了，来不及了，叫他们逃吧！"秦双咬牙不语。邵观海却捏紧了双拳，道："还有机会！"

罗马侧耳去听，远处朱十三他们拦截风字号的炸雷，似乎也久久没了声息，不由越来越觉不安，道："风字号要来了！"邵观海却道："朱寨主他们，至少能撑三炷香。我们这边只要阮飞能赢，沙思归、任知书就马上能赢！整个战局，就可以马上改变！还有机会，还有机会！不能让秦之遥、韩商白死了，我们一定能救回二圣的！"

只见那马拉大车之上，二圣挤成一团，抱头而坐，竟似是连看都不敢看那战场一眼。

罗马欲哭无泪，烦躁难当，连带得铜板，都紧张起来，抖耳摇鬃，刨地不已。

不知不觉，又是半炷香的工夫。那海斯兰的功夫极为怪异，长刀在手，虽不及阮飞的攻势迅捷，可是一味防守，却防得滴水不漏。罗马忍无可忍，叫道："再不走……"

突然之间，盘龙谷的入谷处马蹄如雷，一队黑衣轻装的骑兵，已疾驰而来。有一个沙嘎的声音，以金国言语大叫道："小的们，让路啦！"

"呼啦"一声，金兵、金将四散奔逃，简直比遇见敌人还要害怕。那队骑兵乃以谷中原有的小道为主干，间隔丈许，笔直地插入谷中。回天盟的群侠才感压力一轻，那骑兵们便已与他们擦肩而过。

罗马在山坡上惊叫道："风字号！——怎么会这么快的？"

弓弦声响。山谷之内，桃花娘子尚未反应过来怎么回事，已被万箭攒身，尸身为冲力带动，直飞出丈许远近；薛云亭匆匆抓了个金兵做挡箭牌，挡得了上身，却挡不住下身，一双腿子被十七八枝羽箭贯穿，疼得身子一晃，露出脸来，被数箭贯颅而死；谢天霞正与杜尔罕斗得难解难分，眼见那疯狗分心，连忙一刀将之人头砍落，还不及转身，便也成了箭靶，给射成刺猬一般。

风字号只在盘龙谷中一过，便已将回天盟三大高手了账。罗马在山坡上看得肝胆俱裂，叫道："完了！完了！"

却见山谷之内，无论是回天盟的阮飞、沙思归，还是金营的海斯兰、杜尔昆，尽都躲在道旁的坟丘之后，给那如织的箭雨逼得抬不起头来。空地之上，只余一干遭了误伤的金兵翻滚哀号。风字号射了两回箭，箭枝无法穿透坟丘伤人，便只往来驰骋，耀武扬威。

大头粗身的金蟾，在谷口处以汉话叫道："阮飞，这回是不是你？是不是你？你跟我耍心眼儿，老子弄死你个王八蛋！"

他的声音宛如恶魔，罗马听在耳里，已是寒毛倒竖，叫道："快走！快走！"情势如此，任谁也知道再谈什么拯救"双圣"，已是胡话。秦双问道："可是阮大哥他们怎么办？"罗马额上青筋蹦起，"没救了"这三个字，在舌尖上滚了三滚，到底是不忍说出。

忽然之间，谷内一声闷闷的弓弦巨响，一枝如椽巨箭，已自风字号占领的谷口中射来。如同一道黑光，猛地掠过数座坟丘，卷起零落的纸钱、枯草。"噗"的一声，那箭正中谷中西南角上的一座孤坟，坟土炸开，任知书长声惨叫，竟被那穿坟而出的一箭，射穿了肚腹。

罗马在山坡上已吓得魂飞魄散。上一次他独骑盗尸时，并未见

223

过这"穿云箭",只知风字号的羽箭,又多又准又快,阮飞因此才设计了那蚌壳一般的藤盾。可是若是风字号有这样破坏力惊人的巨箭在侧,则那藤盾何异于纸扎,而朱十三等的拦截,又何异于送死?

他又怕又悔,头脑之中,一片空白。忽然眼角中秦双猛地一动,竟是已催动胯下呼雷兽,猛地从山坡上,往山谷中冲去了。

罗马目眦尽裂,叫道:"秦双!"不及多想,也催铜板衔尾而下。

这两匹马俱都是万中选一的良驹,一先一后,从那山坡上顺势冲下,几乎不过是一眨眼的工夫。金蟾眼尖,先就看见了他们,大声招呼风字号调转箭势,可是却到底来不及了。秦双来到平地,大喝一声,已是提起双手食指,往呼雷兽的耳后狠狠插下。那马儿吃痛,登时人立而起,"呜昂昂"一声长吼,如马也似虎,如鼓更赛雷,借山势激荡,回声应和,"嗡嗡嗡"久久不绝。

却见风字号及谷中金兵的其他马匹,一听到那吼声,忽然间全都惊慌失措,东躲西逃,发癫一般,止也止不住;而吃那当头一吼的十几匹,更是一个个屎尿齐流,筋酥骨软,当场翻倒,"咻咻"哀鸣。原来这"呼雷兽"乃是当日塞上秋会时,秦双夺来的大金异种。因母为马,其父为虎,又经天雷催生,因此特有一啸而夺群马之志的异能,在这山谷中施展,借地利之便,登时将风字号搅了个七零八落。

罗马紧跟在秦双后边,铜板听呼雷兽一叫,也吃了一吓,"腾"地跳往旁边。不过当日秋会时,这吼声铜板已听得多了,这时小吃一惊,自然旋即无事。

秦双已冲进坟地,叫道:"阮大哥,快走!"

阮飞却在一座坟头后一跃而起,叫道:"救双圣!"

其时风字号阵脚大乱,弓箭全无准头;海斯兰本领虽大,却也顾忌风字号误伤;金蟾人在谷口,鞭长莫及,果然是趁乱救人的好机会。秦双听他发话,立时不假思索,拨马便往那马拉的大车冲去。罗马见她还要冒险,一颗心都要跳出腔子了,在后边拼命想追,叫道:"秦双,等一等!等一等!"

可是秦双控马之术,天下无双,在坟群与惊马之中穿梭,丝毫不受影响。罗马控马之术不如她,铜板这时的脚力又没有优势,追了几步,他与秦双之间的距离,却是给拉大到了数丈。

转瞬之间,那呼雷兽已在双圣栖身的大车前掠过。秦双骑术精湛,乱军之中根本不用下马,只在鞍上款扭蜂腰,探身一捞,便已一把抓住年岁较大的白袍男子的衣襟,借着呼雷兽的冲力往起一带,便已将他拽到半空中。

可是罗马在后边注目去看,却见那两个白衣男子的脸上,在这一瞬间,全都现出了惊骇绝伦的神色!

忽然间,他已明白个中缘由。罗马血贯瞳仁,嘶声大叫道:"秦双!"

"轰"的一声,那马拉大车猛然炸开,火光一瞬间便吞噬了秦双与呼雷兽。铜板被火光与雷响一吓,猛然一坐身,远远地便站住了。罗马瞪大双眼,只觉热浪拂面,呼雷兽硕大的身躯,自火光与黑烟中如同断线的风筝一般飞出,摔在地上时,已是血肉模糊,不成样子。

罗马转向那已化成一团浓烟烈火的大车,喃喃道:"秦双……"忽然间一口血箭破唇喷出,他在鞍桥上稍一摇晃,已是人事不知。

正是:救难时机关算尽,情浓处阴阳相隔。欲知后事如何,且听下回分解。

第八回

无名火割袍断义　失心疯苦海沉沦

生死无常,被衰老折磨,慢慢逝去,是生命的慈悲。而一个生机勃勃的人被突如其来的灾难消灭,才是命运的真正严苛之处。红颜薄命、天妒英才,无论多么意气风发,未来多么美好的人,都可能在一瞬间逝去，失去所有，而只供生者祭奠。所以，人，应当格外珍惜自己活着的时光，身旁人活着的时光。

且说罗马，前一夜刚与秦双言归于好，转眼便在盘龙谷中，亲见秦双被炸得尸骨无存。不由大叫一声，已是口喷鲜血，人事不知。再醒来时，三魂七魄都似飞在了天外。

却见眼前枯枝蔽天，原来已是身处在一片树林当中。罗马一惊爬起，叫道："秦双，秦双！"一旁阮飞已黯然道："秦姑娘，已经死了。"

罗马转过头来，只见一片枯林之中，阮飞、辛丁，浑身浴血，一左一右，颓然靠在树上休息。阮飞左臂上鲜血淋漓，这时正艰难地用单手包扎。而在不远处，铜板正四仰八叉，躺着休息。

罗马想到秦双之死，那一声爆炸历历在目，不由悲从中来，道："这……这是哪里？"

阮飞道："此处距离盘龙谷三十里地，咱们暂时总算逃开风字号的追捕了。"

原来当时发生爆炸，呼雷兽被炸得不成马形，可是却未一时便死。躺倒在地，不住辗转嘶叫，声声不绝，反而将风字号彻底绊住了。回天盟这边，沙思归、邵观海舍死断后，阮飞、辛丁都是轻功过人，罗马被铜板驮着，也是脚程不差，三人这才得以脱逃。

罗马泣道："那大车怎会爆炸的？"

辛丁道："想必是金狗奸诈，在车下藏了炸药，又在那两人身上连了引信，只要有人令那两人的身子离开了大车，便会马上引燃炸药……唉，好狠的狗贼，竟然想将我们一网打尽。"

罗马几乎难以置信，道："那两个皇帝，就这样被炸死了？"

阮飞却微微一笑，道："现在想来，这泰山封禅的消息，也许只是金人放出，来钓我大宋志士送死的香饵而已。车上那两人只是替死鬼，真正的二圣，必是安然无恙，还受困于金国。"

罗马目瞪口呆，道："你……你还笑得出？"

阮飞看他一眼，猛地挺身站起。他的身上虽然血迹斑斑，却仍然收拾得干净利落，一双眼更是亮如冷电一般，不见丝毫疲态，道："为什么不笑？如果二圣死了，秦双他们才是白死了。可是现在二圣活着，我们就总有一天能把他们救出来，让秦双、朱十三、回天盟的兄弟，都死得有所价值！"

他居然还能说得振振有词，罗马想到那一张张笑脸，一具具血肉模糊的尸身，不由得恨从中来，叫道："什么叫死得有价值？人死也死了？还谈什么值不值？我早就说，风字号惹不得，你偏不听！你偏不听！"

阮飞见他如此暴躁，不由稍觉意外，道："我们歃血之时，便知道此事凶险。谁死谁活，都是心甘情愿。秦双、朱十三、沙思归惨死，我们生者固然悲痛，但于他们而言，九泉之下，未尝不是含笑殉国。"

罗马叫道："你说得好听！"

阮飞摇头道："说得好听？兄弟，你未免也太小看我阮飞了。今天若不是中途生变，我被海斯兰绊住，去亲手解救双圣的，一定是我。可是我若是被炸死了，我绝不会有半句怨言。"

罗马一字一顿道："可是你没死。秦双死了，可是你没死！"

阮飞长叹一声，道："秦双死了，我的心里也难过，她是我的妹子，若能代她一死，我阮飞绝不皱一皱眉头。可是罗马，你须得明白：害死她的，是金人，不是我。我和你一样，我会记着她的死，我一定会给她——给他们——报仇。"

他滔滔不绝，说到"报仇"二字，罗马才终于听入耳中，猛地振奋起来，叫道："好，我们去给秦双报仇！大不了也是一死！"

话才出口，罗马已知唐突。果然阮飞苦笑摇头，道："报仇？怎么报？找谁报？"

罗马张了张嘴，却说不出一个字来。金人设计杀害大宋的好汉，计划庞杂。到底炸死秦双的人是谁，这个问题，可能压根就没有人能回答。若是找盘龙谷中，伤人最多的金蟾算账，则一者那人得了神力王的真传，郭京的妙药，其武艺智慧，已是天下少有，便是阮飞与之一对一,都未必稳操胜券;二者对付他就等于对付风字号,以阮飞、罗马现在的力量,如何应对那快马箭阵?

阮飞叹道:"敌强我弱,实力悬殊。我等有用之身,实在不能轻掷。为今之计,我们只能暂时撤退,回到临安,与李纲大人商议下一步的行动。秦双他们的仇,先记着吧。"

他说得极之沉重,而所言的苦衷,也确实存在。可是罗马听在耳中,却觉得格外不舒服。他抬起头来,怔怔地看着阮飞,阮飞却兀自不觉,道:"罗马,跟我回去吧。李纲大人也一直都想见你。你的快马,一定能在将来收复中原的决战中,派上用场。"

罗马听他最后到底还是拐回到了"忧国忧民"的套路上,不由哑然失笑,一步步向后退去,道:"阮大侠,你真可怕。"

转身欲行,却被阮飞拉住了袖子。阮飞道:"你到哪里去?"

罗马咬一咬牙,道:"他们都信你,他们都死了。我再也不信你了,我再也不能跟你走了!"

阮飞叫道:"你不是风字号的对手,你去替秦双报仇,只是白白送死。"

罗马的心中一片冰凉,终于对这个人彻底失望,道:"不用你管!"奋力一挣,"刺啦"一声,袖子竟给撕烂了一片。罗马看了看那布片,索性将之撕下,往两人之间的空地上一扔,咬牙道:"我什么都不用你管!"

来到铜板前,铜板已一个骨碌站好。罗马飞身上鞍,头也不回地冲出了树林。

冷风拂面,旷野荒芜,罗马凭着一时血勇,单人独骑,与铜板回头去迎金蟾的风字号。行了数十里地,心中的气愤稍消,便渐渐怯了。回头看看树林方向,郁郁难平;可是眼望前途,心中却又不由想道:"我若就这样莽莽撞撞地与风字号正面碰上,铜板跑得再快,还不是被他们的乱箭迎头射杀?"

便将铜板一引,转下道去,在路边几块巨石后藏住了身形,仔细斟酌进退。

忽然间,蹄声如潮,风字号一行六七十骑,果然自西北方怒气冲冲地驰来。罗马吃了一惊,顺手挽起弹弓。从石缝中偷眼望时,只见金蟾当先领骑,气急败坏,杀气腾腾,越奔越近。

突然之间,一阵强烈的恐惧感,却自他的心里翻起。

他的手中挽着弹弓,杀伤最大的铁丸已扣在皮兜里,可是面对金蟾那一张厉鬼附身一般的丑脸,鼓了几次勇气,竟都没有一击必中的把握。他的脑中轰轰作响,好像金蟾已经发现了他,并且就对着他张狂挑衅:"楚凤鸣死了、沙思归死了,那么多又聪明又厉害的人,全都拿老子没办法,你一个又笨又弱的人,以为能伤到老子的一根寒毛?老子刀也扎不死,箭也射不死,你老婆便是被我炸死,你又能把老子怎么样?"

不知不觉,罗马汗出如浆,捏着皮兜的两根手指,竟是无论如何,也放不开了。

风字号的速度,何等之快,哪还给罗马犹豫的时间?只"呼啦"一声,金蟾便已自大石外数步之处掠过。罗马大急,手一摆,拼命还想瞄准,可是石缝就那么宽,他握着弹弓的手才一摆动,就已经撞上石壁了。

他用力过猛,石壁又粗粝如刀,登时便将他的指节挫得皮开肉绽,鲜血不绝渗出。罗马死死握住弹弓,两眼圆睁,却只盯着石壁出神。石壁上仿佛浮现了秦双的音容笑貌,他的耳畔忽然又响起了秦双丧命时,那"轰隆""轰隆"的巨响。

风字号呼啸着在他身旁通过,罗马坐在鞍上,垂下手,垂下头,忽然之间,被巨大的沮丧和羞愧,压断了腰。

眼睁睁地看着妻子惨死,而杀妻大仇近在眼前时,自己却临阵退缩。这样的耻辱,于男人而言,何异于自宫之痛?罗马眼睁睁看着风字号越走越远,对自己又是厌恶,又是绝望,藏身在巨石之后,不由放声大哭。

229

这一哭，更是泄了他的元气，令他再也没有与金蟾一战的心力。罗马失魂落魄，随着铜板的喜欢，信缰而行。就那么不知死、不知活，不知渴、不知饥，浑浑噩噩，无昼无夜地走了下去。也不知过了几日，忽然惊觉铜板已似乎许久没动，这才稍稍回复了神智，抬眼一看，原来是瘦马识途，已经带着他回到了鸽子山上的聚义厅外了。

当日他们仓促离开鸽子山，能战的尽都死在了外面，现在山上只留下了以胡先生为首的七八个老弱看家。罗马触景生悲，待要拨马逃走时，胡先生等人却已发现他了。一个个又惊又喜，将他拽下马来。

盘龙谷一战，回天盟近乎全军覆没，这消息早已在山东传开。胡先生等又惊又怕，正没个定夺，忽见罗马回还，登时全将他当成了主心骨。再三追问盘龙谷的详情，以及万金堂将来的打算。罗马心丧欲死，草草说了一遍当日的情形，又道："将来？万金堂还有什么将来？我们还有什么将来？"

驿兵们听说风字号如此可怖，不由更害怕起来，再看罗马如今的熊样，终于全都知道大势已去。当天晚上，便有人搜刮山上还值钱能带的东西，连夜逃下山去了。

如此又过了两日，山上已只剩下罗马一人。人去山空，越见悲凉，罗马满心凄苦，更加没有生趣。若不是还有铜板要吃要喝，简直就想要给自己一个了断，好与秦双地下相聚了。

忽忽间，又是半月。这一日，罗马给铜板胡乱打了半捆草，便又回到自己房中僵卧。正半睡半醒之间，忽听有人在外面叫道："这里可是鸽子山、万金堂么？"

罗马吃了一惊，不由睁开眼来。

有人道："已经荒了，看来挺久没人住了。"

却有另一个人道："可是这黄毛马还在。罗马不可能丢下它的。"便又大声叫道："罗马？罗马！"竟然是找他的。

罗马憷然坐起，隐约觉得声音有几分熟悉。愣了一会，才下地出去。阳光刺眼,在他眼前,十几骑人马正在聚义厅前,围着铜板站定。那黄毛马俯首垂尾,见他出来,甩鬃低嘶。刚上山来的人中,已有一人飞身下马,大笑道:"罗兄果然还在!"

只见那人猿臂狼腰,丰神俊朗,眉宇之间,满是少年人的锐气与正直。罗马稍一辨认,心中更是五味杂陈,喃喃道:"你……是你回来了……"

原来那人正是当日在黄河边上,曾救他一命的义军将领,辛弃疾。

辛弃疾笑道:"不错,我们正是从建康回来了!受到圣上接见,很快就要带领山东的二十万义军,轰轰烈烈地把金狗打回老家去了!"拍了拍肩上的包裹,笑道:"我现在就带着圣旨,耿天王已被圣上封为山东天平节度使,我也被敕封承务郎。罗大哥,你看,朝廷还是没忘了我们这些中原将士的!"

罗马脑中一片混乱,道:"好……好啊……"

辛弃疾笑道:"罗大哥,你曾说过,鸽子山上也有一支队伍,何不与我们一起,同赴东山,归入耿天王麾下,聚沙成塔,成就一番大事?"

他是如此意气风发,罗马在他映照之下,越发觉得自己暮气沉沉,不由颓然道:"鸽子山,已经散了。"

辛弃疾一看山上的情状,便已料到三分,笑道:"那也无妨,你跟我走,也算我没白来这一趟。"

他说得理所当然,罗马却只觉得身心俱伤,道:"我……我没用……不值什么……算了吧。"

辛弃疾大笑道:"大宋飞马若是没用,这天下,还有可用之人么?罗大哥,宋人抗金,必然要解决金人铁骑,耿天王的骑兵,若是有你指点,何愁不百战百胜?"

竟不由分说,拖了罗马便要上马。罗马又羞又急,挣了两挣,发狂起来,吼道:"我不去!我哪也不去!我跑不动了!铜板也跑不动了!"两手乱挥,把身子扭得跟泥鳅也似,拼命就往地上坐去。

辛弃疾不料他忽然翻脸，几乎被他一掌拍在脸上。后退两步，便见罗马已躺倒在地，手刨脚蹬，号叫不已。他从南方回来，力主绕道来此，收编鸽子山，却不料鸽子山"散了"，而罗马又撒泼打滚，直如山民野妇一般不争气，不由也有些羞恼，道："你不走就不走！未必少了你一个，我们就破不了金人的'铁浮屠''风字号'！"

一声唿哨，便已带着随行众人，上马而去了。行不数步，忽又回转，居高临下，对着罗马道："罗大哥，我不知道你曾吃过什么亏，让你再也不能信任朝廷、信任义军。可是人活在世上，忠、义，你都不信了，你活着还有什么意思？"

罗马躺倒在地，双手捂着脸，呜呜哭泣。在这一刻，他最憎恶和怨恨的，反倒不是金人、不是金蟾、不是阮飞……而是他自己，那个曾经疏远秦双、又眼睁睁看着秦双惨死的废物，那个令铜板再也跑不起来、被金蟾吓得连弹弓都放不开的胆小鬼。

他不明白，自己为什么就这般懦弱。死算什么？他为什么不能死？输算什么？他又为什么不能输？他都已经对自己这般绝望了，可是为什么就还是不能放下一切呢？

他却还是想活。因为只有活着，才有可能去给秦双报仇；只有活着，才有可能像以前一样，纵马飞驰在广袤的天地之间；只有活着，才有可能再回到家乡去，种几亩田，盖几间房，娶妻生子，过几天开心日子。

铜板歪着脖子站在一旁，看他蜷着，渐渐不安，终于低下头来，在他肩上一咬，已叼住他的衣领，轻轻一拉，便将罗马原地衔起。罗马猝不及防，连身子都还没展开，就已吊在它的唇边，手脚不着地。他想要挣，又怕伤了铜板的牙口；想要站，又觉太没面子。僵了片刻，到底是忍耐不住，自己都被这怪异的姿势弄得笑开了。

这才两腿一沉，重新站到了地上。

他这近一个月以来，第一次笑出来。说也奇怪，困扰多日的心结竟也随之冰释。铜板将他放开，罗马把双手在脸上狠狠一擦，猛地喝道："好！死就死了！"反手抱住铜板，叫道："咱们两个，要给秦双报仇！"

　　铜板"嗤嗤"喘气，鼻息蒸得罗马的臂弯一片濡湿。这些天来，罗马都没有好好照料它，这马儿身更瘦，而一身长毛，更是又长又乱。夕阳的余晖，将它焦黄的身子，镀上了一层金光。罗马轻抚它的长鬃，手掌贴在它的颈后，感受它那铁条一般的筋骨，不知不觉，也挺直了腰杆。

　　这一人一马，虽无言语，但在这一刻，却终于心意相通，重有了"再次上路"的勇气。

　　正是：舍生取义难为事，知耻后勇非常人。欲知后事如何，且听下回分解。

第九回
鬼门关送君千里　阳关道去国一骑

　　这世上英雄，向有两种：一种人无所畏惧，砍头只当风吹帽；另一种人却是满心畏惧，只能强撑着战胜敌人。那无畏之人，本身无血无泪，什么惊天动地的大事，于他都与喝水吃饭无异，虽则强大，其实也不过是个铁石心肠的怪物。唯有那些知道疼、知道怕、知道活着有多好的人，勉强战胜畏惧之后，再去战胜敌人的英雄，才是人类之中，最伟大者。

　　单说罗马，沉沦半月，终于重新振作。在山上喂刷铜板之余，又给自己弄了一顿饱饭，好好休整一晚。次日一早，出门一看，只见朔风凛凛，鹅毛大雪纷纷而降。罗马迎风而立，深吸一口冷气，打个寒战，抖擞精神，这才牵出铜板，三下鸽子山，去投奔辛弃疾。

　　他已决心要随辛弃疾加入耿天王义军，训练出一支堪与风字号抗衡的骑兵，为秦双报仇、为楚凤鸣报仇，为抗击金军、收复中原，尽一份绵薄之力。

大雪遮蔽，罗马害怕有什么坑洞伤了铜板，因此往往不敢让它快跑，每日只是留着余地，走走停停，慢慢地往东山而去。现在他与铜板又人马合一，行进时一起一伏，全都自然和谐，暗合天道，因此那马儿虽然半个多月没好吃、没好遛，但每多走一步，却都令罗马多信一分：现在真要跑起来，他们的速度，足可以超过当日奔赴盘龙谷之时。

北风呼啸，晚冬时分的这一场雪，令本就艰难的山东民生，又苦了三分。白雪笼盖四野，这一人一骑，往往行上半日，才能看见一二行人。罗马的手脚常常被冻得麻木，这时便也跳下鞍来，和铜板并肩奔跑。

这一日接近午时，他们正趁着阳光赶路，忽然远远的，只见一骑快马迎面而来。马上之人神色凝重，面目依稀熟悉，罗马才要想那人是谁，那人却也看到了他，勒缰止步，讶然道："罗马？"

他的声音又低又闷，听了直令人不适。罗马听见，才想起他来，道："贾将军！"原来正是耿天王麾下，曾与辛弃疾同往建康面圣的大将贾瑞，当日在黄河边上，也与罗马说过几回话的。

贾瑞点了点头，道："你怎么会在这里？"罗马稍觉腼腆，道："我……我想加入耿天王的义军……"贾瑞一愣，旋即哈哈大笑，道："当日我们上鸽子山请你，你都不来，现在才想通了么？"

他的口气中，似有取笑之意，罗马不由不喜，只点了点头。贾瑞止住笑声，叹了口气，道："可惜，太晚了。"

罗马一愣，抬起头来。贾瑞叹道："我们也是回来才知道，原来十几天前，正月十五，驻守东山的义军将领张安国猝然叛乱，耿天王遇害，天平军四散；张安国率领五万义军，已于日前，投降了驻扎在济南的金兵了。"他长叹一声道："现在世间已无耿天王，已无天平军！"

罗马满心的期待骤然落空，直如一盆冷水当头浇下，惶然道："那……那你……那辛弃疾又怎么办？"

他这问题，已切近机密，贾瑞稍一犹豫，仍是把他当了信得过的朋友。道："大势已去，山东我们是待不了了。因此我和辛兄弟，打算再次南渡，返回建康，报效朝廷。只是耿天王惨死，辛兄弟咽不下这口气，因此才让我携带诏令先行，他和其他弟兄，却取道济南，要去将那背信弃义的张安国宰了，以告耿天王在天之灵！"他双眉紧皱，忧心忡忡，道："罗马，你若真想抗金报国，就也和我一起走吧！"

罗马却是心乱如麻，问道："辛兄弟……辛兄弟他去哪了？"

贾瑞叹道："济南，黄狗坡！"

罗马跌足道："当初逼得我坠河……后来更毁了鸽子山的风字号就在济南盘踞。辛弃疾去杀那叛徒，太危险了！"

贾瑞却摇了摇头，叹道："何须什么风字号？黄狗坡驻有金兵五千、叛军五万，辛兄弟总共只带了五十骑，就想闯营杀人……唉，根本是飞蛾投火！我看他是只想要拼却一死，以报耿天王的知遇之恩吧！"

罗马大急，道："我去拦下他来！"

贾瑞叹道："来不及了……他们前日就已出发，从东山赶赴黄狗坡。按照行程，今天午后就该到的。我们现在的位置，距离济南尚有两百余里，铜板再快，你赶过去，也总是要两三个时辰的。那时，天都黑了……"

话音未落，罗马却已猛催铜板，拐下大路，斜刺里穿过田野，直奔济南而去。

罗马的脑中，不断地闪过楚凤鸣千疮百孔的遗体，不断地闪过桃花娘子被箭枝带动、横飞数丈的尸身。冷风扑面，他清清楚楚地知道，如果他不去阻止辛弃疾的话，那个满心抱负、热血激昂的少年的下场，也必然与那两人没有任何区别。

雪野茫茫，如同流动的大江，向他身后退去。在罗马的眼前，仿佛又出现了秦双与呼雷兽的身影。女子、花马，领先他和铜板十丈，奔跑时扬起朵朵雪尘。那一次他没有来得及追上她、拦下她，这一次,他能救下辛弃疾吗?

铜板轻盈地在雪地上跑着,长毛如旗,鼻息如雾,蹄子敲在大地上,发出钝钝的金属硬响。

两百里的路程,他们只用了不到一个时辰,便已跑完。青色的济南城,在遥远的雪野尽头,宛如一块坚硬的方砖。

罗马熟知黄狗坡的位置,向西一兜,再跑一盏茶的工夫,就已居高临下地看见了驻扎于坡底的金军大营。只见旌旗招展,营帐井然,那五万五千的营盘覆压十数里,乌压压如铅云坠地。

罗马的心中,打了个突。可是又见那些往来如蚁的兵士马匹,穿梭忙碌,秩序分明,不由又舒了口气,看那情形,此地并未受到惊扰,想来辛弃疾尚未闯营闹事。

可是他这口气还没松完,那营地中的局面,便已出现了变化:从营盘的东北方位,有一支五十余骑的队伍,忽然自山道上出现,无旗无号,无声无息,瞬息之间便已逼近金营。那些营门前的守卫正要往前一拦,忽然那些骑兵已喝道:"辛弃疾在此,张安国何在!"

那一句话,似乎是五十余人一起吼出,声音整齐,元气充沛。罗马虽与之相隔数里,却也听了个真切,直吓得差点从鞍上跌下来,暗道:"完了完了,辛弃疾看着是个聪明人,难道竟是个糊涂鬼?这般明目张胆地踹营,哪还有半分胜算?"

再看这一行人胯下的坐骑,一个个落蹄紊乱,步幅不均,显见竟没有一匹是真正的好马。当真冲突起来,连逃都是逃不快的。

可是他却不知,辛弃疾在天平军中,端的是铁面无私,义盖云天,将士上下,莫不畏之如虎。那五万叛军虽已负了耿天王,可是面对这昔日掌书记时,却都不由心中打鼓。

守营的叛军只稍一犹豫,辛弃疾所携的五十骑,便已冲入营中。一边往中军急冲,一边仍是在叫着:"辛弃疾在此,张安国何在?"

他们既没有亮出兵刃,又没有喊打喊杀,五万叛军不由都弄不清其来意。更有甚者,已有人猜想道:"既然守营的都放他们进来了,想来一定是友非敌。辛弃疾过去'抗金报国'的漂亮话说得好听,其实到底也是个识时务的。从临安回来,知道耿天王已死,因此就来投靠张将军了。"

便有人争先恐后地给指路道:"就在前边,直走没错!"

果然前面中军帐中,张安国挺身而出,双手各端着一杯酒,远远地便笑道:"辛兄弟,终于从南边回来了?可想死哥哥了。"话音未落,辛弃疾已跳下马来,抢上两步,一拳打在他的脸上。

张安国猝不及防,仰天要倒,已给辛弃疾一把抓住腰带,往起一提,直接摔上刚好驰过的坐骑。

辛弃疾飞身上鞍,喝道:"走!"

五十骑义军再不发一言,马不停蹄地便自金营西北角穿出。前营的人不知到底是怎么回事,后营的人不知发生过什么事,眼睁睁看他们绝尘而去,中军大帐中,方有两员金将醉醺醺地走出来,骂道:"张安国,休要与辛弃疾废话!他若是肯降,就马上进来喝酒;他若是不降……张安国?张安国你在哪里?"

罗马站在山坡上,直被眼前的情景惊得下巴都要掉下来:辛弃疾闯营、辛弃疾叫出叛徒、辛弃疾一拳打昏叛徒、辛弃疾带着叛徒出营……那意气扬扬的少年,竟用那些不快的马,打了所有人一个措手不及,以至不动一兵一卒,不伤一毫一发,便完成了这样的神绩!

自辛弃疾闯营开始,他的心便高高提起,紧张得几乎跳都不跳了。好不容易等到辛弃疾穿营而出,这颗心猛然放下,竟不由两腿发软,一屁股坐在了雪地里。脑中翻翻滚滚地只在想:"怎么可能?怎么可能?"

辛弃疾那毫不犹豫、毫不迟疑的行动,如行云流水,巧妙自然,他虽只是远远观望,却也如同亲身参与一般。这时周身舒泰,充溢胸襟的便尽是成功后的喜悦,与战无不胜的信心。

就在这时,金营之中,忽然升起两道黄烟。黄烟直冲霄汉,在白雪覆盖的山坡间,显得格外醒目。罗马正待去追辛弃疾,看到这烟,顿时心头一沉。这烟他已见过两次,第一次见过之后,他跌落在冰河之中；第二次见过之后，秦双惨死在盘龙谷里。那正是金营召唤风字号的信烟，现在它们第三次升起，辛弃疾又会遭遇什么不幸？

罗马久久凝望那黄烟，终于把心一横，飞身上鞍，轻抚铜板长颈，喃喃道："这次辛弃疾会平安脱险。因为这次，就是我们两个和那见鬼的风字号的决战！"

风字号在山路尽头出现，黑甲快马，宛如鬼魅。自从盘龙谷之战以来，他们在山东屡战屡胜，连续扑杀多股义军的力量。天平军中的张安国，便是被他们吓破了胆，才会背叛耿京，率众投降。

金蟾仍然跑在最前，白马银甲，大头粗身，宛如磨盘成精。罗马深吸一口气，猛地一催铜板，一人一马，施施然自山路中绕出，长声叫道："金蟾，大宋飞马在此！"

"大宋飞马"四个字，对于金蟾而言，直比定身术还要管用。金蟾猛地勒马止步，后面风字号也都停下来。金蟾张目望来，忽地哈哈大笑。笑了良久，方把笑声一收，叫道："大宋飞马，你居然还在北方！"

罗马冷笑道："铜板跑得快，我哪里都能去！"

金蟾大笑道："好！盘龙谷一战，只杀了秦双一个，我本来就不甘心。你又送上门来，正合我心意！"

罗马有样学样，也仰头笑了两声，道："我虽杀不了你，可是我却能气死你！我送上门来又怎么样？金蟾，你这辈子也别想动我一根汗毛，因为你永远也追不上铜板。你那两条短腿追不上，你那蠢脑袋训练的风字号也追不上！"

这一段刻薄恶毒的话，正是罗马等在此地，反复推敲才创作出来的。这时滔滔不绝地背出，登时将金蟾噎住了。拙嘴笨腮的人骂起话来，格外令人难以忍受，金蟾一张丑脸忽而黑，忽而紫，猛地大吼一声，道："老子把你射成肉酱！"

"豁啦"一声，金蟾已催马冲来，风字号自然紧随其后。罗马强自镇定，犹然立在原地不动，直待风字号离他已不过两百步，这才猛地一拨铜板，斜向东南而去。

他这般托大，根本就是对金蟾和风字号的羞辱。金人骑兵气得"嗷嗷"直叫，乱箭齐发。可是罗马选择的这一段路，正是曲折最多所在，百步一弯，半里一折，依靠山坡遮蔽，竟令那些如蝗飞箭，尽都无功落空。

转眼之间，铜板已与风字号一前一后冲出山路，相隔已被拉成四百步，金人的羽箭即便射到，也已歪斜无力。前方又是漫漫无际、无遮无挡的平原，风字号发力追赶，铜板奋力向前，竟如一根铁线拖着一大串鱼虾一般，在雪地上飞快地掠过。

那实在已是铜板前所未有的速度。罗马在瘦马耳侧吼道："铜板，跑得好！"想到自己与铜板终于达到了秦双此前所说的境界，可是斯人却已早逝，眼中已是热泪盈眶。

那瘦马两耳直指向前，紧紧咬着嚼子，把脖子伸得笔直。它今日已先全力以赴，奔行了快一个时辰，现在被风字号追赶，更需要集中全部精神。罗马的话传入它的耳中，它的长毛被北风撕扯，猎猎张扬，皮下的血肉，宛如燃烧一般，不断迸出越来越大的力量。

金蟾已被他们气得发疯，催促风字号快追的声音，离着这么远，都听得清清楚楚。

远山渐渐改变形状，长路不觉已然浮现，雪野如同巨大的宣纸，不住被向后抽走，于是终于露出了边际。眼前的景物，蓦然变得熟悉起来，罗马吃了一惊，旋即记起方向，不由一阵慌张。左右观望，已在犹豫到底是否应该调头转向，抑或该向哪边转向。

他与铜板这时心意相通，气息相联，他的心一乱，铜板的脚步登时不稳。风字号在后面瞧出便宜，大呼小叫，不绝拉短与他们的距离。三百步，两百步，一百步，若不是他们这时也已经倾尽全力，实在腾不出手来射箭，只怕那闻名天下的大宋飞马，当时就已经凶多吉少。

罗马心下越乱，回头看时，金蟾的丑脸竟已距他不出十丈。

那凶人喝道:"罗马,我今天就送你和你老婆团聚!可惜,你老婆被炸成一团烂肉,我怕你到了那边,也认不出她来!"

罗马血贯瞳仁,想起秦双之死,自己上一次时的懦弱可耻,不由把心一横,紧紧抱住铜板的脖颈,叫道:"铜板!这次若是死了,下辈子我做马,你做人!"

心意已决,自然与铜板重又和谐。飞马的速度骤然加快,金蟾眼看到嘴的鸭子要飞,早急得破口大骂。一骑逃,百骑追,风驰电掣般转过一片树林,前方又是一片空旷。夕阳下,雪地被涂上一层淡淡的粉红,视野所及,竟连一片脚印都没有。

罗马大吼道:"铜板,冲啊!"

"嗒嗒嗒嗒",铜板已带着那上百骑风字号,旋风一般冲上一片冰面!

这正是当日罗马、铜板,裂冰落水的那一段黄河。当日无论是他们还是金人,都是远远看见冰面,便即收势,然后才小心翼翼地踏上去。可是这一回,冰面为大雪覆盖,罗马虽已认出地势,其余的人、马,却都还懵懂。

"嗒嗒嗒嗒",上百匹快马,都以全速冲上黄河冰面,四百枚铁蹄,纷乱地敲在积雪下的河冰上。只因个个全神贯注,无知无畏,因此居然有近九成的马匹,一瞬间安然奔行于冰面。

可是转眼之间,马匹都察觉蹄下触感不对,有那胆怯迟钝的,不及调整,便已重重摔倒在冰上。身子向前滑行,又一个撞一个地撞倒了更多同伴。

身后风字号下饺子一般地倒下,罗马两眉倒竖,大吼道:"铜板,你行的!"

铜板把头一低,四蹄翻飞,只把冰面当草场,急冲冲向前而去,铁蹄敲击冰面,雪尘、冰屑四溅,剔透晶莹,宛如火星。

金蟾大叫道:"跟上它!跟上它!摔倒的给老子爬起来!跟上它!跟上它!"

风字号中，便有四五十骑，跌跌撞撞地追了过来。后边那些摔倒的，也都骂骂咧咧地爬了起来，牵着自己的坐骑，勉强向前。

突然间，在马蹄喧闹声中，一种细弱但却令人毛骨悚然的裂响声，渐渐响起。那些步行的风字号面面相觑，顿时同时失色，想要回到岸上，却已离来岸超过十数丈。还来不及往回多走两步，"咔嚓"一声，冰面已然碎裂，几十个人、几十匹马，瞬间已翻入河水之中，人喊马嘶，浮沉数下，便全被流水推到了冰层之下。

罗马与铜板上次落水，风字号的人都看在眼里。本应引以为戒，可是这一次的河冰，却随着天气更寒，而冻得更为结实，以至于这么多人马压上来，一开始都像毫发无损，因此才都懈怠了。却不料水火无情，坚冰说裂就裂，"喀喇"一响，一个直径十数丈的冰窟窿骤然呈现，瞬间便断了众人的退路。

"嚓——嚓——嚓——嚓"，从那冰窟窿的边缘，又延伸出数道裂纹，直追前面的风字号与铜板。热腾腾的水汽从冰缝中喷出，将冰面积雪融化。马群驰过的冰路，逐渐碎裂，越裂越快，如影随形一般，距离马群越来越近。

仿佛是一把黑色的巨剑，劈开雪野，剑锋所向，便是那才刚刚抵达河心的马群。风字号的人骇极而叫，却还是被逐一吞噬。河面上越来越响的，是河浪摩擦冰面所发出的，令人毛骨悚然的"沙沙"声。

罗马拼命抑制自己向后张望的冲动，整个人半立于鞍上，大喝道："铜板，跑啊！跑啊！跑啊！"铜板鼻息如鼓，长毛凝冰，艰难向着前面看不清边缘的河岸冲去。罗马屏住气，咬着牙，感受铜板起伏，恨不能将所有的力气，全都借给它。

突然间，"咯噔"一声，铜板的两只前蹄，已踏上实地。罗马心头大喜，等铜板再向前跑出几步，终于还是忍不住一勒缰绳，兜转回头，来看风字号。

却见偌大黄河，空空荡荡，两边是茫茫雪原，中间是一条几乎横断河面的裂缝。那裂缝自对岸而起，至此岸十丈之前而终，开始时极宽极阔，后来却越来越窄，越来越尖。在最尖端处，几块碎冰载浮载沉，有一个阔肩大头的怪人，正拼命想借它们的浮力，爬上前方完好的冰面。

原来风字号，已尽数被冰河吞噬，而只剩金蟾一人了！

罗马自鞍上跳下，铜板呼呼喘息，罗马的心更跳得几乎要撞破胸膛。他望着金蟾，望着那魔鬼一般的凶人。金蟾本正在挣扎，忽而感受到他的眼光，却也抬起头来，恶狠狠地与他对视。

傍晚的最后一抹余晖下，金蟾那通红的小眼睛里，满是恶毒。他看着罗马，龇出牙来，猛地以手拍水，直似就要跃水而出。罗马吓得往后一躲，金蟾却到底没上来。他沉下水去，水面上"咕噜噜"地冒了几个气泡，便再也没有动静了。

罗马呆呆地看着冰面，直到暮色深沉，模糊了眼前景物，这才回过身来。铜板喷了个响鼻，罗马道："走吧，我们去南方！"

他不忍再让铜板劳累，便只牵着铜板慢慢向前走去。前路虽然渺茫，前方虽然一片黑暗，但在这一刻，他却还是愿意相信，这世上总会有希望，有光明。

正是：

渡江天马南来，几人真是经纶手？长安父老，新亭风景，可怜依旧。夷甫诸人，神州沉陆，几曾回首？算平戎万里，功名本是，身外事，汝知否？　　国有旧恨新仇，愧对华发苍头。当年堕地，而今试看，风云奔走。绿野风烟，人间草木，东山歌酒。待他年，整顿乾坤事了，为亡者寿。

（改自辛弃疾《水龙吟·甲辰岁寿韩南涧尚书》）

注：耿京起义发生于南宋绍兴三十一年，辛弃疾归宋发生于南宋绍兴三十二年，距本文时间足足三十余年之后。为了故事编排，而将之提前。